Denen, die bleiben

W0391012

Originalausgabe
Veröffentlicht im Rowohlt Taschenbu
Reinbek bei Hamburg, Januar 2000
Copyright © 2000 by Rowohlt Tasche
Reinbek bei Hamburg
Alle Rechte vorbehalten
Redaktion Michael Kunitzsch
Umschlaggestaltung Barbara Hanke
(Foto: The Image Bank/Will Crocker)
Copyright © des Fotos auf den Seiten
by Uta-Maria Heim
Satz Minion PostScript (PageOne)
Gesamtherstellung Clausen & Bosse, l
Printed in Germany
ISBN 3 499 26218 5

Manchmal sehe ich die Zeit wie ein plastisches Gebilde,
in dem Bruchstücke, deren ursprüngliche Bedeutung wir
vergessen haben, zusammen mit Fragmenten
eines wundervollen Gebäudes aufbewahrt werden.
Aber wir können nicht immer das Zerbrochene
wieder zusammensetzen und interessieren uns nicht dafür,
das Vergessene zu verstehen.

Aldo Rossi

Unauflöslich muß sie [die Ehe] sein, denn
sie bringt so vieles Glück, daß alles einzelne
Unglück dagegen gar nicht zu rechnen ist.

Johann Wolfgang von Goethe,
«Die Wahlverwandtschaften»

Vorspiel

Er liegt auf dem Rücken. In seinen Mund führt ein Schlauch. Seine Lider sind dick und geschlossen. Seine Schultern nackt. Er ist mit einem weißen Laken zugedeckt. Am Bett hängt ein Plastiksack. Darin sammelt sich rotbraune Flüssigkeit.

Im Kontrollraum ist es kühl. Linienweise fällt Licht durch die Jalousien. Um das Bett herum sind Geräte aufgestellt. Sie fiepen und blinken, während auf Monitoren die Wellen schlagen. Der ganze Raum wird lautstark beatmet. Die Wände dehnen sich und ziehen sich wieder zusammen. Du atmest im Takt der Wände.

Du fühlst seine Lippen. Sein Atem strömt dir in den Mund. Weiter unten schlägt sein Herz gegen deines.

Ihr liegt im Bett. Du schmiegst dich an seinen Körper, in dich dringt Wärme ein. Um euch ist es dunkel. Dein Schenkel spannt sich. Etwas schneidet die Stille des Zimmers.

Dann mußt du gehen. Beidemal.

Er sitzt mit aufgerissenen Augen im Bett. An dir vorbei starrt er auf die gegenüberliegende Wand. Als du hereinkamst, hob er die Hand, aber du nahmst sie nicht. Du setzt dich auf einen Schemel.

Er atmet flach und schnell. Er trägt ein geripptes Unterhemd. In seine Armbeuge führt eine Kanüle. Am Ständer seitlich des Bettes hängen drei Infusionsflaschen.

Das Fenster steht offen. Grillen zirpen. Die Gardine schaukelt im Wind. Die Sonne wirft ein zitterndes Rechteck auf den Boden.

Diesmal bleibst du, aber du bleibst nicht bis zum Schluß. Später werden sie dir deshalb Vorwürfe machen.

Mein Vater war Jahrgang zwanzig, mein Onkel zweiundzwanzig. Beide waren im Krieg, und beide sind nicht mehr heimgekommen. Sie schleppten bloß noch ihre zerschundenen Körper nach Hause, und die haben dort ein biblisches Alter erreicht. Dann starben beide, obwohl sie sich ein Lebtag lang aus dem Weg gegangen sind, gleichzeitig.

Beide haben ausdauernd und kraftvoll vom Krieg erzählt. Sonst sind sie meistens zerstreut gewesen. Sie hörten niemals recht zu, und ich stand mit hungrigen Augen daneben.

Mein Vater hat ewig nach innen geschaut. Währenddessen blickte der Onkel in eine lichte Ferne. Sie wiederholten stets die gleichen Episoden.

Beide waren so geistesabwesend, daß sie nur noch im Traum erwachten. Dann war wieder Krieg.

Bei uns ist viel geschrien worden nächtens, und am Tag wurde gebellt. Dann haben sie die Frauen verantwortlich gemacht. Die Männer waren augenblicksblind.

Die Frauen haben sich tief unter ihre Schuld geduckt. Sie haben nicht gewagt, dem Krieg zu entrinnen.

Du mußt jetzt gehen, sagt eine Stimme. Du weißt, wann es Zeit ist. Der Abschied ist der magische Moment. Leb wohl und stirb schön. Aber eigentlich wolltest du erzählen, wie man staunende Männer im Bett zurückläßt.

Du gehst hinaus. Draußen sind grau gekachelte Flure, und Treppen führen hinab. Es sind immer die gleichen Flure, die gleichen Treppen, dein Absatz klackert, es hallt. Du bist besoffen vom Wahn, nicht vorwärtszukommen, dabei ist alles vorbei, und du hast's vermasselt. Selbst schuld, wenn es hinter dir aus ist.

Zu Hause ziehst du deinen Rock aus, deine Bluse, du wirst beides nie wieder tragen können, und selbst die Schuhe wirfst du weg. Dies alles nur gedankenlos, denn du bist in der Furche eines Augenblicks hängengeblieben, dein Hirn erzählt dir fortan immer dasselbe, und du bleibst im Zimmer, das du verlassen hast, eingesperrt.

Wenn einen die Männer zeitlebens fortschicken, kann man nicht bleiben bis zuletzt. Sie wollen das Entscheidende ohne dich vollbringen. Du aber gehst den ganzen Weg rückwärts, nackt diesmal, und das alles in einer Zehntelsekunde.

Ob es sich dabei um den kleinen oder großen Tod dreht, ist vollkommen gleich, weil du dich nämlich beidemal vollkommen gleich fühlst, und was ist für dich hinterher sonst noch wichtig –

Ein Mann geht mit mir den Hafen entlang. Während er auf die Schiffe zeigt, geht der Himmel über in einen mediterranen Postkartenton. Wir berühren uns zufällig mit dem Arm an der Schulter, mit der Hüfte an der Hand.

Ich trage ein rotes Kleid.

Unsere Eltern haben uns gezeigt, wie man zu entscheidenden Ereignissen die Sakramente herbeiruft. Was immer man tut, man braucht Instanzen, die das absegnen. Die Grabsteine zählen. Dies gilt besonders für uns Unschuldige, weil uns der Augenblick an sich nichts wert ist. Wir haben uns nicht gewehrt.

Meine Mutter hat dauernd Wörter wie SOFORT oder GLEICH benutzt. Sie hatte lange genug gewartet. Aber eigentlich wollte ich erzählen, wie man staunende Männer im Bett zurückläßt.

Seit Generationen ist alles verpaßt worden. Und dagegen helfen jetzt diese kleinen bunten Bilder. Ein blauer Himmel. Ein rotes Kleid. Bunte Schiffe im Hafen. Nach Jahren herrschen in der Erinnerung nur noch farbige Augenblickstupfer. Einer am andern, und sie füllen das warme Bett des Kontrollraums. Er liegt auf dem Rücken. Seine Schultern sind nackt. Dein Schenkel spannt sich. Das Fenster steht offen.

OLEVANO, 1. TAG Die Sonne geht bald unter. Bald versinkt sie hinter einer bewaldeten Hügelkette. Kathrin würde sagen: hinter einem Berg. Aber Kathrin ist nicht da. Kathrin treibt sich in Rom herum. Sie hat sich am Morgen prompt wieder ins Auto gesetzt, weil ihr Phthalocyaningrün fehlte. Sie braucht dieses Grün für die Bäume. Kathrin verachtet die nackte Natur. Sie ist Architektin, und jetzt hat sie das Malen entdeckt.

Angelika legt die Hände auf die Brüstung. Die Casa Baldi hat vier Balkone: Der neben der Küche geht nach Norden hinaus, der Schlafzimmerbalkon nach Osten, der Wohnzimmerbalkon nach Süden, und dieser hier nach Westen. Eine Steintreppe führt vom Studio zur Terrasse hinunter. Gegenüber liegt der alte Dorfkern. Er sieht aus, als wäre er in den Felsen hineingemeißelt. Dahinter erstreckt sich das gewaltige Panorama, das nicht nur die romantischen Maler inspiriert hat, sondern auch Goethe.

Die Siesta ist lange vorbei. Angelika überlegt, ob sie einen kleinen Spaziergang machen soll. Die Luft riecht satt, Blätter rascheln im Hof. Als ginge ein Wind, und kobaltblaue Falter taumeln wie verirrte Drachen auf und ab. Es ist fast Abend und noch heiß, die verheißungsvolle Glut eines Sommers, der seinen Zenit noch nicht erreicht hat. Zikaden zirpen, und Eidechsen fliehen in ihre Schlupflöcher.

Angelika geht wieder hinein und schließt die Läden. An ihren blassen Armen hat sich Gänsehaut gebildet. In Kathrins Schlafzimmer stellt sie sich vor den Spiegel und tuscht sich dezent die Wimpern. Dazu wählt sie einen rostroten Lippenstift. Angelika ist ein sehr hellhäutiger Typ mit langem, dunkelbraunem Haar und seltsam gelbgrauen Augen. Um sie zu betonen, trägt Angelika Kontaktlinsen.

Über das weite blaue Seidenkleid zieht sie eine kiwifarbene Hanfjacke. Sie schlüpft in ihre abgetragenen schwarzen Ledersandalen. Ich muß einen Schuster suchen, denkt Angelika. Ich muß sie unbedingt neu besohlen lassen.

Daß sie seit heute morgen hier ist, in diesem malerischen Dorf südöstlich von Rom, hat sie ihrer Hamburger Mitbewohnerin Kathrin zu verdanken. Kathrin hatte im Frühjahr ein Stipendium für die Casa Baldi erhalten, und nun kam plötzlich der Vorschlag, ob Angelika sie nicht besuchen wolle. Das war letzten Donnerstag. Angelika war gerade dabei, ihre Sachen für Griechenland zu packen, Campinggeschirr, Rucksack, Iso-Matte. Thies und Mio sollten sie am Freitagabend in Athen abholen. Am Freitagmorgen rief Thies vom Flughafen an: Er müsse leider sofort die Reise abbrechen, in Hamburg warte überraschend ein eiliger Auftrag, er könne ihn nicht absagen, und Mio fahre für die nächsten zweieinhalb Wochen mit Caroline und Andreas allein nach Naxos.

Im Juni ist Mio zwölf geworden, und die fünfte Klasse hat er diesmal mühelos geschafft. Sogar in Mathe hat er eine Vier bekommen, er ist erstaunlich vernünftig für sein Alter, er entscheidet vieles selbständig und kennt seine Grenzen. Also sprach nichts dagegen, daß er mit seiner Schulfreundin Caroline und deren Vater einen Teil seiner Ferien auf dem Zeltplatz verbringt, ohne daß ein Elternteil auf ihn aufpaßt. Seit Angelika von ihrer Familie getrennt lebt, hat sie noch kein einziges Mal richtig Urlaub gemacht. Sechs Jahre lang gingen immer der Job und das Kind vor. Wenn sie nun nicht wieder mit Thies für Mio heile Welt spielen muß – ein komplettes Elternpaar, das sich einen Sommer lang vorbildlich um das gemeinsame Kind kümmert –, dann hat sie jetzt zum erstenmal wieder Zeit für sich selbst.

Plötzlich sah Angelika fast vier leere Wochen vor sich, Wochen, in denen niemand sie anrufen, in denen niemand sie brauchen würde. Natürlich kann es immer sein, daß in Hamburg irgendwo ein Mord passiert, aber Angelika hat beschlossen, daß sie aus der Polizeiarbeit aussteigen will. Im Winter hat sie bereits die Uni verlassen, und Gerichtsgutachten schreibt sie auch nicht mehr. Bald wird sie nur noch für ihr therapeutisches Wohnprojekt leben. Das hat sie sich jedenfalls vorgenommen, denn mit siebenunddreißig muß man sich für eine Sache entscheiden. Und auch wenn sie über ein forensisches Thema promoviert hat, so gibt es in der Psychologie doch noch erquicklichere Dinge, als sich andauernd um Leute zu kümmern, für die jede Hilfe zu spät kommt.

Kaum hatte Thies aufgelegt, wählte Angelika Kathrins Nummer in Olevano.

Heute früh ist sie in Rom angekommen, mit der ersten Maschine aus Hamburg. Kathrin holte sie am Flughafen ab und plapperte unentwegt, bis sie die engen Serpentinen hochfuhren und sie das Auto am Wegrand abstellte. Seit Kathrin sich neben der Architektur auch noch der bildenden Kunst widmet, ist sie noch ruheloser geworden. Ihr Ehrgeiz zwingt sie, unablässig in Bewegung zu bleiben.

Vorsichtig geht Angelika die flachen steinernen Stufen hinunter. Der schiefe Absatz klackert. Die Ledersohlen sind durchgelaufen und rutschig.

Am Fuß der Treppe ist ein hohes schmiedeeisernes Tor, und links davor hängt an der Mauer ein großer, schwarzer Briefkasten. Angelika drückt den elektronischen Summer, mit dem sich das Tor von innen öffnen läßt. Bevor sie hinaus auf die Straße tritt, sieht sie nach links und rechts. Die gewundene Gasse führt auf der einen Seite hinunter ins Dorf und auf der anderen hinauf zum Friedhof, der dreihundert Meter weiter oben am Hang liegt. Angelika zögert. In welche Richtung soll sie gehen? Sie geht ein paar Schritte nach rechts, dreht sich um und betrachtet den Kasten. Ihr fehlt zwar der Schlüssel, aber vielleicht hat Kathrin Post bekommen.

Angelikas Hände sind so schmal, daß sie mühelos in den Kasten hineingreifen kann. Allerdings ist er zu tief, um bis runter an den Boden zu kommen. Immerhin gelingt es Angelika, zwischen Zeige- und Mittelfinger zwei längliche Briefe herauszufischen: Im ersten Umschlag steckt die Einladung zu einer Vernissage in der Deutschen Akademie Villa Massimo, zu der die Casa Baldi gehört, der zweite ist an sie selbst adressiert. Frau Dr. Angelika Haupt, Casa Baldi, I-00035 Olevano Romano. Angelika liest, blickt in die Ferne, liest nochmals. Das ist ihre eigene Handschrift! Es ist eindeutig ihre penible, kleine Handschrift! Das kann nicht sein. Angelika blinzelt.

Wie ferngesteuert geht sie nach links, die Gasse hinunter. Abrupt bleibt sie stehen. Sie schaut auf den Poststempel. Der Brief wurde vor fünf Tagen in Hamburg eingeworfen. Vor fünf Tagen war Freitag. Vor fünf Tagen hat sie mit Kathrin in Olevano telefoniert. Vor fünf Tagen gab Kathrin ihr die genaue Adresse.

Sollte sich Angelika vor lauter Vorfreude selber einen Brief geschrieben haben? Sie müßte sich doch wenigstens daran erinnern. Tut sie aber nicht.

Langsam geht Angelika hinab ins Dorf. Ihre Beine zittern. Unbeholfen und fast tatterig setzt sie sich am Wegrand auf eine Bank. Katzen streichen um ihre Beine. Neben ihr steht ein Freßnapf mit eingetrockneter Pasta. Darüber surren Fliegen. Es riecht nach Basilikum. Um die Kurve preschen Fiats. Sie hupen, weil sie nichts sehen, aber sie bremsen nicht. Am Steuer sitzen Männer in schmutzigen Arbeitsanzügen. Sie werfen Angelika lange Blicke nach und hupen nochmals.

Vor fünf Tagen hat außer Angelika niemand gewußt, daß sie nach Olevano fahren würde. Niemand in Hamburg. Ihre Mutter war mit dem Handy in der Uckermark unterwegs, auf der Suche nach einem Häuschen. Sie erfuhr es als erste. Thies hat Angelika erst am Samstagmorgen erzählt, sie werde Kathrin besuchen. Braungebrannt und gutgelaunt saß er in ihrer Küche und hörte nicht zu. Erst am Montag rief sie Brigitte an, die für sie in den nächsten dreieinhalb Wochen die Vertretung im Projekt übernehmen wird, und gab ihr Kathrins Adresse.

Angelika steht auf. Im Gehen öffnet sie den Umschlag, der mit Tesafilm zugeklebt ist.

Liebe Angelika, Du weißt nicht, was Dich erwartet. Es ist klar, daß Du etwas erleben wirst, etwas, womit Du nicht im entferntesten rechnest. Der Mensch erlebt immer Dinge, mit denen er nicht im entferntesten rechnet. Sonst merkt er ja nicht, daß er etwas erlebt. Unsereiner dagegen sieht die Zukunft voraus. Nicht die fernere Zukunft, aber immerhin, wenn die Sicht klar ist, überschaut unsereiner einen Zeitraum von vier, fünf Wochen. Manchmal auch etwas mehr. Das ist der Vorteil von uns Schutzengeln. Der Nachteil ist: wir sind machtlos. Wir können nur begleiten, aber nicht eingreifen, und, ein weiterer Nachteil: wir sehen nicht alles, sondern nur das, was nicht durch irgendein selbstsüchtiges Interesse verstellt ist. Wäre die Menschheit nicht voller selbstsüchtiger Interessen, sähe sie die Zukunft auch voraus.

Reglos bleibt Angelika am Kopf einer Treppe stehen und stiert auf den Text. Es ist ihr Briefpapier, ihr Füller. Es ist ihre Handschrift. Auf den Doppelpunkt folgt ein Kleinbuchstabe. Angelika schreibt nach dem Doppelpunkt klein. Sie hat das von Thies übernommen, der Kleinbuchstaben nach Doppelpunkten ästhetisch findet. Und sie klebt ihre Briefe häufig zusätzlich mit Tesafilm zu, weil sie fürchtet, daß die Spucke nicht hält.

Ihr Herz flimmert. Ihr ist schwindlig. Angelika faßt sich an den Hals. Sie spürt dort eine klopfende Enge. Sie ist eingeschlossen zwischen Mauern. Mehrere Frauen in bunten Baumwollschürzen treten ringsumher aus ihren Häusern heraus und bauen sich im Halbkreis vor ihr auf.

Es ist Quatsch, zu glauben, daß es unsresgleichen nicht gibt. Das behaupten bloß Protestanten, Juden und Atheisten, und zuweilen auch die weniger aufgeschlossenen Naturvölker, aber wir fahren mit unserem Segen auch in sie hinein, wir fahren in jeden hinein, der uns anruft, auch wenn er unsren Namen nicht kennt. Dafür sorgt Unsere Letzte Instanz, und weil ich Schlimmeres ahne, muß ich Dich ein für allemal darauf hinweisen: im Ernstfall kann ich Dir nicht helfen, aber ich bin und bleibe Dein Schutzengel.

Dein Schutzengel. Angelika hat schon Drohbriefe bekommen von gewalttätigen Psychotikern, die zu allem fähig waren. Sie fürchtet sich nicht vor den subtilen Drohungen eines selbsternannten Schutzengels, und sie weiß plötzlich sicher: Dieser Text stammt nicht von ihr. Ihr Kopf funktioniert noch.

Kein Alzheimer. Keine Demenz. Keine Amnesie oder Dissoziation, kein Symptom einer multiplen Persönlichkeitsstörung. Kein psychotischer Schub, kein drohender Hirnschlag. Alles ist gut.

Erleichtert grüßt Angelika nach links und rechts. Die Frauen rufen: «Buona sera!» Angelika steckt den Brief in ihre schwarze Umhängetasche und geht weiter. Die Treppe ist steil und verwinkelt. Auf den Absätzen stehen Geranientöpfe. An den Türen baumeln bunte Perlenvorhänge. Drinnen läuft der Fernseher. Jemand spielt «Io vivró» von Lucio Battisti.

Ihr Gehirn ist gesund. Ihre Psyche ist in Ordnung. Das allein ist entscheidend. Und das einzige, was rätselhaft bleibt, ist das Datum des Poststempels. Und freilich die Schrift.

Angelika erinnert sich an einen länger zurückliegenden Streit mit Thies, wo sie ihm versuchte zu erklären, daß es Klienten gäbe, die bei einer plötzlichen Trennung vom Therapeuten eine rätselhafte Empathie entwickelten. Angelika hatte es selbst einmal erlebt, als sie auf einer Fortbildung gewesen war und ein Patient von der Klinik aus angerufen hatte, obwohl er die Telefonnummer eigentlich gar nicht hatte wissen können. Durch welche intuitiven Fähigkeiten er sie dennoch herausbekommen hatte, blieb ungeklärt. Noch unheimlicher war es über Monate hinweg mit Klaus gewesen, einem mehrfach vorbestraften Sexualtäter, den sie während und nach ihrer Promotion betreute. Er hatte sich auf einer symbiotischen Stufe der Therapie stark in sie verliebt und wiederholte das ödipale Eifersuchtstrauma, das er mit seiner Mutter nicht hatte ausagieren können. Klaus wußte immer, welche Unterwäsche Angelika trug, und er wußte, wann sie mit Thies geschlafen hatte und wie das abgelaufen war.

«Das ist doch Quatsch», sagte Thies. «Das projizierst du in ihn hinein.»

«Bis vor kurzem sind Psychotherapeuten, denen so etwas passierte, in die esoterische Ecke gestellt worden», erklärte Angelika geduldig. «Vor allem die Analytiker lachten sich kaputt, denn sie mußten lange Zeit alles abwehren, was nicht in Sprache gefaßt werden konnte. Daß es auch außersprachliche Kommunikationsformen gibt, über die man kaum etwas weiß, weil sie nie hinreichend erforscht worden sind, geben die Freud-Nachfahren erst seit neuestem zu. Dabei hatte Freud selbst, allerdings widerwillig und erst im Alter, gegen Ende seines Lebens, eingeräumt, er habe als Arzt telepathische Erfahrungen gemacht, Dinge erlebt, die er sich nicht erklären könne, und er glaube an die übersinnliche Wahrnehmung ...»

«Du redest wie eine Honorarkraft von der Volkshochschule», meinte Thies. «Selbst ich als Laie habe gelernt, daß das nichts anderes ist als simple Übertragung. Dir fehlen feste Ich-Grenzen, Kleine. Dir fehlt die notwendige innere Härte.»

Während Angelika den Weg in die Altstadt einschlägt, merkt sie, daß sie bereits wieder an ihrem Vortrag arbeitet. Sie ärgert sich über Thies und doziert. Um ihre Einsamkeit zu überbrücken oder ihr kümmerliches Sexualleben zu kaschieren, oder vor allem, um sich selbst zu bestrafen. Angelika fällt auf, daß sie nur noch im Fachjargon denkt, daß sie alles sofort rationalisieren muß, und daß sich daraus Selbstläufer entwickeln, Endlosschleifen, perfektionistisch konstruierte Bandwurmsätze.

Es riecht nach Fisch und Salmiak, nach Fäulnis und Verwesung. Im Dunkel der Markthalle wird geputzt. Wischweiber stoßen knatternde Flüche aus. Angelika streift ein vorbeiflitzendes Motorino. Im Rückspiegel glitzert die Sonne. Das Pflaster wird enger. Zu beiden Seiten ragen steinerne Mauern auf. Schwarz streckt sich der Schatten. Angelika geht unter einem Rundbogen hindurch, hinter dem sich die eiskalte, feuchte Leere auftut. Der Weg führt vorbei an einem modrigen Kellergewölbe.

Ich bin so geworden, denkt sie, wie ich nie hatte werden wollen. Ich bin so, wie alle sind, alle meine Kollegen: ein überdrehter Hypochonder. Dabei bin ich einfach urlaubsreif. Burned out. Wäre ich ein Mann, wäre ich ein Infarktkandidat.

«Du bist hier, um dich auszuruhen», hatte Kathrin im Auto gesagt, als die Silhouette von Olevano hoch oben am Horizont auftauchte. Sie mußte schalten, denn die Steigung nahm zu. «Aber natürlich ist auch mein Stipendiatenleben mit Strapazen verbunden, mit widrigen Umständen und vor allem mit Ängsten. Mein Vorgänger kam in ein Krankenhaus, ein Insekt hatte ihn gestochen, und bis zu seiner vorzeitigen Abreise hing er am Tropf und wurde mit Cortison vollgepumpt. Deshalb durfte ich schon ein paar Wochen früher anreisen. Das verdanke ich seinem Unglück!»

Angelika sah sie von der Seite an. Ihr fiel ein, daß ihre Mitbewohnerin unter einer Spinnenphobie litt. Vielleicht war das noch nicht alles. «Du hast einen Horror vor Viechern, stimmt's?»

Kathrin strich sich den Pony aus der Stirn. Sie hat keinen rasierten Schädel mehr, sondern trägt die Haare jetzt streichholzlang. Die blondierten Locken passen gut zu ihrer gebräunten Haut. Sie wirkt durchtrainiert und gesund. An ihren starken nackten Armen sitzt kein einziger Mückenstich. Dennoch macht sie einen gehetzten, zerfahrenen Eindruck, und daß sie nur wegen einer Tube Acrylfarbe nachmittags nochmals ins vierundsechzig Kilometer entfernte Rom gefahren ist, zeigt, wie sehr sie unter Strom steht.

Angelika wohnt schon seit fast vier Jahren mit Kathrin zusammen, in einer vergleichsweise billigen Vier-Zimmer-Altbauwohnung am Eppendorfer Weg. Als sie ihre Zweier-WG aufmachten, waren sie Freundinnen gewesen, aber bald lebten sie sich auseinander. Unterschiedliche Jobs, unterschiedliche Männer. Kathrin hatte das Abitur nachgemacht, kellnerte nachts und studierte tagsüber Architektur, Angelika verbrachte die Nächte in der Notaufnahme der Psychiatrie. Kathrin machte keinen Hehl daraus, daß ihr Mio auf die Nerven ging, wenn er am Wochenende dawar. Angelika wiederum kam mit Kathrins Affären nicht zurecht. Kathrin betrog ihren Freund mit einem Heer von Dozenten, und als er sie schließlich verließ, blieb sie kalt. Für Angelikas zwanghafte Treue zu Thies, mit dem sie immer noch verheiratet ist, hat Kathrin kein Verständnis.

Zwar verlief der Alltag zu Hause meist reibungslos, aber als Kathrin im Frühjahr ihre Sachen für Olevano packte, atmete Angelika auf. Ihre Erleichterung darüber, endlich mal wieder allein zu sein, die Wohnung für sich zu haben, erschreckte sie selbst. Sie spürte, daß der Lebensabschnitt Wohngemeinschaft für sie vorbei war. In Italien wird es wieder möglich sein, daß wir uns begegnen, dachte Angelika. Vielleicht können wir sogar darüber reden, daß wir einander fremd geworden sind.

Die Rollen haben sich verkehrt: In Hamburg ist Kathrin die Untermieterin, hier ist sie die Gastgeberin. Eine komische Sache, so ein Stipendium, überlegt Angelika, während sie an einem schmalen Fenster stehenbleibt und das ungeheuere Panorama betrachtet, es ist verrückt, wie Kathrin einfach einen Alltag gegen den andern austauscht. Das Land, die Landschaft, alles wird befristet aufgegeben und durch anderes ersetzt, als sei das Leben eine Leihbibliothek. Selbst die Sprache ist geliehen und demnächst bestimmt auch der Mann.

Die Sonne geht unter. Angelika macht sich auf den Rückweg. Ein drahtiger Carabiniere kommt ihr entgegen. Er hat die blaue Uniformjacke über die Schulter gehängt und zwinkert ihr zu. Ihr Blick streift die dichten Augenbrauen, die gerade Nase, den schelmischen Mund. Der Zwangsgedanke bahnt sich an: Ob Kathrin mit dem schon geschlafen hat?

«Ist es nicht wahnsinnig schön hier?»

Als Angelika zur Casa Baldi zurückkommt, sitzt Kathrin im Halbdunkel auf der Terrasse. Hinter ihrem Rücken flirren die Lichter der Altstadt. Über das irrsinnige Panorama hat sich eine luftige Schwärze gelegt, nachtviolette Streifen durchziehen den Himmel. Die Zikaden zirpen noch schriller. Insekten rudern im Wachs einer dicken Kerze, deren Ränder Kathrin mit Daumen und Zeigefinger nach oben biegt.

Es riecht nach Rughetta und Tomatensoße. Auf dem Holztisch steht ein großer Topf. Angelika legt ihre Einkäufe auf den Tisch und lüftet den Deckel. «Hast du gekocht?»

Wortlos springt Kathrin die Stufen hoch. Über den Balkon gelangt sie ins Studio. Gleich darauf kommt sie mit einem zweiten Gedeck, Rotwein und Gläsern zurück.

Angelika läßt sich in einen Liegestuhl fallen. Über ihr singt das Laub der Bäume.

«Ich wollte gerade anfangen zu essen», sagt Kathrin. «Wo warst du denn so lange?»

Angelika seufzt, schließt die Augen, öffnet sie wieder. «Ach. Ich bin ein wenig in der Altstadt herumgelaufen.»

«Und?»

«Wahnsinn.» Sie lacht. «Das ist ja reinstes Mittelalter. Wie in der Zeitmaschine. Ich bin noch ganz benebelt, weißt du?»

«Olevano», meint Kathrin, «ist älter als Rom. Kannst du dir das vorstellen?»

Kathrin hat sich nicht nur die Haare wachsen lassen, sondern auch ein paar Pfund zugelegt. Sie sieht weniger markant und dafür weiblicher aus, ihr Busen ist schwerer geworden, und ihre Bewegungen sind runder. Mit der Kelle schöpft sie Pasta, Rughetta, Tomaten und Fleischstücke auf Angelikas Teller.

«Reicht», ruft Angelika, die den Rotwein eingießt.

Schweigend beginnen beide zu essen. Kathrin ist keine besonders gute Köchin. Plötzlich holt Angelika den Brief von der Villa Massimo aus der Tasche und legt ihn mitten auf den Tisch. Auf die Plastiktüte mit den Pfirsichen. Kathrin greift nach dem Umschlag und schlitzt ihn mit dem Daumen auf. Wortlos reicht sie die Karte weiter an Angelika.

«Eine Einladung zu einer Vernissage? Übernächste Woche? Dann müssen wir da wohl hin.»

«Und ob. Es ist zwar eine Gruppenausstellung, aber es ist meine erste im Ausland. Ich muß noch schrecklich viel vorbereiten. Zum Glück ist noch etwas Zeit.»

Angelika schneidet eine Tomate. Der rote Saft läuft auf den Teller. «Glückwunsch. Ich wußte nicht ...»

«War sonst noch was im Briefkasten?» fragt Kathrin mit vollem Mund.

«Keine Ahnung. Ich hab doch keinen Schlüssel. Ich hab nur diesen einen Umschlag herausgefischt.»

«Dann seh ich nachher mal nach.» Kathrin spießt ein Fleischstück auf und dreht es über der Kerzenflamme. Im Wachs schwimmen diverse Insektenleichen.

Sie ist noch exzentrischer geworden, denkt Angelika. Sie ist einfach ein bißchen durchgeknallt.

«Ich fürchte mich vor dieser Ausstellung», erklärt in diesem Augenblick Kathrin. «Ich ahne, daß es ein Fiasko wird.»

«Hast du den Grünton bekommen?»

Kathrin nickt und gießt Wein nach. «Und dann die ganzen Skorpione und Schlangen, die es hier gibt. Kürzlich ist in Olevano eine Frau fast an einem Schlangenbiß gestorben. Eine Braut, auf der Piazza. Die Schlange hatte sich in ihrem Schleier verfangen. Aber die Braut hatte einen Schutzengel.» Sie grinst. «Das ist bei Stechmücken anders. Gegen Stechmücken sind selbst die Engel machtlos.»

Angelika zuckt zusammen. Sie kreuzt die Unterarme auf der Brust.

Kathrin schenkt ihr ein spöttisches Lächeln. «Was ist? Magst du keine Engel?»

«Doch, doch. Ich bin nur völlig mit den Nerven runter. Ich erschrecke wegen der kleinsten Kleinigkeit, und ich hab kurz gedacht, du schüttest mir Rotwein übers Kleid.»

Kathrin stellt die Flasche ab und richtet sich auf. Sie bekommt ihren glasigen Blick, den sie immer bekommt, wenn sie sich etwas Verrücktes ausdenkt. «Die Engel», spintisiert sie, «haben das gleiche Problem wie die Kunstkritiker. Wenn sie ernsthaft eingreifen müßten, was sie freilich nicht können, ist sowieso meist schon alles zu spät und die Sache nicht mehr zu retten. Wie die Kunstkritiker müssen die Engel sich auf das Ergebnis beschränken, und wie der Kunstkritiker wünscht sich der Engel ein Werk, bei dem sich das Hinsehen lohnt. Wie die Kunstkritiker keine Kontakte zu anderen Kunstkritikern pflegen, vermeiden die Engel Kontakte zu anderen Engeln. Sie geben sich nur mit der Menschheit ab, die natürlich aus lauter Künstlern und Dilettanten besteht, und da wären wir wieder beim Kunstkritiker.»

Angelika lächelt gehorsam. Kathrin will sie aufmuntern. Wie sollte sie auch ahnen, daß Angelika zur Spezies der Engel seit einigen Stunden ein ziemlich gestörtes Verhältnis hat.

Kathrin liegt mit angezogenen Beinen auf dem Wohnzimmersofa und zieht an der Zigarre, während Angelika nebenan in der Küche abspült.

Sie stellt den letzten Teller in die Geschirrablage über der Spüle, dreht sich herum und rümpft die Nase. «Rauchst du?»

«Nein, ich denke nach. Das kann ich nur hier. Dazu muß es nämlich über dreißig Grad haben, weit über dreißig Grad, und es darf nicht in Deutschland sein, schon gar nicht in Norddeutschland», entgegnet Kathrin, die fette Kringel in die Luft bläst. «Schon gar nicht in Norddeutschland, wenn man wie ich aus Süddeutschland kommt und den Norden haßt, wie man nur ein verrotztes Sacktuch hassen kann, in das man aus Versehen hineinschneuzt. Und genau das ist Norddeutschland: ein verrotztes Sacktuch.»

Angelika kichert und spielt bereitwillig Kathrins Publikum. Offenbar war Kathrin die letzte Zeit ziemlich einsam. Ich hab ihr unrecht getan, denkt Angelika, während sie den Stöpsel rauszieht, sie ist kein Vamp. Sie ist in Wirklichkeit schüchtern. Und außerdem ist sie betrunken. Sie sollte als Diabetikerin nicht soviel trinken.

«Kein Mensch käme auf die Idee, in einem verrotzten Sacktuch zu wohnen, aber es gibt immer noch welche, die wollen nach Nordddeutschland. Es gibt dafür sogar Gründe. Und es gibt sogar noch viel triftigere Gründe, weshalb man in Norddeutschland bleibt, obwohl man dort nicht leben kann. Bei dem Wetter kann man nicht leben. Daran kann man ja nicht einmal sterben. Das ist vielleicht das Verhängnisvollste, daß man bei dem Wetter nicht einmal sterben kann.» Sie legt die Zigarre in den Aschenbecher.

«Möchtest du noch was trinken?» fragt Angelika. In jeder Hand hält sie ein halbvolles Weinglas mit Wasser. Sie wartet darauf, daß Kathrin jetzt protestiert, die Gläser seien halbleer, aber Kathrin spritzt sich gerade die fällige Dosis Insulin durch die Bluse. Das Instrument, das sie dafür braucht, hat die Form eines Füllers, nur ist vorn statt einer Feder eine Nadel befestigt.

«Ich kenne einen Italiener, Paolo, der lebt gern in Hamburg. Es hat mit Dingen zu tun, obszönen Dingen, die nur Ärger machen. Überhaupt machen eine Menge Dinge Ärger, meistens sogar die, die eigentlich Spaß machen sollen, beispielsweise, wenn man jemandem in die Quere kommt, der hernach oder sogar schon währenddessen über einen schreibt.»

Aha. Das ist es also. «Was? Wer hat über dich geschrieben?»

Zornig springt Kathrin vom Sofa auf. Sie zittert am ganzen Körper. «Das ist doch wirklich obszön», schreit sie. «Das ist eine solche Schweinerei ...» Ihre Stimme überschlägt sich. Sie bricht in Tränen aus.

Sanft hilft ihr Angelika aufs Sofa zurück. Sie setzt sich neben sie und legt der schluchzenden Kathrin den Arm um die Schulter. «Das tut mir leid. Du mußt dich scheußlich fühlen. Aber wenn ich dir helfen soll, mußt du mir schon sagen, was passiert ist.»

Rudernd befreit sich Kathrin aus der Umarmung. Mit den Oberarmen wischt sie sich die Tränen von den Wangen. Sie sieht Angelika mit ihren im Augenblick azurblauen Augen an und grinst. «Ich werde hier von Schreibtischjägern und marodierenden Stipendiaten verfolgt, bis hinein in die Kneipe, aufs Klo und ins Schlafzimmer. Und dort sogar bis unter die Bettdecke.»

«Von vorn», bittet Angelika.

Kathrin stöhnt. «Verpaßt mir der Schuft doch einfach eine Lederjacke. Ich trage aber keine Lederjacke, sondern ausnahmsweise einen Mantel, und ich trage ihn, in dieser Situation und von jetzt an immer, auch nächstes Frühjahr noch, wenn das Buch erscheint, das ich mit Wut und wachsender Verbitterung lesen werde, denn ich habe keine Lederjacke, sondern einen langen, weiten Mantel getragen.»

Angelika setzt sich gegenüber in den Sessel und schweigt. Sie hat Probleme mit der bildenden Kunst. Und Probleme mit bildenden Künstlern. Was Kathrin ihr sagen will, ist offenbar folgendes: Sie hat hier eine Affäre mit einem Schriftsteller angefangen, vielleicht mit einem Italiener, und da sie von ihm gekränkt worden ist, hat sie ihn schnell wieder verlassen, ohne die literarischen Folgen des Verhältnisses verhindern zu können. Was Kathrin nun quält, ist Scham, doch davon weiß sie nichts.

«Einen Mantel, verstehst du?» Mit der linken Hand greift Kathrin nach dem Wasser.

Angelika denkt, sie stößt gleich das Glas um, aber das tut sie nicht, denn Kathrin ist linkshändig. Angelika weiß das zwar, aber sie fühlt sich davon immer wieder irritiert, denn Kathrin macht alles spiegelverkehrt. Sogar die Buchstaben: Die Querstriche zieht sie von rechts nach links, die Aufschwünge ab- und die Abschwünge aufwärts. Angelika, die eine ausgeprägte Rechtshänderin ist, wird schwindlig, wenn sie Kathrin beim Schreiben zusieht.

Einmal hat Angelika Kathrin zum Spaß gebeten, mit der rechten Hand zu schreiben. Kathrin hat gelacht und eine Weile herumgekrakelt. Es war sehr komisch, denn Kathrin stellte sich mit der rechten Hand noch ungeschickter an als Angelika mit der linken. Ihr fehlte jedes Gespür für ihre Feinmotorik.

«Wie lange bist du jetzt hier? Zwei Monate? Dann kann es keine großartige Angelegenheit gewesen sein mit diesem Schriftsteller, in dieser kurzen Zeit», sagt Angelika, während sie mit den Gedanken anderswo ist, bloß wo? Ihr fallen die Augen zu. Sie muß ins Bett. Und sie muß sich diesen Brief nochmals anschauen. Sie muß überlegen, ob sie Kathrin nicht doch davon erzählen soll.

Kathrin starrt sie an. Ihre schwarzen Augen funkeln zornig. «Die Lederjacke wäre vollkommen verzeihlich, verstehst du, wenn darin nicht ich erkennbar wäre.» Sie nimmt einen großen Schluck Wasser und knallt das leere Glas auf den Tisch. «Ich habe aber einen Mantel getragen, keine Jacke, und das ist der Unterschied. Gute Nacht!»

Olevano, 2. Tag Seit zwei Jahren leidet Kathrin unter schwerer Diabetes. Ihr Körper bildet so gut wie gar kein Insulin mehr, aber sie hat ihre Krankheit im Griff. Nur morgens kommt sie oft schwer aus den Federn, wobei unklar bleibt, ob das wirklich mit dem Insulin zusammenhängt. Kathrin arbeitet halbe Nächte hindurch, sie trinkt dabei Rotwein und raucht neuerdings Zigarren. Während dieser Arbeitsexzesse ist sie noch nie umgefallen, und sie behauptet, ihr würde noch nicht mal schwummrig.

Als Angelika um sieben vom Geschrei der Vögel geweckt wird, schläft Kathrin nebenan im Schlafzimmer noch fest. Angelika stößt im Gästezimmer die Läden auf. Man hat von hier den gleichen sagenhaften Ausblick wie vom Studio. Die Wohnung, die einen Großteil der ersten Etage einnimmt, ist ohne Flur. Wie an einer Perlenkette reihen sich die Zimmer aneinander: Der Weg führt vom Gästezimmer ins Studio, vom Studio in die Küche, von der Küche ins Wohnzimmer, vom Wohnzimmer ins Schlafzimmer, vom Schlafzimmer ins Gästezimmer. Man muß linksherum oder rechtsherum im Kreis gehen, um vom Gästezimmer in die Küche zu kommen. Angelika geht rechtsherum, durch das Studio, denn sie will Kathrin nicht wecken.

Vom Studio aus führt linkerhand die Balkontür nach draußen, rechterhand geht es zum Badezimmer oder durch den Treppenflur hinunter zum Erdgeschoß. Unter den steilen Steinstufen liegt geradeaus der Hauseingang, links ist eine leerstehende, sehr geräumige Wohnung. Niemals werden dort die Läden geöffnet, doch wenn die Verwalterin Franca unten die Tür offenläßt, riecht es bis hoch nach Salmiak, Insektiziden und Weichspüler, denn sie verwahrt unten ihre Utensilien. Auch schrillt manchmal das Telefon, und es hallt von den Wänden, wenn Franca mit lauter Stimme hineinbellt.

Nachdem Angelika auf der Toilette war, dreht sie die Gasflasche auf und füllt den Einsatz der Kanne mit Espresso. Sie ist noch barfuß und im Hemd. Sie greift zum Wasserhahn, und in diesem Augenblick schlägt im Studio die Wohnungstür zu. Angelika lauscht. «Kathrin?»

Angelika hechtet zur Tür, und sie sieht gerade noch, wie unten die Haustür zufällt. Sie springt auf den Balkon, aber draußen ist keiner zu sehen.

Kathrin hat sich in ein verdrehtes Laken gewickelt und schläft. Angelika zieht das Hemd aus, schlüpft in das verschwitzte Kleid und die Sandalen. Sie packt ihre Tasche. In Windeseile fliegt sie die Stufen hinunter und läuft durch den Garten. Sie stolpert über den Schlauch, mit dem Franca den Rasen bewässert.

Eine abschüssige Rampe aus Beton führt hinunter zum Haupttor. Es besteht aus nach oben hin spitz zulaufenden, grauen Metallstreben und ist knapp drei Meter hoch. Links und rechts schließt es an ein grobmaschiges Gatter an, das den Olivenhain einfriedet. Angelika tappt mit ihren rutschigen Sohlen hinunter. Nach hundert Metern dreht sie sich um und stellt fest, daß die Rampe ins Nichts führt, dahinter erhebt sich der Himmel.

Angelika tritt durchs Haupttor und schaut die gewundene Gasse hinauf, die zum Nebeneingang führt. Auf dem Asphalt ringelt sich eine überfahrene Schlange. Sie liegt da wohl schon länger, denn sie ist völlig ausgetrocknet. Angelika bückt sich. Es ist eine Viper.

Wer auch immer in die Wohnung eingedrungen war, sie wird ihn nirgendwo mehr finden. Vielleicht war es auch nur der Wind gewesen, der Wind hatte die Tür zugeschlagen. Vielleicht hatte Angelika die Wohnungstür doch nicht richtig geschlossen, nachdem sie draußen auf der Toilette gewesen war, obwohl sie zur Kontrolle extra an der Klinke gerüttelt hatte. Sie seufzt. Sie will endlich ihre Ruhe, und der erste Abend mit Kathrin war anstrengend genug gewesen.

Nach kurzem Zögern geht Angelika den Weg hinunter ins Dorf. Ihr folgt die halbwilde Katze, die zur Casa Baldi gehört. Am ersten Treppenabsatz bleibt sie stehen und kehrt um.

Die Dörfler sind freundlich. Mit weiten Gesten weisen die Frauen in den geblümten Schürzen den Weg, während sie am Fenster stehen und weiße, gestärkte Laken lüften. Die alten Männer, die vor der Schusterwerkstatt auf Holzstühlen sitzen, zeigen ihre Zahnlücken, während sie kehlig flüstern: «Bella. Bella.» Die Jungs haben Glatzen, die Mädchen Gel im Haar, sie führen Kleinkinder an der Hand, die Lackschuhe tragen.

Im Dorf gibt es keine Touristen. Die engen Stiegen und Steigen der verwinkelt in den Felsen gehauenen Altstadt sind so sauber gehalten, daß man davon essen könnte. Nirgends stinkt es. Viele Anwohner haben Wäsche in Nationalfarben nach draußen gehängt, denn es ist Fußballweltmeisterschaft.

Auf der Piazza setzt sich Angelika auf eine Bank mit Panoramablick. Sie liest fünfzig Seiten aus dem «Mann ohne Eigenschaften», den sie in der Hausbibliothek gefunden hat, kann sich aber hinterher an nichts erinnern. An einem verdreckten Abhang döst sie zwischen Gestrüpp und Bierdosen in der Morgensonne. Als sie aufwacht, glüht die Nase. In der Bar Belvedere trinkt sie einen Espresso und zwei Gläser Wasser. Im angrenzenden Luna Market kauft sie Weißbrot, Schinken und Marmelade. In der Pasticceria ein Stück Kartoffelpizza mit Rosmarin. Als sie den Berg hinaufkeucht, läuten die Mittagsglocken. Glühende Hitze hat sich um Angelikas Schultern gelegt.

Sie läßt die Rampe rechts liegen und wählt wie am Vortag den höher gelegenen Nebeneingang für Postboten und Diebe. Wieder greift sie in den Briefkasten. Er ist leer, aber als sie im ersten Stockwerk angekommen ist und die Studiotür öffnet, fällt ihr Blick sofort auf die Kommode. Dort liegt ein länglicher, in ihrer Handschrift an sie adressierter Briefumschlag. Er wurde am Samstag in Hamburg abgeschickt. Wieder benutzte der Schreiber den Typ Füllfederhalter, den auch Angelika bevorzugt. Sie prüft die einzelnen Buchstaben: Die Querstriche wurden von links nach rechts, die Aufschwünge auf- und die Abschwünge abwärts gezogen. Man muß kein Graphologe sein, um zu erkennen: Diese Adresse wurde von einem Rechtshänder geschrieben. Kathrin ist somit aus dem Rennen. Sie kann es nicht gewesen sein, denn wenn ein Linkshänder auf diese Weise einen Füller aufs Blatt setzt, kommt nur Gekrakel dabei heraus.

Der Brief ist diesmal mit dem Computer geschrieben. Es ist der gleiche Zeichensatz, den auch Angelika benutzt. Format, Schriftgrad, Zeilenabstand, alles gleich. Es ist ihr Briefpapier und vermutlich ihr Drucker. Dabei war Angelika am Wochenende noch zu Hause in ihrer Wohnung! Es hat keiner eingebrochen, und außer Thies hat sie am Samstag auch keiner besucht.

Liebe Angelika! Ich hoffe, Du kommst in der Casa Baldi gut zurecht. Du weißt, das ist die Außenstelle der Deutschen Akademie Villa Massimo, also bügle schon mal Dein kleines Schwarzes (das Bügeleisen findest Du im Wohnzimmer in der obersten Schublade des Fernsehschranks). Bügeln mußt Du selber. Im übrigen sorgt ULI für Dich. Der Kulturminister stellt nur die Gelder und Räume bereit, letztere auch für die Gäste, den Rest besorgt Unsere Letzte Instanz. ULI wird Dich genau den angemessenen Situationen zuführen, und ‹angemessen› bedeutet, in Deinem Fall, Angelika: gnadenlos.
Du bist dazu ausersehen, in den nächsten drei Wochen durch Himmel und Hölle zu gehen. Du wirst exakt die Erfahrungen machen, denen Du immer ausgewichen bist, Erfahrungen, die Dein Mentor Neumann im übrigen stets für unabdingbar hielt; und am Ende wird ein gigantisches, glorioses Scheitern stehen, wenn Du Pech hast und nicht aufpaßt. Nun: Du wirst Dich jedenfalls auf der Stelle brachial und unglücklich verlieben. Weiter sehe ich noch nicht. Für heute verbleibe ich Dein Schutzengel.

«Dein Schutzengel» ist wieder von Hand geschrieben. Es ist die gleiche Schrift wie im ersten Brief. Es ist Angelikas Schrift.

«Kathrin! Kathrin!»

«Ich bin unten im Atelier», ruft Kathrin aus dem Schuppen neben der Küche, der eigentlich zur kleinen Nachbarwohnung gehört. Da die zur Zeit ebenfalls leersteht, weil es auf Länderebene Probleme mit der Verteilung von Zuschüssen gibt, bekam Kathrin aus Rom die Erlaubnis, das Atelier mitzubenutzen. «Ich arbeite!»

Angelika schließt das Küchenfenster und geht nach nebenan ins Wohnzimmer. Auf einem halbhohen Bücherregal neben der Balkontür steht das Telefon. Angelika hebt ab und wählt im Stehen die Nummer von Neumann. Seine Handynummer, die er für Notfälle reserviert hat. Er nimmt sofort ab.

«Günther?» Es knackt und knistert in der Leitung. «Ja, hier ist Angelika.» Sie schildert das, was passiert ist, kühl und genau. Jemand, der sich Schutzengel nennt, hat ihr zwei anonyme Briefe geschickt. «Was meinst du, vor welchen Erfahrungen bin ich davongelaufen?» fragt sie am Schluß.

«Wie bitte?» Neumanns Stimme klingt ungewohnt heiser und brüchig.

«Der Schutzengel schreibt, ich zitiere: ‹Du wirst exakt die Erfahrungen machen, denen Du immer ausgewichen bist, Erfahrungen, die Dein Mentor Neumann im übrigen stets für unabdingbar hielt; und am Ende wird ein gigantisches, glorioses Scheitern stehen ...› Was meint er damit?»

Neumann überlegt. «Ich will wahrscheinlich, daß du endlich die Kontrolle über dich verlierst. Ich will, daß du deine Persönlichkeit und dein Leben nicht mehr im Griff hast.»

«Wer kann diesen Wunsch auf dich projizieren?»

«Tja», sagt Neumann. «Wer wohl.»

«Jetzt nur keine neuen Anschuldigungen, hörst du? Ich weiß, daß du meiner Außenwohngruppe ablehnend gegenüberstehst. Du hältst meine vier Schützlinge doch allesamt für gefährdet.»

«In meiner Abteilung ist immer ein Bett frei», erwidert Neumann, und Angelika meint, durch das Tosen und Fiepen hindurch sein selbstzufriedenes Lachen zu hören. «Der Fall ist klassisch. Einer deiner Klienten verträgt die Trennung nicht. So was endet gewöhnlich in einem Selbstmordversuch. Sobald wir wissen, wer es ist, lassen wir ihn einweisen.»

Angelika schweigt. In der Leitung lärmt es.

«Wenn ich mir's recht überlege, dann kann es eigentlich nur jemand aus deiner Gruppe sein. Sonst ist keiner deiner Klienten emotional derart von dir abhängig, daß er hellsichtige Symptome entwickelt. Ich denke, wir sollten sofort etwas Einschneidendes unternehmen.»

Ganz schön einfach, denkt Angelika wütend. Klappe zu, Patient dicht. Wenn ein Versuchskaninchen auf der freien Wildbahn schlappmacht, wird es sofort wieder in den Stall gesperrt und mit Medikamenten vollgestopft. Reintegration läuft nur solang gut, wie der Patient funktioniert. «Nicht nötig. Ich rufe im Projekt an und kläre die Sache.»

«Angelika. Bist du verrückt?» Neumann macht eine Pause. «Dieser Briefeschreiber hat einen akuten psychotischen Schub. Du darfst sein Muster nicht durchkreuzen, nach dem er augenblicklich handelt, sonst wird er unkontrollierbar. Wenn du jetzt mit ihm sprichst, läuft er Amok.»

«Klar. Dann borgt er sich 'ne Knarre und ballert sich den Weg frei zum Hafen.» Sie zieht die Mundwinkel nach unten und schüttelt den Kopf. «In meinem Projekt leben zwei Frauen und zwei Männer mit organisch bedingten Zwangsstörungen. Sie werden seit Jahren erfolgreich therapiert.»

«Angelika ...»

«Daß sie sich und anderen niemals auf offen aggressivem

Weg schaden, dürfte dir bekannt sein. Sie haben viel zuviel Angst. Und woher weißt du eigentlich, daß es ein Briefeschreiber ist und keine Briefeschreiberin? Eine akut gefährdete Frau zeigt meist weit weniger Gewaltbereitschaft.»

«Brigitte wird mit der Lippmannstraße allein nicht fertig», erwidert Neumann knapp. «Das zeigt sich jetzt. Ich plädiere also dafür, wenn ich es mir recht überlege, daß wir alle vier Projektkandidaten in die Geschlossene verlegen, bis dein Urlaub vorbei ist.»

«Das kannst du nicht machen», schreit Angelika. «Rudi muß arbeiten. Wenn du ihn einsperrst, verliert er vielleicht seine Stelle. Und Inge ist womöglich ihren Freund los. Günther! Du kannst gar nicht abschätzen, was für Konsequenzen so ein Schritt hat.»

«Einer deiner Klienten ist suizidgefährdet», erwidert Neumann ungerührt.

«Ich werde es herausfinden.»

«Du wirst gar nichts herausfinden! Du wirst dich, solange diese Briefe eintreffen, nicht von der Stelle rühren. Denn aller Wahrscheinlichkeit nach sind bereits weitere unterwegs, und sobald der Schreiber merkt, daß du etwas am Setting geändert hast, wird er unberechenbar.» Neumann dämpft die Stimme wieder. «Bleib in Italien und halte ihn hin. Um das Weitere kümmere ich mich.»

«Ich verbiete dir, dich in meine Arbeit einzumischen. Es ist mein Projekt. Ich habe sieben Jahre gebraucht, um soweit zu kommen. Und du willst mir alles wieder kaputtmachen.» Angelikas Stimme kippt um. «Ich dachte, du wärst mein Freund. Ich hab dich immer für so was wie meinen Vater gehalten. Doch du hast mich die ganze Zeit nur als Aushängeschild benutzt.»

«Du bist die zuständige Therapeutin. Aber die Verantwortung trage ich. Das Projekt Lippmannstraße untersteht dem Leiter der Psychiatrischen Abteilung des Universitätskrankenhauses Eppendorf.»

Angelika legt auf und setzt sich. Eine Weile hockt sie reglos auf der Sofalehne. Sie sieht sich die Buchrücken im Regal an. Friedeman Reinhard, Viktor Bausinger, Olaf Gollatzsch, Josef Brechbühl. Autoren mit ewiger Jugend, die noch bis weit über ihre künftige Einäscherung hinaus staatlich gefördert werden. Angelika hat nichts von ihnen gelesen, aber vor kurzem veröffentlichte Thies einen langen und sehr bösartigen Aufsatz über das «Massimo-Syndrom». Darin ging es um die Unmöglichkeit einer qualifizierten Kunstförderung, und in diesem Zusammenhang kann sie sich an alle vier Namen erinnern. Angelika stöhnt. Dann geht sie hinüber zum Fernsehschrank und öffnet die oberste Schublade. Sie ist leer bis auf ein Bügeleisen.

Der Schutzengel wußte also tatsächlich, wo das Bügeleisen liegt. So etwas gibt es. Es gibt Menschen, die wissen, wo in Thailand ein Kabel verlegt wird. Dabei waren sie noch nie in Thailand, aber oft genug in der Psychiatrie.

Es nützt nichts, Brigitte anzurufen. Wenn Neumann sich etwas in den Kopf gesetzt hat, dann zieht er die Sache durch, und falls Angelika nun ihrerseits Druck macht, fühlt sich Brigitte zwangsläufig überfordert. Das wird am Ausgang der Sache nichts ändern.

Angelika würde am liebsten auf der Stelle abreisen, aber da hat Neumann vermutlich recht. Es ist gefährlich, am Setting etwas zu ändern, solange sie die Reaktion des Schutzengels nicht einschätzen kann. Er muß, jedenfalls in diesem frühen Stadium, jederzeit wissen, wo sie erreichbar ist.

«Stell dir das vor. Ein anderer Mensch bewältigt dein

Thema, den Tod deines Vaters, und er beschreibt im Kern deine ureigenen Szenen, die du selber nicht beschreiben kannst. Welch ein Triumph eines Fremden, der lauthals durch die Beilage zieht.»

Kathrin steht in der Tür zur Küche. Angelika hat sie nicht kommen hören, und sie hat für ihr geziertes Geschwätz keine Nerven. Aber sie sieht trotzdem, daß Kathrin ihr eben etwas Entscheidendes mitgeteilt hat, denn Kathrin schwenkt eine großformatige Zeitungsseite. Es ist die Wochenendbeilage einer großen deutschen Tageszeitung.

«Er hat dich also benutzt. Wer ist es? Wie heißt er?»

Kathrin zerknüllt das Blatt und wirft es in die Ecke.

«Du kannst dich dagegen wehren. Es verletzt deine Persönlichkeitsrechte.»

Kathrin seufzt und läßt sich wie in der Nacht vorher aufs Sofa fallen. «Schriftsteller sind Mörder», sagt sie in völlig verändertem und sehr sarkastischem Ton. «Wie überhaupt alle Künstler. Doch zum Glück meucheln längst nicht alle, die der Kulturminister in Italien aushält. Die meisten malen, klopfen, sägen oder geigen. Einige knipsen und drehen durch, oder sie spielen nachts Klavier. Auf jeden Fall müssen sie etwas Vielversprechendes tun, was nicht verwertbar ist und kein Geld bringt. Das Versprechen liegt darin, daß es in Zukunft verwertbar sein und Geld bringen soll, denn erst, wenn die Kunst zu Markte geht, wird sie als Kunst wahrgenommen. Was bringt eine Kunst, die keiner sieht, weil sie keiner kauft? Jedenfalls keine Steuern. Das weiß der deutsche Staat, und darin sieht er die einzige Chance, sich vor den bettelnden Händen der brotlosen Künstler zu retten. Er trachtet danach, sich in Sicherheit zu bringen.»

«Nimm es mir nicht übel», unterbricht Angelika, «aber ich kann dir im Moment nicht zuhören.»

«Die malerisch gelegene Institution ist ein behördlich geregeltes Umerziehungscamp, das Künstler mit Hilfe der Steuerzahler dazu bringen soll, lauthals ihren Marktwert einzufordern.»

Angelika betrachtet Kathrin, die sich von oben bis unten mit Farbe bekleckert hat. Das Massimo-Syndrom. Du hast das sofort kapiert, denkt sie, während ihr die entscheidenden Stellen aus Thies' Aufsatz einfallen, und du hast sofort damit angefangen, dir die Fußnägel zu lackieren. Du hast auch gleich damit angefangen, sämtliche Fehler bei dir selbst zu suchen. Erstes Gebot: Wer versagt, ist selbst schuld. Bravo, Kathrin. Du paßt nicht ins Netz. Du willst aber ab sofort ins Netz passen, und du ärgerst dich, daß du dich nicht schon viel früher kaltblütig dazu entschlossen hast, deine kryptische Erscheinung in bares Geld umzuwandeln. Du hast dich in die Distributionsmechanismen immer noch nicht richtig eingeklinkt, aber jetzt muß etwas passieren. Mach was draus.

Angelika lächelt. «Im Projekt gibt's Probleme. Mir steht die Sache bis zum Hals. Sei mir nicht böse, aber ich glaube, ich nehme das nächste Flugzeug.»

«Was?» schreit Kathrin. «Ich brauche dich jetzt.»

Sie packt Angelika an den Schultern, wirft sie zu Boden und trommelt mit beiden Fäusten auf sie ein.

OLEVANO, 3. TAG Am nächsten Morgen ist Kathrin verschwunden. Auf dem Küchentisch liegt ein Zettel: «In Rom findet die Initiation statt.»

Sie hätte mich ja wenigstens wecken können, denkt Angelika trocken. Aber offenbar geht es ihr bestens. Am Vorabend hatten sie noch lange geredet. Kathrin hatte sie zugetextet mit den Problemen der bildenden Kunst. Und mit ihrem schrecklichen Stipendiatendasein. Angelika hatte dabei immer wieder an Thies und seinen Aufsatz gedacht.

«Die Institution», predigte Kathrin, «braucht ihre Laufkundschaft nur, um sich selbst zu erhalten, und nur deshalb dürfen wir uns Künstler nennen. Wir dürften uns auch Dienstboten nennen oder Diebe, Märtyrer oder Meuchelmörder, wenn dies den zweckgerichteten Interessen der Institution dienlich wäre, wir müßten das sogar. Wir müssen uns also Künstler nennen, wir müssen uns benehmen wie die Künstler und möglichst von innen heraus den Anschein erwecken, Künstler zu sein. Sitzt ein Künstler, der dieses Bild zuwege bringt, in der Institution fest, soll er über die Institution nicht schimpfen. Und auch nicht über die Steuerzahler. Wir sollten uns vielmehr erfolgreich um Erfolg bemühen.»

Und genau das tut Kathrin jetzt. Sie ist in der Villa Massimo, um dem Direktor ihr schelmisches Grinsen zu verkaufen. Denn während sie jammert, verzieht sie spöttisch das Gesicht, und ihre Augen sprühen das giftigste Türkisgrün. Man weiß nie, woran man mit ihr ist, denkt Angelika, der Kathrins Attacke noch in den Knochen sitzt. Plötzlich hatte Kathrin aufgehört, sie zu schlagen, und kraftlos, beinahe resigniert stand sie auf.

Angelika hat Kathrin nichts von ihren Schwierigkeiten erzählt. Nichts von den Briefen, nichts vom Schutzengel, nichts von dem Streit mit Neumann. Nie war ihr in Hamburg aufgefallen, wie exzentrisch ihre Mitbewohnerin ist. Dabei meint Kathrin es eigentlich gut. Unvermittelt redete sie am Abend immer wieder auf Angelika ein, sie möge doch bleiben. Ohne zu begreifen, was sie sagte, lobte sie sogar die Vorzüge ihrer verhaßten Rivalen.

«Sie sind allesamt nette Kerle, sie blicken verschmitzt drein wie Hausbesetzer oder Versicherungsvertreter, und sie machen auch nichts falsch. Der Grund, warum einer Kunst macht, muß nicht immer die blanke Verzweiflung sein, und sogar Josef verstreut fröhlichen Optimismus. Du mußt ihn kennenlernen.»

«Josef?»

«Das Schwein», schrie Kathrin plötzlich. «Hilf mir gegen das Schwein.»

Angelika stöhnt. Obwohl Kathrin jedes Gespür für andere Menschen fehlt, hat sie vielleicht doch recht damit, daß es generell falsch ist, vorschnell die Flucht anzutreten. Wobei Kathrin freilich gar nicht weiß, worum es eigentlich geht. Sie soll es auch nicht wissen. Im Unterschied dazu war es richtig, Neumann umgehend zu informieren. Aber es wäre falsch, ihm nun die Entscheidung, die er bereits getroffen hat, wieder auszureden. Angelika hat Urlaub. Sie hat ein Recht auf diesen Urlaub. Und wenn andere damit nicht umgehen können, dann ist das ihr Problem.

Das Burnout-Syndrom besteht im wesentlichen darin, daß man nicht mehr abschalten und nichts mehr delegieren kann. Man hält sich für unersetzlich, und dieser Irrtum ist es, der einen schließlich in den Zusammenbruch treibt. Wenn Neumann nun meint, er müsse das Projekt zerstören, dann hätte er es früher oder später sowieso getan.

Auf der Terrasse legt sich Angelika in einen Liegestuhl. Sie reibt sich Schultern und Beine mit Sonnenmilch ein. Ihr Brustbein tut weh. Vermutlich ist Kathrin so schnell nach Rom gefahren, weil ihr die gestrige Prügelei peinlich ist.

Angelika schließt die Augen. In der Luft hängt eine schräge Improvisation aus Gezwitscher, Gezirpe und Gehupe. Da fällt ihr ein, daß sie die Gasflasche nicht zugedreht hat. Sie stürmt nach oben, aber die Gasflasche ist zu. Nach kurzem Zögern kramt Angelika nach ihrem Schminktäschchen und drückt zwei der kleinen weißen Pillen aus der Folie. Relactant forte. Sie spült sie mit einem Glas Wasser hinunter.

Hinterher weiß sie nicht mehr, wie lang sie geschlafen hat.

Der Brief, der heute ankam, wurde ebenfalls am Samstag in Hamburg abgeschickt. Angelika hält den Poststempel gegens Licht. Sie prüft ihn mit dem Fingernagel. Er wirkt echt, und der Umschlag ist fest verschlossen. Sie reißt ihn auf. Wieder ist die Adresse in ihrer Handschrift geschrieben, während der Text aus dem Computer stammt. Und wieder ist der Ausdruck identisch aufgemacht und aus dem gleichen Material wie die Briefbögen, die Angelika benutzt.

Liebe Angelika! Wenn ich einen ungefähren Zeitraum von fünf Tagen abtaste, dann sehe ich Euch schließlich barfuß den Strand entlanggehen, Dich und den Neuen, den ULI Dir sendet. Unsere Letzte Instanz wird ihn Dir nicht gleich mitliefern, weil Du Dir erst Dein eigenes Urteil bilden mußt, allein unter Stipendiaten, und dann wird der Neue kommen, und Du wirst feststellen, er hat sich genau das gleiche Urteil gebildet. Wenn Du bis dahin noch kein eigenes Urteil hättest, und keine eigens dafür gemachte Erfahrung, dann könntest Du mit seinem Simultanurteil und seiner Simultanerfahrung überhaupt nichts anfangen. Eine tumultuöse Massierung gleichlaufender Simultanurteile (oder Simultanvorurteile) und Simultanerfahrungen bringt Dich aber am ehesten dazu, Dich

zu verlieben. Das weiß ULI, die Dich auf diesem Weg warnt, denn Du verstrickst Dich schon bald in ein tödliches Abenteuer.
Ich kann das Gesicht des Neuen im Gegenlicht der Zukunft nicht sehen, aber ich erkenne, daß es ein stattlicher Mann ist, und ich wette, er hat Olivenaugen.

Erstaunt hält Angelika inne. Sie läßt den Brief sinken, schaut in die Ferne und blinzelt. Sie spürt einen Druck im Kopf, als würde jemand mit beiden Händen ihr Gehirn zusammenpressen.

Wenn Du auf dem Klo sitzt, dann fällt Dein Blick hinüber zur Villa Serpentara, zu einem verwunschenen Häuschen am gegenüberliegenden Hang. Direkt dahinter beginnt der Eichenhain, ein gestrüpphafter und von giftigen Schlangen heimgesuchter Wald. Du wirst unzählige Male hinübergeschaut haben, ehe Dir plötzlich einfällt, daß der Blick auf die Serpentara rätselhafterweise dem Blick auf den Pavillon gleicht, in dem Du die ersten sieben Jahre aufgewachsen bist. Ist es der bis ans Haus heranreichende Wald, der dahinter aufragende Hügel, ist es davor das Neubaugebiet? Oder ist es auch das Haus selbst, das Dich erinnert? Jedesmal, wenn Du als Kind um die Ecke bogst, stand frontal, jenseits der Steige, der Pavillon, der oben und unten zwei Fenster hatte, und es war, als blicktest Du in ein sich Dir entgegenreckendes Gesicht.
Ihr zogt damals um in ein größeres Haus, das noch weiter draußen in der Vorstadt lag. Deine Eltern hatten sich scheiden lassen. Dein Vater zog sich zurück. Jeden Tag, wenn Du von der Schule gekommen bist, mußtest Du am Pavillon vorbeigehen. Du sahst zu, wie er verfiel, wie die Risse im verfleckten Mauerwerk nach oben züngelten, während drumherum ein Neubaugebiet wucherte, und Du warst mit dabei beim Abriß.

Ein paarmal vorher, mit zwölf oder dreizehn, bist Du über das morsche Tor geklettert und über brennesselüberwachsene Steinplatten bis zum Pavillon gestakst. Du hast die quietschende und schief in den Angeln sitzende Tür aufgemacht, Du bliebst plötzlich stehen. Hier roch es noch immer nach Sägemehl, wie früher, als Dein Großvater neben der Tür Holz gestapelt hatte. Du gingst in den Garten, Du legtest Deinen Zeigefinger auf den Schlachtpflock, auf dem der Großvater früher die Hühner geköpft hatte, und irgendwo lag auch noch die Axt.

Mit der Hand fuhrst Du über die Innenseite der rauhen, rissigen Schuppentür, über stricknadellange Spreißel, gesprenkelt von dunkelbraunen Blutspritzern. Dann gingst Du endlich hinein. Durch die fehlenden Dachziegel fiel Licht und malte Sonnenschneisen an die Wände. Dein Fuß stocherte im Sägemehl, und Du hättest jetzt gern zu singen angefangen.

Angelika hat nie singen können. Sie hat keine Stimme, es ist mehr ein Krächzen und Klagen, ein dünnes, suppendes Jammern. Bis sie einsah, daß sie nicht singen konnte, hat es Jahre gebraucht, in denen sie vergeblich in Chören herumstand.

Unbeschreiblicher Jubel bricht los. Italien hat ein Tor geschossen, und im Tal schreien die Dorfbewohner wie Tiere. Angelika seufzt. Ihr Kopf platzt. Sie hört ein Sirren im Ohr.

Für ihren Vater, der sich als Musiker durchschlug, war es ein schwerer Schlag, daß seine Tochter weder singen noch Klavier spielen konnte. Als sie ihm mit sechzehn gestand, sie könne die Fruchtlosigkeit ihrer Klavierstunden nicht mehr ertragen, hielt er ihr vor, wieviel Geld er in sie investiert habe. Einen teureren Lehrer habe man angeschafft. Ein neues Klavier. Es hat alles nichts genützt.

Angelika konnte auch keine Gedichte aufsagen und nicht schauspielern. Sie konnte keine Stimmen imitieren, keinen Ball werfen und nicht vom 3-Meter-Brett springen. Sie konnte nichts tun, bei dem man Zuschauer hatte.

Mehrmals hintereinander liest sie die drei nächsten, unzusammenhängenden Sätze.

Im Zimmer des Neuen liegt ein Hammer auf dem Boden. Besucht er Dich, überklettert er den Zaun. Durch seinen vorspringenden Schneidezahn fühlst Du Dich an Deinen Vater erinnert.

Angelika kontrolliert ihren Atem. Ihr Herz schlägt schmerzhaft bis zum Hals. Kein Mensch kann die Zukunft vorhersagen, auch ein noch so empathischer Psychotiker nicht. Was da angeblich kommen soll, ist rein spekulativ. Aber es ist fast dreißig Jahre her, daß Angelikas Vater seinen auffallend nach vorn stehenden Schneidezahn wegen einer unbehandelten Parodontose verlor.

Woher ich das alles weiß? Ich bin ein Zaungast. Stets habe ich meine Anbefohlenen nur beobachtet, heimlich meist, und bis hinein in ihre Intimitäten. Seltsamerweise beschränkt sich meine Wahrnehmungswut aber eher auf entlegene Details. Ich greife nicht ein, deshalb sollst Du vor mir auch keine Angst haben. Aber fürchte Dich vor Deinen Nächsten! Sie wollen Dir Böses tun. Also sieh genau hin. Oft genügt ein Blick, und schon weiß man alles.
Jetzt läuten draußen die Kirchenglocken, hörst Du, wahrscheinlich hat Italien gegen Frankreich gewonnen; Du wirst das gleich von dem Neuen erfahren, der beim Fußball in einer Bar sitzt. Hast Du Deine Sandalen endlich zum Schuster gebracht? Paß auf Dich auf. Dein Schutzengel.

Die Glocken läuten. Autos hupen. Ein Marktschreier preist mit elektronisch verstärkter Stimme Obst und Gemüse an.

Plötzlich steht ein Mann auf der Terrasse. Er ist vielleicht ein bißchen jünger als Angelika. Mitte Dreißig. Er ist schlank und sehr groß. An Armen und Beinen hat er Sommersprossen. Er trägt ein schmutziges weißes T-Shirt, abgeschnittene Jeans und Holzlatschen. Angelika hat ihn nicht kommen hören. Beide Eingänge sind geschlossen. Er muß über den Zaun geklettert sein.

Sie schiebt sich die Sonnenbrille ins Haar und blinzelt. Er dreht sich zu ihr um. Er hat grüne Augen, schwarze Haare und ein ausdrucksvolles, schönes Gesicht, er ähnelt ein wenig Thies. Und ihrem Team-Chef, Hauptkommissar Gellberg.

«Na, hat Italien gewonnen?»

Er antwortet nicht, sondern stiert in die Landschaft. Vermutlich ist er Italiener und versteht nichts.

«Scusi», sagt sie. «Da dove viene?»

«Von dort unten», erwidert er. Er hat einen finsteren süddeutschen Akzent. Und er hat einen vorspringenden Schneidezahn. «Aus der Bar.»

«Irgend jemand hat mir Ihren Auftritt schon angekündigt.»

Er winkt ab. «Kein Problem. Hier kennt jeder jeden.»

«Ich heiße Angelika. Ich wohne bei Kathrin.»

«Josef.»

«Sind Sie Schriftsteller?»

Er nickt. «Aber wir können auch du sagen.» Er zeigt mit dem Finger auf die Hausmauer. «Ich wohne dort drüben. Am entgegengesetzten Dorfrand.»

«In der Villa Serpentara? Kathrin hat mir erzählt, daß dort auch ein einsamer deutscher Stipendiat wohnt.»

Er grinst und legt sich vor ihr auf den Steinboden. Hinter ihm ragt ein riesiger Baum auf, dessen Blätter sich von der Hitze bereits verfärben. Seinen Kopf bettet Josef im Schatten auf beide Handflächen, während er in der prallen Sonne die Beine anwinkelt. «Und was machst du?»

«Urlaub.»

Er lacht. Er schaut eine Weile hoch ins trockene Laub. Dann springt er auf und verschwindet auf dem Weg, auf dem er gekommen ist.

Drinnen klingelt seit einer halben Ewigkeit das Telefon. Es ist Brigitte. «Reg dich nicht auf. Neumann hat die ganze Lippmannstraße in die Geschlossene verlegt. Aber Frieder und Inge nehmen es gelassen. Rudi tippt sich an den Kopf. Er hat wegen dem Quatsch extra Urlaub genommen. Die einzige, die sich tierisch aufregt, ist Margret.»

«Und du? Wie geht es dir damit?»

«Ach, weißt du», sagt Brigitte. «Ich hab mal mit wahnsinnig vielen Idealen hier angefangen. Aber wenn alles nichts hilft, schiebe ich eben Dienst nach Vorschrift.»

«Es tut mir so leid», antwortet Angelika leise.

«Red keinen Stuß. Erhol dich. Weißt du, was mich eigentlich sauer macht? Daß Neumann nicht rausläßt, wofür diese ganze Aktion gut ist.»

«Fühlst du dich deshalb disqualifiziert?»

Brigitte holt tief Luft. «Na ja. Ein bißchen vielleicht schon. Aber er hat mir fünfmal versichert, daß er meine Arbeit schätzt und daß es nichts mit mir zu tun hat.»

«Mehr hat er nicht gesagt?»

«Nein. Mehr nicht.»

Margret. Die einst scheue, schüchterne Margret, die unter einem Duschzwang leidet und dreimal am Tag das Bad unter Wasser setzte, bis sie mehr Selbstbewußtsein entwickelt und gelernt hat, ihre Zwangsstörung zu kontrollieren. Ausgerechnet Margret wird nun renitent.

Daß Margret sich Neumanns Einweisung als einzige widersetzt, ist zunächst ein gutes Zeichen. Die Therapie schlägt offenbar an. Dennoch fällt Angelika jetzt, aus der Ferne, erst recht auf, wie sehr sich die «Kleine» verändert hat. Aus einer ängstlich klammernden Kindfrau ist eine aggressiv fordernde junge Wilde geworden, die sich auf dem Weg in die innere Selbständigkeit das holt, was sie braucht. Ein wichtiger Schritt. Aber ist Margret in letzter Zeit nicht manchmal zu weit gegangen? Sie hat Angelika abends und an den Wochenenden zu Hause angerufen, was nicht abgesprochen und auch nicht in Ordnung war. Es gehört zu den Regeln des Projekts, daß man sich an die Zeiten hält.

Und da Margret neuerdings gern den Anschein erweckt, sie nähme teil und wäre selber Teil von allem, ist sie immer in Bewegung. Ihr Blick muß scharf sein und ihr Lachen kehlig, und sie hat jetzt zu allem eine Meinung. Angelika überlegt, wieviel sie Margret zutraut. Ist Margret der Schutzengel? Kann sie solche Briefe schreiben? Wer weiß. Vielleicht habe ich nicht sehen wollen, denkt Angelika, wie sehr Margret mich braucht. Vielleicht ist sie trotz ihrer positiven Entwicklung psychisch derart abhängig von mir, daß sie nun diese empathische Hellsicht entwickeln muß, damit sie den Trennungsschmerz aushält. Vielleicht gibt sie sich nur so forsch in letzter Zeit, um mir zu gefallen. Um mich zu binden, und wo dieses Mittel nicht mehr greift und ich sie verlasse, sucht sie nach anderen Wegen, mir nahe zu sein.

Doch es gibt noch einen anderen, sehr viel tieferen

Grund, warum Margret sich als Schutzengel der Casa Baldi derzeit besonders gut eignet. Seit einigen Wochen arbeitet sie nämlich ihr Vaterbild auf, und seitdem malt sie wüste Bilder. Angelika gefallen sie nicht, sie sind ihr fast peinlich, was mit ihrer Abwehr zusammenhängt. Denn sie hat, was das Scheitern an der Kunst angeht, eine zu große biographische Nähe zu Margret, die sie niemals bewältigt hat. Angelikas Vater war früher Musiker gewesen. Er hatte versucht, die Familie mit kleinen Gigs durchzubringen, bis sich die auf Sicherheit bedachte Mutter verächtlich von ihm abwandte. Margrets Vater hingegen wollte Komponist werden und dirigierte doch nur den Dorfkirchenchor. Beide Väter vergötterten ihre Töchter, die stellvertretend für sie selbst berühmte Künstlerinnen werden sollten, beide Töchter waren Einzelkinder und gegen den Ansturm der Wünsche wehrlos.

Wenn alles anders gekommen wäre, sagte Margret während der Therapie mehrmals, dann wäre aus ihrem Vater ein Künstler geworden, vielleicht sogar ein einigermaßen bedeutender Künstler, weil er alles konnte, was man dafür braucht. Er konnte also sehr viel mehr als Margret, aber irgend etwas hat ihm wohl gefehlt, denkt Angelika. Was auch immer das war, es hat die Familie zerstört, Margret, die Mutter. Hätte er sich nicht zwanghaft selbst an seinem Leben gehindert, hätte Margrets Kindheit nicht in jene Katastrophe gemündet, die sie wieder und wieder in den Gruppensitzungen beschreiben muß. Margrets Vater dagegen hat das anders gesehen. Ihm zufolge war die Mutter an allem schuld.

Als sie ein kleines Kind war, erzählte Margret, hockte sie oben auf der Empore, zwischen Sopran und Tenor, und schielte auf den Taktstock des Vaters, den er zitternd erhob.

Eine Haarsträhne fiel ihm ins Gesicht, die er mit dem Taschentuch zurückstrich, bevor er sich das Gesicht abtupfte. Der Chor stand auf, während der Vater furchtbar fuchtelte. Sein Gesicht war violett angelaufen, während ihm der Schweiß herunterlief und das Haar wieder in die Stirn hing, und Margret dachte, wenn er jetzt bloß nicht anfängt zu husten. Der Chor aber sang, und vor Furcht, der Vater könne zu husten beginnen, sah sie stur und furchtsam auf ihre Lackschuhe hinunter, auf die ineinanderströmenden Linien, die ihr Fuß eingeritzt hatte.

Angelika fühlte sich davon an irgend etwas erinnert. Doch der Schutzengel irrt sich. Bei ihr war dennoch alles ganz anders. Ihr Vater hat sich nämlich damals nicht entzogen. Er war immer für Angelika da.

OLEVANO, 4. TAG Am Abend zuvor hat sie lange auf Kathrin gewartet. Der Wind trug den Klang von Geigen durch die Nacht. Angelika ging ihm nach und stieß auf ein Kammerorchester, das Barockmusik spielte. Der Kontrabassist sah sehr filigran aus, wie er mit dem Bogen über die Saiten strich und sich dabei leicht vornüberbeugte, und daß er ausgerechnet Guiseppe hieß, tat ein übriges, um alles gut enden zu lassen. In der einzigen Pizzeria nämlich, in der man draußen sitzen konnte, und dort fand sich Angelika plötzlich neben Josef wieder.

Er goß ihr aus der Karaffe Weißwein ins Glas. «Na? Gut eingelebt?»

Eine Verlegenheitsfrage, und Angelika beschloß, die Fäden in der Hand zu behalten. «Ich mache mir Sorgen. Heute morgen ist Kathrin nach Rom gefahren, und sie ist immer noch nicht zurück.»

«Sie quatscht zuviel», entgegnete Josef. «Sie labert andauernd über Kunst.»

Angelika hob ihr Glas. «Salute!»

«Zum Wohl. Kannst du Italienisch?»

«Es reicht.» Sie lächelte.

«Prost.» Als Josef den ersten Schluck nahm, sah er sie von unten her an. Er hatte große, grüngesprenkelte Augen, die im Kerzenlicht funkelten.

Angelika bestellte eine weiße Pizza mit Rughetta, Rinderschinken und Parmesan. Josef erklärte ihr, wer mit ihnen am Tisch saß. Vier schwarzgekleidete Männer aus der ortsansässigen Kulturbürokratie, die sich mit hochgezogenen Schultern gegen Blicke abschirmten.

Angelika lächelte breiter. «Sie sind nicht unhöflich. Sie streiten sich nur über die Verteilung von Geldern.»

Josef lachte. Sein vorstehender Schneidezahn glänzte.

«Was hast du geschrieben, das Kathrin so verletzt hat?»

Josef wandte sich ihr zu und musterte ihre hohe Stirn, ihre schmale Nase, ihre seltsamen gelbgrauen Augen. «Ich? Nichts. Es war nur ein Spiel.»

«Sie war völlig durcheinander», entgegnete Angelika. «Ich würde mich bei ihr entschuldigen.»

«Wir sollten alle etwas Besonderes werden. Unsere Eltern haben uns zu stark gefördert. Das ist das Problem. Das Problem unserer Generation, wenn du mich fragst.»

Danke, daß du mich mitmeinst. «Meins nicht. Ich hab mit Kunst nichts zu tun.» Fast hätte sie angefügt: Mein Mann sammelt Kunst. Aber ich lasse mich scheiden.

«Kathrin setzt sich selbst zu sehr unter Druck», erklärte Josef. «Hast du mal ihre Sachen gesehen?»

«Was sie hier gemacht hat, noch nicht.»

Josef schüttelte den Kopf. Der Kellner brachte die Pizza. Josef bestellte noch einen halben Liter Wein. Angelika fing an zu essen. Ihr war leicht schwindelig, und sie hatte Sodbrennen. Außerdem fragte sie sich, ob sie die Gasflasche zugedreht hatte.

«Sie meint, sie muß unbedingt hier ihren Durchbruch schaffen.» Josef zuckte die Schultern.

Mit dem Wein kam Josefs Pasta. Sie aßen schweigend. «Und als was arbeitest du?» fragte Josef nach einer Weile. «Wenn du nichts mit Kunst zu tun hast?»

«Hat Kathrin dir das nicht erzählt?»

Er schüttelte den Kopf.

«Ich bin arbeitslos», hörte sie sich sagen. «Und suche nach einer Umschulung.»

«Ich fahre morgen nach Nemi.» Josef trank einen Schluck Wein. «Das ist ein kleines Dorf mit einem Kratersee. Es ist nicht sehr weit zu fahren, und es ist sehr schön dort. Willst du mitkommen?»

Angelika überlegte. Nemi. Sie dachte an Dollinger. Sie hatte ihn mit Thies dort besucht. Wie lang war das her? Zehn Jahre? «Gern. Aber ich kann erst los, wenn die Post kommt. Ein wichtiges Schreiben vom Arbeitsamt.» Sie seufzte.

«Wann?»

«So gegen eins.»

Jetzt ist es fünf nach eins. Kathrin hat aus Rom angerufen, um sich zu entschuldigen. Sie bereite in der Villa Massimo eine riesige Installation vor, und es könne noch zwei oder drei Tage dauern. Angelika steht am Tor und wartet auf Josef. Die Postbotin kommt mit dem Auto und reicht ihr einen länglichen Umschlag aus Hamburg durchs Fenster. Während Josef mit seinem Fiat die Serpentinen hinunterfährt, beginnt Angelika zu lesen.

Du erinnerst Dich an Nemi, nicht wahr? Du bist vor sieben Jahren mit Thies dort gewesen und hast Dollinger dort besucht. Und nun fährst Du hin und trinkst aus dem Brunnen, der vor Dollingers Apartment steht, und Du wischst Dir hinterher die Lippen, wie Dollinger es tat, wenn er den Kopf zur Seite gelegt und den Mund unter den Strahl gehalten hatte. Damals wußtest Du noch nicht, daß Thies bald darauf Dollingers Nachruf schreiben würde, es würde sein erster Nachruf werden, und er ginge ihm entsetzlich leicht von der Hand. Mit dem Neuen wirst Du nach Nemi fahren, und Du wirst das Haus nicht mehr finden, den Brunnen nicht mehr finden, und beschämt und belemmert wirst Du im Dorf herumirren, immer am Abgrund zum See entlang, bis Du Dir den kleinen Seiteneingang einer Arztpraxis ansiehst und merkst, Du bist zehnmal daran vorbeigelaufen.
Du wirst den Neuen bitten, ein Photo von dem Haus zu machen, in dem Dollinger gewohnt hat. Es ist, wie die Casa Baldi, gelb mit grünen Läden. Am linken Bildrand sackt hinter die Hügel die Sonne. Du willst das Photo Thies schicken, aber als Du den Abzug bekommst, behältst Du ihn.

Dollinger war der erste und bislang einzige Schriftsteller, zu dem Angelika Vertrauen faßte. Vorher hatte sie nur einen gekannt: Stefan Heise. Der war schon Schriftsteller gewesen, als er noch mit Angelika in den Deutsch-Leistungskurs ging. Denn mit achtzehn hatte sich Stefan auf einmal als Dichter bezeichnet, was er damit begründete, daß er Rotwein trank, und plötzlich schrieb er ein Meisterwerk. Er hatte es eilig, er wollte hoch hinaus. Angelika ärgerte sich damals, weil sie nicht den Mut hatte wie Stefan. Sie trank jetzt auch Rotwein, aber sie schrieb nicht einmal heimlich Gedichte. Beide bestanden das Abitur und fingen in Berlin an zu studieren. Auch als Angelika nach Hamburg wechselte, sahen sie sich weiterhin regelmäßig, doch sie fühlte sich ihm gegenüber stets unterlegen und unsicher.

Thies dagegen entwickelte schnell eine heftige Nähe zu Stefan, den Angelika ihm als alten Schulfreund vorstellte. Nacheinander veröffentlichte Stefan mehrere Bestseller, Thies machte als Journalist Karriere. Sie diskutierten die Nächte hindurch, zogen von einer Bar zur andern, warteten am Hafen darauf, daß die Sonne aufging. Ein paar Jahre lang schien es für sie unablässig nach oben zu gehen. Dann starb Stefan plötzlich, er starb im gleichen Jahr wie Dollinger, vielleicht noch im gleichen Monat. Er wurde knapp über dreißig. Den Nachruf hat wieder Thies geschrieben, und über dem Artikel brach sein erster phobischer Zustand aus, dem weitere, schlimmere folgten.

«Woran denkst du?» fragt Josef.

Sie sitzen im Fiat. Es geht immer geradeaus. Fiats rauschen vorüber, Pappeln. Sie müssen laut sprechen, denn die Fenster sind offen. Es zieht, die Sonne knallt.

«An einen großen, schwarzhaarigen Jungen, der wie ein Vogel in zwei unbestimmbare Fernen blickte.»

«Aha», sagt Josef. Er wendet kurz den Blick und schaut dann wieder nach vorn.

«Kennst du Stefan Heise?»

Josef fährt entspannt und zu schnell. Die linke Hand liegt auf dem Schenkel, die rechte locker auf dem Lenkrad.

«Ich finde, du siehst ihm ähnlich.»

«Wem sehe ich denn noch ähnlich? Das ist jetzt schon der dritte Mann, den du kennst, dem ich ähnlich sehe.»

Angelika greift sich ans Brustbein. Sie spürt, wie das Adrenalin einschießt. Sie hat Josef doch nichts von Thies erzählt? Oder gar von Axel Gellberg?

Das irdische Leben ist unberechenbar. Dazu gehört auch, daß sowohl Italien als auch Deutschland demnächst aus der WM ausgeschieden sein werden. Deshalb kann es nicht ausbleiben, daß ich Dir ab und an ein paar praktische Tips gebe. Also vergiß bitte nicht, die Katze zu füttern. Sie ist dünn, grau und voller Zecken. Und sie gehört zum Haus. Du erkennst sie sofort, denn sie hat Deine gelbgrauen Augen. Und wenn es schon wieder kein Wasser gibt, wende Dich an Franca, die Verwalterin.

Die Katze, denkt Angelika. Das Thailand-Syndrom. Der Schutzengel muß mir wieder beweisen, was er alles an Visionen hat.

Du wirst zurechtkommen. Und Dich bald, ich sehe es, Angelika, im Garten der Villa Serpentara einfinden. Zusammen mit zwei Männern und einer Frau wirst Du an einem sechseckigen, weißen Plastiktisch sitzen. Ich kann ihre Gesichter nicht erkennen, weil auf dem Tisch eine allzu gleißende Kerze flackert, zwischen Weingläsern, Aschenbecher und einem Rest Pasta. Ein lauer Wind streicht um die Beine, die Luft riecht satt. Es wird die übertrieben glücklichste Nacht Deines Aufenthalts sein. Leider sehe ich nicht, was geschieht, das Bild ist unklar und ungefähr so wie die Erinnerung an etwas längst Vergangenes.
Du erinnerst Dich häufig bloß an Verschwommenes, von dem Du dann meinst, es sei die Essenz. Die ist es aber in den seltensten Fällen. Gewöhnlich handelt es sich um einen Irrtum. Du könntest das Erinnern somit ganz aufgeben, weil Du Dich

meist nur an unzulässige Verschiebungen erinnerst, aber kaum jemals an das, was wirklich war. Genauso verhält es sich mit der Fähigkeit von unsresgleichen, ins Kommende zu blikken; wir gewinnen eine entferntere Ahnung von Stimmungen und Szenen, die sich dann aber ganz anders oder zumindest im Kern anders zutragen.

Jede Gewißheit liegt immer nur im Augenblick, und in diesem Augenblick sehe ich überall Blut. Auf dem Weg nach Nemi wird der Neue einen epileptischen Anfall bekommen, und wenn Ihr nicht sofort umkehrt, dann fahrt Ihr gegen den nächsten Baum.

Angelika ist blaß geworden. Sie faltet den Briefbogen zusammen und legt ihn mitsamt dem Umschlag in ihre Umhängetasche. Ihre Hände sind blau und zittern. «Bitte, ich will nicht nach Nemi. Fahr überallhin, aber bloß nicht nach Nemi.»

Josef gibt Gas. «Was ist denn los, Herrgottsack?»

Angelika greift ihm ins Lenkrad. Der Fiat schlingert zwischen zwei Pappeln hindurch und rauscht in ein Feld voller Sonnenblumen. Sie sind kurz und krummbucklig wie ein Heer Hofnarren, nicken dabei tumb mit dem Kopf, schielen untertänig ins Fenster. Ruckelnd kommt der Fiat zum Stand.

«Ich könnte die Scheiße anzünden», schreit Josef, den eine besonders eilfertige Blüte am Ohr kitzelt. Er steigt aus und tanzt um das Auto herum. «Kopfschuß, die ganze Karre verkratzt. Jetzt guck dir den Fick doch an!»

«Fahr nach Hause», erwidert Angelika.

«Nach Hause? Liebend gern. Hier sind doch alle bekloppt. Lauter Deppen!»

«Reg dich nicht auf, verdammt.» Angelika rutscht auf

den Fahrersitz und dreht den Zündschlüssel im Schloß. «Los, steig ein.»

Josef wirft sich auf den Beifahrersitz und schlägt die Tür zu. In einem eleganten Bogen manövriert Angelika den Fiat aus dem Acker. Sie hinterläßt eine breite Spur gefallener gelber Soldaten.

Mit einem Ruck und einem Knall landen sie wieder auf der Straße. Auf der linken Spur rast Angelika um die Kurve, bevor sie abrupt bremst und in den dritten Gang schaltet.

«Du fährst beschissen Auto.» Josef stöhnt. «Oh, Fick.»

Das Flache mündet schon bald wieder in die sanft geschwungene Hügellandschaft. Dann kommen die ersten Serpentinen. Der Fiat fährt hundertachtzig. Allmählich wird es wieder flacher, und bei Tempo zweihundert geht es wieder immer geradeaus.

«Ich würde die da nehmen.» Josef zeigt auf eine der in rasendem Tempo vorbeiwischenden Pappeln.

«Zu spät», entgegnet Angelika trocken.

«Wo willst du eigentlich hin?»

«Nach Hause.»

«Nach Hamburg?»

«Nach Olevano, du Trottel.»

«Dann ist das aber die falsche Richtung.»

Angelika macht eine Vollbremsung und wendet im Straßengraben. Josef zieht die Luft zwischen die Zähne. Angelika fährt wieder an, zivilisierter diesmal.

«Entschuldige.»

«Was ist los?» fragt Josef. «Magst du mich nicht?»

«Doch. Ich mag dich sogar sehr.»

«Und dann willst du uns beide umbringen?»

«So was in der Art wurde mir eben prophezeit, und ich versuche, es zu verhindern.»

«Warst du bei einer Wahrsagerin?»

Ich muß aufpassen, denkt Angelika. Ich will nicht, daß er etwas davon weiß. Ich habe ihm ja noch nicht mal verraten, daß ich Psychologin bin.

Allmählich wird die Landschaft wieder schroffer. In steilen Schlangenlinien geht es die Hügel hinauf. Ganz oben liegt Olevano. Auf einmal steht eine Wolkenwand davor. Der vor zwei Sekunden noch blaue Himmel ist schwarz. Mittendurch zerreißt ihn der Blitz. Der Fiat wird vom Sturm in Richtung Abgrund gedrückt.

«Madonna insalata», meint Josef beeindruckt.

Angelika faßt sich an die Stirn. «Ich habe in der Casa Baldi die Fenster offengelassen.»

Er dreht sich zu ihr um. «Wolltest du etwa deshalb plötzlich unbedingt umkehren? Wegen dieses beschissenen Gewitters? Hättest du das nicht gleich sagen können?»

Um ein Haar überfährt Angelika eine getigerte Katze.

«Aber woher wußtest du, daß es ein Unwetter gibt?»

«Intuition», erwidert Angelika knapp. «Bist du eigentlich Epileptiker?»

«Kopfschuß», sagt Josef.

Beim Aussteigen reißt es ihr schier das Kleid vom Leib. Ein Karton wirbelt durch die Luft. Die Straße ist menschenleer. Als Angelika sich die Stufen hochkämpft, fallen Ziegel vom Dach des Schuppens. Der Sturm pfeift so laut, daß es in den Ohren schmerzt.

Josef fährt gleich weiter. Er macht die Scheinwerfer an, denn draußen ist es fast Nacht. Drinnen im Haus ist es düster. Es zieht. Als Angelika die Wohnungstür aufstemmt, schlägt mit lautem Krach die Balkontür zu. Angelika schließt schnell Läden und Fenster. Sie will das Licht anknipsen, aber es gibt keinen Strom. In der Schublade sind Kerzen. Angelika setzt sich an den Küchentisch und legt den Kopf in die Hände, während fern der Donner grollt.

Du weißt, daß Du Dich in dem, was Dich momentan umgibt, nicht einrichten kannst, Angelika. Das hast Du schon als Kind so gelernt. Du hast Dich nie in den Häusern, in denen Du groß geworden bist, einrichten können, weil die Umgebung sich in einem rabiaten Rhythmus wandelte. Du warst nie wirklich irgendwo zu Hause, sondern Deine Kindheit war ein einziges Trainingscamp des Abschieds.
Du wirst Deine diesbezüglichen Fertigkeiten hier brauchen, Angelika, denn Du wirst wieder Abschied nehmen müssen. Es wird der grausamste Abschied Deines Lebens sein, denn ich sehe überall Blut. Aber wenn ich jetzt genau hinschaue, stirbst nicht Du zuerst. Du mußt Dir um Deinen Tod im Augenblick überhaupt keine Gedanken machen.

Dann kommt der Regen. Er fällt mit grauer Gewalt. Er schwemmt alles fort, den Müll, die Wäsche, den Blumenkübel. Er übertönt sogar noch den Sturm, den er allmählich niederzwingt. Simultan Blitzunddonner.

Hinterher weiß Angelika nicht mehr, wie lang sie am Tisch gesessen hat. Am Ende ist es stockdunkel draußen. Die Nacht besänftigt die Luft, durch die ein frischer Landregen weht. Der Strom funktioniert immer noch nicht. Und die letzte Kerze ist abgebrannt.

Angelika nimmt die Kontaktlinsen heraus und putzt die Zähne mit Mineralwasser, denn aus der Leitung kommt tatsächlich nur ein Röcheln. Dann legt sie sich in ihr Gästebett und starrt mit offenen Augen zur Decke. Sie fröstelt, denn der Wind zischt und pfeift schon wieder durch die Ritzen, und das Laken fühlt sich klamm an.

Es ist keiner da, mit dem sie reden könnte. Sie ist allein in diesem einsamen Haus auf dem Hügel. Sie muß sich beim Schutzengel melden. Sie muß es schaffen, mit ihm in Kontakt zu kommen, bevor das Ganze eskaliert. Falls die anonyme Schreiberin allerdings Margret ist, werden sowieso bald keine Briefe mehr kommen, denn Neumann hat Margret in die Geschlossene verlegt, ihre Kontakte nach außen werden überwacht ... Es sei denn, Margret hat sich mit Brigitte verbündet. Aber so weit mag Angelika nicht denken.

Plötzlich hört sie nebenan im Studio Schritte.

Sie setzt sich auf und horcht. «Hallo, ist da wer?»

Die Schritte entfernen sich Richtung Küche. Die Kühlschranktür klappt.

Angelika bekommt eine Gänsehaut. Sie springt auf und tappt ins Studio. Die Fliesen unter ihren Füßen fühlen sich eiskalt an. Vielleicht ist es die Katze. Die Katze läuft auf zwei Beinen und öffnet den Kühlschrank.

«Wer ist in der Küche?» Mit Riesensätzen hechtet Angelika zur Küchentür. «Du? Ich dachte, du bist in Rom.»

«Hab ich dich erschreckt?» Vor dem Kühlschrank kauert Kathrin. «Tut mir leid, das wollte ich nicht.»

Olevano, 5. Tag Der Morgen ist rein, und ihr Blick ist der schönste. Angelika öffnet im Gästezimmer die Läden. Ein weißer Schleier hat sich über das Tal gelegt. Die Dämmerung hüllt die Landschaft in ein milchiges Licht.

«Wozu noch schlafen», meint Kathrin, die sich aus dem Bett quält, «auch wenn es nur vier Stunden waren, und dazu immer der Wein am Abend.»

Auf dem Schlafzimmerbalkon macht sie ein paar Dehnübungen. «Valerie, die Stipendiatin aus Haus vier, hat gestern abend draußen vor dem Atelier ihre Bilder ausgestellt. Die Nachbarn rollten an, mit Weinflaschen und Pizzakartons, und kauend und schluckend saßen wir vor schönen, harmonischen Flächen mit manchmal etwas Schnickschnack obendrauf.»

«Und? Haben sie dir gefallen?» ruft Angelika, die im Gästezimmer vor dem Kleiderschrank steht.

«Sie wirkten stimmig und beinahe zwingend», erwidert Kathrin voll Trotz. «Ich habe es daraufhin in der Villa Massimo einfach nicht mehr ausgehalten. Ich habe alles hingeschmissen und bin geflüchtet.»

Mein gelbes Kleid, denkt Angelika. Und wenn meine Arme noch so blaß sind, ich ziehe heute mein gelbes Kleid an. «Und was ist mit deiner Ausstellung?»

Wie immer, wenn sie spontan etwas eingestanden hat, wird Kathrin sofort wieder sarkastisch. «Valerie redet immer von ‹uns Künstlern›. Ich bin verwirrt. Ich habe mich nie zu ‹uns Künstlern› gezählt, das waren für mich immer Leute, die Lärm machen und mit allerlei um sich schmeißen, bevor sie sich besaufen und gegenseitig verprügeln. Ich dachte, wir seien alle stockeinsame, neidische Vergewaltiger. Jetzt erfahre ich auf einmal, daß wir uns in einer wärmenden Wir-Gruppe befinden.»

Wie meistens hört ihr Angelika nicht richtig zu. Sie spürt zwar, daß Kathrin Angst hat. Daß sie halb wahnsinnig ist vor Ehrgeiz und Eifersucht. Aber Angelika hat eigene Probleme. Sie muß damit zurechtkommen, daß sie ihre Klienten im Stich gelassen hat, um Urlaub zu machen, und eben deshalb tritt bei einem von ihnen jetzt diese gespenstische Hellsichtigkeit auf, die mit einer pathologischen Überidentifikation und einem Rückfall in eine vorsprachliche, frühkindliche Kommunikationsweise zu tun hat. Aus dieser rigiden Form der Übertragung resultiert dieses sogenannte Zweite Gesicht, vor dem jeder Therapeut zeitlebens auf der Flucht ist, weil es ihn an den Rand seiner professionellen Möglichkeiten treibt. Ein Psychohacker hat die seelische Festplatte kopiert, aber im Gegensatz zur Digitalwelt gibt es noch keine einspeisbaren Programme für den seelischen Virusscan.

Etwas in Angelikas Gehirn doziert wieder. Als stünde sie an der Uni vor einem riesigen Auditorium, das jedes ihrer Worte mitprotokollierte. Ihr Über-Ich wählt die Formulierungen sorgfältig. Es hält sich streng an das Gesicherte. Der Name Margret fällt in ihrem Vortrag nicht. Ohne Frühstück schnappt sie sich Briefblock und Bleistift und geht hinunter auf die Terrasse. An den Holzstühlen blättert der Lack ab. Sie sind noch naß. Im Tal reißt der Nebel, und mit Macht treibt über den Monte Scalambra die pralle, hellgelbe Sonne.

Angelika wischt mit dem Papiertaschentuch einen Stuhl trocken und setzt sich. Feuchtigkeit dringt durch ihr dünnes Kleid. Sie fröstelt. An Armen und Beinen bildet sich Gänsehaut. Den Block auf dem Schoß, beginnt sie zu schreiben. Sie fertigt eine Liste all derer an, die als Schutzengel in Frage kommen. Ganz oben steht Margret. Dann folgen viele Namen, von denen einige in Klammern stehen. Andere werden gleich wieder durchgestrichen. Angelika gliedert die Liste in «Uni», «Projekt», «Gericht», «Polizei» und «sonstiges». Nebenbei betreut sie privat eine Klientin mit Trennungsproblemen. Außerdem therapiert sie alle zwei Wochen eine Studentinnengruppe. Die sechs jungen Neurotikerinnen, die dort mitmachen, erscheinen ihr entsetzlich normal.

Während sie immer mehr Namen aufschreibt, fällt Angelika zum erstenmal auf, daß sie offenbar unter einer beängstigenden Wahrnehmungsstörung leidet. Es hat vermutlich mit dem Burnout zu tun. Denn obwohl sie erschöpft und ausgebrannt war, hatte sie seit längerem das Gefühl, immer weniger zu arbeiten. Die Anzahl ihrer Aufgaben nahm scheinbar stetig ab. Sie zog sich ja überall zurück, gab dieses auf, beendete jenes. Plötzlich sieht sie, daß das alles gar nicht stimmt. Noch im Mai hat sie drei Gerichtsgutachten geschrieben, über denen sie nächtelang saß. Die drei Männer, die sie über Wochen hinweg immer wieder in der Vollzugsanstalt besucht hatte, waren in ihren Augen zwar alle schuldunfähig, saßen aber seit einer Ewigkeit in U-Haft. Soweit sie weiß, wurde keiner der Prozesse bisher abgeschlossen.

An der Uni war zwar schon zum Sommersemester ihr Vertrag ausgelaufen, aber sie hatte trotzdem noch häufig dort zu tun. Sie pflegte auch noch regelmäßigen Kontakt zu einigen sogenannten Fallbeispielen ihrer längst abgeschlossenen Doktorarbeit, die sich mit der systemischen Analyse von Gewaltstrukturen befaßte. Darunter befanden sich sowohl Gewaltopfer als auch ehemalige Täter. Außerdem hatte Angelika mit Hauptkommissar Gellberg an zwei komplizierten Mordfällen gearbeitet, die beide aufgeklärt wurden.

Es gibt neben ihren vier Schützlingen im Projekt also noch eine Menge psychisch labiler Menschen, denen sie in letzter Zeit nahegekommen ist, die bei ihr Schutz und Rat und Verständnis eingefordert haben. Für Angelika war jeder von ihnen ein Fall von Routine, den man irgendwann später wieder vergißt. Angelika dagegen wird von ihnen niemals vergessen. Sie spielt eine einmalige Rolle im Leben dieser

Leute, die aus unterschiedlichen Gründen in eine Sackgasse hineingeraten sind. Und: Sie hat Macht. Ihr Urteil kann dazu beitragen, daß ein Unschuldiger lebenslänglich hinter Gittern verschwindet. Oder daß ein Amokläufer und Serienmörder weiterhin unbehelligt bleibt und im Stadtviertel seine satanische Spur zieht.

Angelika zählt zusammen, daß sie in den letzten Monaten intensive Kontakte zu zweiunddreißig teilweise schwerst bedürftigen Menschen entwickelt und einige davon bereits wieder beendet hat. Von diesen zweiunddreißig sind mindestens zwanzig in der Lage, ein parasitär pathologisches Verhältnis mit zerstörerischer und selbstzerstörerischer Tendenz aufzubauen.

Fast fünf Tage hat Angelika gebraucht, um ihre eigene Abwehr zu erkennen. Sie hat das Projekt vorgeschützt, weil es ihr Sicherheit bietet. Sie hat die Klienten dort vorgeschoben, weil sie von ihnen nichts zu befürchten hat. Sie hat sich auf Margret gestürzt, weil Margret das derzeit bevorzugte Opfer ihrer eigenen Übertragung ist. Angelika konnte vor sich selbst nicht zugeben, wie viele psychisch Kranke oder Gefährdete sie in jüngster Zeit möglicherweise von sich abhängig gemacht hat.

Sie geht ins Wohnzimmer und ruft Neumann an. Er nimmt nicht ab. Sie hinterläßt eine Nachricht auf seiner Mailbox.

«Na?» sagt Kathrin, die mit einem Tablett hereinkommt. «Kaffee gefällig?»

Angelika nickt. Kathrin hat schon wieder farbverschmierte Hände. Indigo und taubenblau.

«Wann darf ich deine Sachen sehen?»

«Bald», sagt Kathrin. «Aber ich bin gerade in einer ziemlich intensiven Phase. Ich muß gleich wieder hinunter.»

Sie frühstücken auf dem Wohnzimmerbalkon. Kathrin setzt sich mit der linken Hand einen Schuß Insulin, während sie sich mit der rechten Erdbeermarmelade auf eine dicke Scheibe Weißbrot schmiert. Sie sticht sich die Nadel dabei einfach durchs T-Shirt in den Bauch. Angelika hat sich längst so sehr daran gewöhnt, daß es ihr zu Hause kaum noch auffiel, wenn Kathrin sich beim Essen spritzte. Erst jetzt bemerkt sie, wie oft das vorkommt.

Angelika lächelt. «Ich glaube, wir hatten uns in Hamburg ein wenig aus den Augen verloren.»

«Kann sein», entgegnet Kathrin mit vollem Mund. «Ich war ja im letzten Jahr ständig auf Achse. Uni. Examen. Männer. Und dann habe ich noch das Atelier gemietet.»

«Männer?»

«Na ja, George, Edgar. Tom. Die alten Geschichten. Vergiß es.»

«Und jetzt?»

Kathrin zuckt die Schultern. «Dieser Josef ist jedenfalls auch schon wieder gestorben für mich. Wenn du mich fragst, er ist ein Arschloch.»

«Weshalb?»

«Der hat 'ne Macke. Der steht sich selber im Weg.»

«Hat er über dich geschrieben? Du weißt schon, die Geschichte in der Beilage.» Wo ist sie eigentlich hingekommen, denkt Angelika. Wieso ist die zerknüllte Zeitungsseite plötzlich wieder verschwunden?

Kathrin nimmt einen großen Schluck Milchkaffee. Dabei schaut sie betont kuhäugig über den Rand der Tasse. Der Blick durch ihre langen Wimpern ist fast schwarz.

«Tu mir einen Gefallen», sagt Angelika. «Sag ihm nicht, daß ich Psychologin bin.»

«Der bräuchte aber dringend eine.»

Beide Frauen lachen. Wobei Angelika auffällt, daß Kathrin wieder ihren Tic hat. Ihr Unterlid bullert.

Lieber Schutzengel! Ich schreibe Dir diesen Brief, ohne zu wissen, wohin ich ihn schicke. Ich werde mich Dir intuitiv annähern, denn das ist die einzige Methode, Dich zu finden und Dir zu helfen. Du bist mißbraucht worden, auf alle Fälle narzißtisch mißbraucht, vielleicht auch von mir. Vielleicht bist Du auch körperlich oder sexuell mißbraucht worden, auf alle Fälle wurdest Du verlassen, als Du noch ein sehr kleines Kind warst und nicht sprechen konntest, vermutlich von dem Menschen, der für Dich «Mama» war.
Durch die frühe Trennung von Deiner Mutter kannst Du jetzt auf eine zunächst nonverbale Weise mit mir kommunizieren, die kein durchschnittlich denkender Mensch in unserer Kultur nachvollziehen kann. Du weißt lauter Dinge, die Du nicht wissen kannst, aber Du erkennst sie, weil Du sie spürst oder siehst. Du nimmst sie wahr, weil Du schon damals, als Säugling und Kleinkind, bei der Mutter diese intensiven Techniken anwenden mußtest, um nicht vollständig von ihr getrennt zu sein.
Du hast Dir eine parasitäre Art der Kommunikation angeeignet, die zwar ungewöhnlich ist, aber begreifbar. Du solltest Dich daher nicht überschätzen. Du irrst Dich öfter, als Du denkst. Halte Dich also bitte nicht für einzigartig und allmächtig. Und glaube bloß nicht, Du müßtest wegen Deiner scheinbaren Größe Selbstmord begehen. Das glauben sie nämlich alle, daß sie nahezu gottähnlich sind, und es gibt mehr von Deiner Sorte, als Du denkst.
Glaube nicht, daß Du mir drohen kannst. Ich habe keine Angst vor Dir, denn Du hast keine Macht über mich. Wer auch immer Du bist, lieber sogenannter Schutzengel, Du kannst die

Zukunft nicht voraussehen. Das kann nämlich niemand. Der Mensch ist von Natur aus frei in seinem Urteil und in seinem Willen, und ich werde mich von Dir nicht manipulieren lassen. Ich werde Dich finden. Allein durch meine Intuition. Und durch meine mentalen Kräfte, die Deinen überlegen sind. Ich werde mich Dir nähern, indem ich Dir von mir erzähle. Du wirst Dich meiner Geschichte nicht entziehen können. Du wirst Dich selbst darin erkennen, und wenn es soweit ist, daß wir uns an einem Punkt berühren, kommt der Moment, wo Du Dich stellen mußt.

Angelika bricht ab. Sie geht zu ihrem Rucksack und nimmt den gestrigen Brief des Schutzengels aus dem Innenfach. Im Regal findet sie Briefmarken und einen größeren Umschlag. Sie adressiert ihn an Hauptkommissar Gellberg. Auf einer Ansichtskarte bittet sie ihn, die Fingerabdrücke des anonymen Briefeschreibers zu sichern.

Ich warne Dich, Angelika! Denn schon bald triffst Du eine fatale Entscheidung. Du schreibst einen Brief, der Dir helfen soll, und der ein grober Verrat ist. Du weißt das. Deshalb leidest Du unter Schuldangst. Und findest auf dem Rückweg von der Post die richtigen Stufen nicht. Bis Du unversehens vor dem Tor stehst. Du nimmst wie meist den Nebeneingang, es ist wie ein altes Nachhausekommen, und hinter dem Zaun hockt die Erleichterung. Und wieder dahinter die Leere, denn Dein Freund Gellberg sitzt im Zug gen Norden, wo er an der Pfeife ziehen und nachdenken kann. Und ich wäre zu gern bei ihm, denn er verschwindet gerade Richtung Dänemark.

«Gellberg.»

«Sind Sie's? Ja, hier ist Angelika Haupt.»

«Wo sind Sie? Wie geht es Ihnen?»

«In Italien. In der Nähe von Rom.»

«Sie klingen so nah.»

«Wie bitte? Bei mir rauscht's in der Leitung.»

«Wann sind Sie wieder da? Gibt's was Bestimmtes? Was wollen Sie von mir, am heiligen Sonntag?»

«Ich habe eben einen anonymen Brief an Sie abgeschickt, den ich gestern bekommen habe. Achten Sie nicht auf den Inhalt. Sichern Sie nur die Fingerabdrücke und was es sonst noch so gibt. DNA-Test. Speichelprobe. Überprüfen Sie die Echtheit des Hamburger Poststempels. Kümmern Sie sich um die Handschrift. Rechtshänder, Linkshänder. Und um den verwendeten Computertyp.» Angelika fällt ein, der erste Brief ist nicht mit dem Computer geschrieben. Sondern ganz von Hand. Aber er ist auch der kürzeste.

«Frau Haupt. Wir sind hier nicht bei den Heinzelmännchen.»

«Tun Sie's. Nur das eine Mal.»

«Das klingt nach einer Dienstaufsichtsbeschwerde.»

«Erfährt doch keiner.»

«Außer den Leuten im Labor.» Gellberg räuspert sich. «Frau Haupt, wenn Sie von jemandem erpreßt werden, dann sind Sie verpflichtet, uns das sofort zu melden.»

«Nein, nein. Keine Erpressung. Es ist nur so, ein Klient von mir hat ein moralisches Problem. Er traktiert mich mit Botschaften. Weiter ist nichts.»

«Moralisches Problem. Botschaften. Sie bekommen Drohbriefe, nicht wahr? Hören Sie, Sie müssen das anzeigen. Als Mitarbeiterin unseres Dezernats gehören Sie zu einem äußerst gefährdeten Personenkreis ...»

Angelika atmet tief durch. «Nein, ich bekomme keine Drohbriefe. Es gibt nichts anzuzeigen, im Gegenteil. Der Schreiber nennt sich Schutzengel und weiß alles besser als ich. Zum Beispiel sagt er voraus, daß ich mich an Sie wenden werde. Also wende ich mich an Sie. Ganz brav. Und wissen Sie, was: Ich habe mich anders entschieden. Lesen Sie den Inhalt doch. Lesen Sie ihn unbedingt! Er könnte Sie nämlich auf den wertvollen Gedanken bringen, daß hier rein privat schmutzige Wäsche gewaschen wird.»

«Schmutzige Wäsche? Drohen Sie mir jetzt, oder was?»

«Quatsch. Mal was anderes. Wann fahren Sie weg?»

«Dienstag. Nach Norwegen. Ich hab mir schon eine neue Pfeife gekauft. Sie wissen doch, ich rauche im Urlaub.»

«Gestern mit Valerie in der Villa Massimo», ruft Kathrin, die in die Küche kommt und sich am Tisch schon wieder ein Brot schmiert. «Wir saßen im Garten. Es war wie in der Reihenhaussiedlung. Wir sahen zwei Kleinkindern zu, nackigen Jungs, die sich um Modellautos stritten. Neben mir saß Herr Anderle, der Vater von Wolf, ein sehr attraktiver Kunsthistoriker um die Sechzig. Und jetzt stell dir vor, ich stellte ihm gegenüber alles in Frage, was ich eigentlich weiß. Ich entschuldigte mich dauernd für die eigene Vergeßlichkeit, an der ich überhaupt nicht leide.»

Angelika setzt sich zu ihr. Sie versucht, diesmal Kathrins Gesprächsangebot anzunehmen, doch das Thema minderwertige Frauen langweilt sie. «Und warum hast du das gemacht?»

«Weil das krasse Understatement meine Form der Höflichkeit ist und ein Trick des Verschwindens», erklärt Kathrin.

«Und wie kannst du dagegen angehen?» will Angelika wissen, ohne zu merken, daß es die falsche Frage ist.

Kathrin steht auf und grinst. «Mit Hilfe von Sex. Sex dient der Selbstvergewisserung, man opfert dem wieder heimgeholten Geist den nun entfesselten Körper, mitunter ist Sex nicht mehr als eine Augenblicksverzweiflung. Aber offenbar ist das ein Gebiet, in dem du dich nicht auskennst.» Sie klappt ihr Käsebrot zusammen und geht wieder zurück in den Schuppen.

Nachdem Du Dich mit Neumann verkracht hast, schickst Du einen Brief an Gellberg. Du bittest ihn um Hilfe. Aber Gellberg wird Dir nicht helfen. Du wirst es nicht gern hören, weil er Dein Chef ist, aber Gellberg und ich, wir hatten hinter Deinem Rücken ein Verhältnis. Denn große geistige Nähe setzt sich auch bei unsresgleichen am besten mit anderen Mitteln fort, weil die Sprache etwas auflädt, womit sie auf himmlische Weise die Sinne schikaniert. Doch wie sollte ich als Schutzengel die Tatsache, daß Gellberg sich mit nacktem Oberkörper zu mir ins Bett legte, eine Kerze anzündete und losketzerte, anders deuten denn als Provokation? Auch daß er im Petersdom rauchte, empfand ich als provozierend. Es hat mein religiöses Gefühl verletzt, meine zutiefst katholische Seele, die sich niemals niederzwingen läßt, auch im Angesicht des mörderisch Bombastischen nicht, das unsereinem schier die Flügel herausreißt. Im Schweiß badend bist Du mit Gellberg auf die Kuppel gestiegen, ich jagte hinterher, schwindelnd schiefe Wendeltreppen hinauf, wir mußten uns durch hüftenge Gänge winden, was Gellberg bald bis an seine Grenzen trieb. Er litt unter Höhenangst und während Du, an die Brüstung gelehnt, den Blick über Rom schweifen ließest, hielt er sich verzagt an der Mauer. Ich gebe zu, ich feixte. Denn vorher, auf irgendeiner Kirchentreppe, hatte er uns erklärt, daß die Männer einfach die Stärkeren seien, auch seien sie von Natur aus hinter engelhaften Wesen her.
320 Stufen tiefer lag das Innere der Kuppel, die sich nun gigan-

tisch und perspektivlos wölbte über uns, was Gellberg noch stärker schaudern ließ, mich aber durchaus erquickte. Beim Anblick der winzig kleinen Touristen dort drunten stellte ich mir vor, daß ein Schutzengel übers Gitter steigt und sich wie ein Bungee-Jumper kopfüber in den wüsten Pomp hineinstürzen läßt. Dabei wurde mein religiöses Gefühl komischerweise überhaupt nicht verletzt, im Gegenteil, ich stellte mir vor, daß das genau unter dem Wort ECCLESIAE geschah, weil die Kirche an allen unseren seelischen Verformungen schuld ist.

Angelika kann sich nicht daran erinnern, mit Hauptkommissar Gellberg jemals in Rom gewesen zu sein. Aber das kommt vielleicht noch, denkt sie, selbst professionelle Wahrsager haben ja ständig das Problem, daß sie die Chronologie der Ereignisse nicht festlegen können. Selbst wenn sie richtig liegen mit ihrer Prognose, kann es immer noch sein, daß sie erst in zehn Jahren eintrifft. Oder sie ist schon hundert Jahre vergessen. Um wieviel schwerer als ein Profi tut sich da ein selbsternannter Schutzengel, der noch keinerlei Berufserfahrung hat!

Angelika muß grinsen. Wie auch immer, sie wird dem Schutzengel auf die Schliche kommen. Zu diesem Zweck läßt sie nichts unversucht, sie greift zu den konventionellsten Tricks und bedient sich nebenher versuchsweise bei den Spiritisten. Es kann ja nichts schaden, und je mehr Post der Schutzengel ihr noch schickt, desto eher findet sie heraus, wer dahintersteckt. Irgendwann wird er sich sowieso in seinem eigenen Text verraten, aber dann ist es vielleicht schon zu spät. Wenn er sich absichtlich zu erkennen gibt, dann folgt darauf womöglich ein Selbstmordversuch. Nein, sie muß ihm zuvorkommen. Sie muß wissen, wer er ist, ehe er weiß, daß sie es weiß.

Noch lange denkt sie über den seltsam abgehobenen Text nach, den sie zur Spurenanalyse an Gellberg weitergeschickt hat. Wie er ihn wohl aufnehmen wird? Und wer kann so etwas bloß geschrieben haben? Normalerweise sind Leute, die anonyme Briefe oder Drohbriefe verschicken, typische Einzeltäter. In diesem Fall aber ist der Stil so uneinheitlich, daß eventuell mehrere Verfasser dahinterstecken. Vielleicht ist es auch eine schizophrene oder multiple Persönlichkeit, die zwar unter einer Spaltung oder einem schweren Zerfall leidet, dabei jedoch ungewöhnlich intelligent ist. Auf letztere Möglichkeit deuten sowohl sprachliche Abweichungen als auch zahlreiche unvereinbare Gegensätze hin. Und vor allem die atemberaubende inhaltliche Sprunghaftigkeit.

Angelika macht einen Spaziergang. Unterwegs tut sie das, was bei der Polizei ihre Hauptaufgabe ist: Sie fertigt ein Täterprofil an. Darüber vergeht der restliche Sonntag.

OLEVANO, 6. TAG Angelika hat abgespült. Sie hat das Geschirr, das Kathrin in die Spüle geräumt und dort stehenlassen hat, weil es zwei Tage lang kein Wasser gab, gleich am Morgen mit Spülwasser eingeschäumt, abgewaschen und zum Trocknen hingestellt. Dann hat sie auf dem Sofa die Beine hochgelegt und zu Josefs Roman gegriffen, der seit Tagen im Studio auf dem Tisch liegt. «Sonnenflecken» ist Josefs Debütwerk. Es ist fast fünfzehn Jahre her, seitdem er dieses schmale Buch veröffentlicht hat. Sie liest eben den Klappentext sowie mehrmals den ersten Satz, als Kathrin mit einem länglichen Briefumschlag in der Hand hereinkommt und ihn wortlos neben Angelika auf den Boden legt.

Was das irdische Leben so aufregend macht: Ihr glaubt, Ihr hättet die Wahl. Ihr könntet auch anders, wenn Ihr nur wolltet. Aber Ihr wollt ja nicht. Ihr seid treu. Ihr haltet Euch an das Gesicherte. Die eigenen Grenzen von Anno dunnemals. Das Menschlein als souveräner Staat. Da habt Ihr alle was von. Nur wir Schutzengel nicht. Der Schutzengel will. Er blickt bis auf den Grund des Brunnens.
Dein derzeitiges Panorama ist auch für unsereinen phantastisch. Ich sehe, was selten vorkommt, etwa drei, vier Wochen voraus. Bis dahin werden die Tage kühler werden, und noch kälter werden die Nächte. Dir wird die Haut zu dünn, Angelika. Du frierst.
Du wirst mit dem Neuen, um dessen Gesicht noch immer das Licht gleißt, durch den Cimitero del Verano schlendern, den größten römischen Friedhof. Die Sonne wird mild sein und mittagsmüde, schmale Schatten wirft sie auf die Totenstadt, in der gewaltige Manifeste aus Gußeisen und Stein wie Zufallsmeteoriten aus dem Gestrüpp brechen. Zwischen Kapellen und Skulpturen, die Pathos, Verzweiflung und Leidenschaft mimen, durchschreitet Ihr querfeldein den jahrhundertealten Tod, und der Neue wird am Wegrand Knochen auflesen, weit hinten auf pfützigem Grund, bei den eingesackten Armengräbern, zwischen schiefen, verfaulten Holzkreuzen, wo Witwen die fetten Katzen füttern.
Noch durchstreift Ihr aber die besseren Viertel. Jede Familiengruft, wo seit bald zweihundert Jahren ganze Generationen lagern, errichtet darüber ihre einmalige Behausung. Dich ergreift Staunen, denn erst die Blicklosigkeit der Toten erlaubt diese Vielfalt. Dem Tod gewachsen scheinen nur Monstrosität und Anarchie. Du stehst ein wenig zu lange vor einem rebellisch mit den Flügeln wedelnden, gigantischen Engel, der sich über einen Sarkophag wirft. Der Engel sieht aus, als wolle er

den Sarkophag begatten, und überall ringsumher werden Brustwarzen und Lenden feilgeboten, selbst, bisweilen, auf den Photos der Toten, die in ovalen Rahmen ins Gestein gefügt sind.

Du stichst Dich an einem Dorn, während der Neue sich auf eine Treppe setzt. Ihr geratet in eine moderne Abteilung. Die Särge der Toten werden wie Urnen in etwa fünfstöckige, langgezogene Mauern eingelassen, die einzelnen Schubfächer sodann mit Platten versehen, auf denen neben den Porträts Namen, Lebensdaten und Segenssprüche vermerkt sind. Vor den Platten stehen Plastikblumen und elektrische Kerzen. Manche der Mauergräber sind schon siebzig, achtzig Jahre alt, andere erst wenige Monate, bisweilen steht ein Mauerloch offen, und drinnen liegt Unrat und eine Schaufel.

Um die Ecke sind die Mauern kürzer. Nach einem Urnenquartier kommt der Kinderbezirk. Hier wurden bereits Neugeborene bestattet, die inzwischen, würden sie noch leben, Greise wären, und noch immer flackert vor ihrer vergilbten Totenfratze ein elektrisches Kerzlein. Doch dann werden die Gestorbenen immer jünger, und ihr gelangt zu den Regalreihen der Gegenwart, die genauso aussehen wie die Regale in italienischen Kinderzimmern. Die hinteren sind, schuttbeladen, noch frei, während die vorderen schon bezogen wurden. Lustige Holzbuchstaben, die sonst die Türen schmücken, ergeben Namen wie Giulia und Roberto. Darunter ein lebendiges oder totes Kindergesicht, ein munteres oder starres, ein friedliches oder qualverzerrtes, daneben die Inschrift: «Wir haben geahnt, daß Du ein Engel bist, jetzt wissen wir es.» Vor der Grabplatte drängeln sich Blumen, Plüschtiere und Plastikfiguren, neben aufgeklebten Dalmatinern schwanken bunte Gasballons. Eine Spieluhr dudelt «Happy birthday to you». Der Neue pflückt am Mauerrand zwei kleine Tomaten.

Der erste Satz von Josefs Roman lautet: «Glaube nicht, daß du mir drohen kannst.» Er kommt Angelika irgendwie bekannt vor. Plötzlich fällt es ihr wieder ein: Dieser Satz steht in ihrem Brief an den Schutzengel, und zwar genau am Anfang vom vierten Abschnitt. Aber es muß wohl Zufall sein, denn sie hat das Buch vorher nicht in der Hand gehabt, und der Text geht folgendermaßen weiter: «Kommissar Bayer steckte seinen Dienstausweis ein und schob die Politesse achtlos beiseite.» Der Roman «Sonnenflecken» ist, wie sich bald herausstellt, eine ziemlich witzige Detektivgeschichte.

Was will ich Dir damit sagen? Ich weiß es selbst noch nicht. Ich beschreibe nur, was ich sehe. Die Toten sind klüger, aber Ihr glaubt noch, Ihr hättet die Wahl. Dabei knechtet Ihr Euch nur unter Euer Besitztum. Das geht bis ins Innerste. Jedenfalls kommt es mir fremd und unbegreiflich vor, daß auf dem Zwang zur körperlichen Treue die ganze Welt basieren soll. Doch wenn sich stets diejenigen finden dürften, die sich finden wollen, und wenn das Aufgefundene legalisierbar wäre und für niemanden ein Problem, dann bräche ULIs Schöpfung zusammen. Der Islam wäre am Ende, genauso aber Amerika. Auch im Abendland hätte das Bestehende keine Chance mehr, vielleicht feierten die Kommunisten ihr Comeback, oder es lebe die Anarchie.

Wie auch immer, die postkapitalistische Gesellschaft hienieden besteht aus einem Wust leerer Versprechungen. Die meisten davon sind sexuell motiviert, und sie werden immer sexualisierter. Je grober die Werbung auftritt, desto grober wird das sich an ihr abzappelnde Menschlein. Inzwischen laufen alle in Klamotten herum, als müßte man jeden biologisch in Frage kommenden Geschlechtspartner unausgesetzt animieren. Da die menschliche Gesellschaft aber durch körperliche

Treue strukturiert wird, handelt es sich bei diesem mediendirigierten Balzverhalten im Grunde um eine ritualisierte Abwehr.
Das verstehst Du, Angelika. Bei solchen Sachen kennst Du Dich aus. Du bist die Psychologin, die den Abgrund studiert hat. Du weißt alles über schlechte Manieren, aber Du bist naiv, Du glaubst, Du könntest Dich selbst als Frau übers Treuediktat hinwegsetzen, das ja letztlich auch nichts anderes ist als ein Marktmechanismus. Du verweigerst den Pakt mit dem Bestehenden, weil Du über alles hohnlachst, was unhinterfragt und angeblich naturgegeben Bestand hat, aber zuletzt lachst Du noch lang nicht.
Hüte Dich vor dem Neuen! Er zeigt mir sein Gesicht nicht. Er verrät mir auch nicht seinen Namen.

«Komm», sagt Josef, «wir fahren ans Meer.»

Angelika springt vom Sofa auf. «Wie bist du hier hereingekommen?»

Josef zeigt zur offenen Balkontür. Als er lacht, blitzt wieder sein Schneidezahn. Vor Angelika geht er in die Knie, sieht sie an. «Was hockst du hier rum. Draußen ist wunderbares Wetter.»

«Ich muß einen Brief schreiben.»

«Das kannst du auch am Strand tun.»

Wortlos packt Angelika ihre Badesachen.

Lieber Schutzengel! Als kleines Kind litt ich unter der Zwangsvorstellung, daß ich nichts von dem, was die Mutter angefaßt hatte, berühren durfte, wenn die Mutter aus dem Haus war. Die Mutter würde sonst nicht wiederkommen. So geht es mir heute noch. Es ist verboten, die Anordnung verlassener Gegenstände zu verändern, denn sie erhält die Spur dessen, der gegangen ist. Jedesmal, wenn einer geht, möchte ich am liebsten

erstarren und verstauben, weil es vielleicht nicht reicht, daß seine Schuhe, die er in die Ecke geschleudert hat, genauso in der Ecke liegenbleiben. Vielleicht reicht es ja nicht, und er kommt trotzdem nicht wieder. Vielleicht muß ich selber ganz tot und verlassen sein, und ich darf mich nicht rühren, während ich warte. Ganz starr stehe ich in der Ecke bei den Schuhen und warte auf einen, der nicht mehr kommt.
Das ist kaum auszuhalten. Und weil es kaum auszuhalten ist, gehe ich selber sehr gern. Wenn die Umgebung nicht schnell genug wechselt, dann reiße ich mitten im Satz das Steuer herum. Wie vorgestern, als ich im Fiat saß und plötzlich nach Hause mußte. Eigentlich wollte ich flüchten, ich wollte fort, aber ich wollte auch dort sein, im Auto und bei den Feldern, ich wollte zum Haus von Dollinger und dann wieder nicht, ich hatte Sehnsucht nach allem auf einmal, und ich dachte, daß nur alles reicht, um das Nichts für einen Moment zu vergessen.
In diesem Augenblick befiel mich die Furcht, für die Du mir meine Sinne schärfst. Es ist die Angst vor dem Leben und die Angst vor dem Tod, die tödliche Angst, sein Leben zu verfehlen. Ich spüre die Gefahr, vor der Du mich warnst, aber ich denke, daß sie aus mir selbst kommt …

«Was machst du?»

«Ich schreibe.»

«An wen?»

«An meinen Schutzengel. Ich versuche, über mentale Energien und intuitive Einfühlung mit einem Unbekannten in Kontakt zu treten, der mir und sich selbst sonst gefährlich werden könnte.» Angelika schiebt die Sonnenbrille hoch und schenkt Josef ein sibyllinisches Lächeln.

Josef lacht. «Du spinnst», sagt er rauh. Mit der Ferse berührt er vorsichtig den brennend heißen Sand.

Auf weißen Handtüchern liegen sie nebeneinander, Angelika auf dem Bauch, Josef auf dem Rücken. Er stützt sich auf den linken Unterarm und kramt in seiner Sporttasche. Angelika betrachtet seinen Rücken. Seine Hüften sind rund, die weißen Schultern übersät mit Leberflecken. Unterhalb des Haaransatzes ist die Haut am Hals rötlich. Josef setzt seine verspiegelte Sonnenbrille auf und greift nach einem Taschenbuch mit Celan-Gedichten. Er legt sich, Angelika zugewandt, auf die rechte Seite.

Sie dreht sich zu ihm um. «Kannst du hier arbeiten?»

Das Meer glitzert, das Meer rauscht. Das Salz, die Hitze, der Sand. Der Schweiß, die Haut. Das Blau und das Blinzeln. Irgendwo lachen Kinder.

«Hier am Meer?»

«Quatsch. Oben in Olevano.» Angelika klappt ihren Briefblock zu, klemmt den Füller daran fest und stellt ihre Sandalen und die Sonnenmilch darauf.

«Schon», erwidert er. «Ich arbeite manchmal tagelang.»

Seine Haut ist fast so weiß wie das Tuch. Sie ist noch weißer als ihre. «Und an was arbeitest du?»

«An einem Roman über manipulatives Verhalten.»

Ein Windstoß fegt Angelika Sand ins Gesicht. Sie setzt die Sonnenbrille ab und fährt behutsam über den linken Augenwinkel. Ein Sandkorn ist unter den Rand der Kontaktlinse geraten, aber es wird mit der Tränenflüssigkeit wieder herausgeschwemmt. Die Wellen klatschen. Der Wind treibt einen dieser italienischen Schlager herüber, Vasco Rossi. Questa sera, questa sera non lo so ... C'è qualcosa nell'aria stasera che non si può! Angelika blickt sich um. Sie sind, im Umkreis von zwanzig Metern, allein am Strand.

«Kann ich mir nichts drunter vorstellen.»

Josef lacht wieder.

La fortuna, la fortuna, La FORTUNA … quando c'è??

«Blau ist blau und weiß ist weiß. Heiß ist heiß und Salz ist Salz. Meer ist Meer. Alles, was darüber hinausgeht, ist mehr oder weniger manipulativ.» Er springt auf und läuft zum Wasser.

Die Sonne geht unter, schwer und blaßrot am milchigen Horizont, und Josef ist krebsrot an den Schultern. Angelika trinkt lauwarmes Wasser aus einer Plastikflasche. Nur mit Badehose, Bikini und Schuhen bekleidet gehen sie mit ihren Taschen und Tüchern den Strand entlang zurück zum Fiat. Ungefähr alle zehn Meter glitzern bettflaschengroße hellblaue Quallen im Sand. Alles, was uns hier passiert ist, ist auch andern schon passiert, denkt Angelika, es ist die Chiffre für einen Sommertag, und wo das Erleben derart beliebig wird, ist es frei von manipulativem Verhalten.

Angelika versucht, es Josef zu erklären, aber der widerspricht. Er meint, man müsse selbst keinesfalls einzigartig sein, um einzelne manipulieren zu können. Der Fiat ist noch da. Hatten sie nachmittags zwischen den dichtgeparkten Autos am Straßenrand kaum noch eine Lücke gefunden, steht er nun verlassen vis-à-vis neben einem verriegelten Imbißstand. Angelika setzt einen Fuß auf die Straße.

«Paß auf», sagt Josef und hält sie kurz am Arm fest. Mit dem Kinn deutet er auf ein röhrend auf sie zubrausendes Motorrad, das mit stark überhöhter Geschwindigkeit die Strandpromenade entlangdrischt.

«Der ist doch noch ewig weit weg.»

An den Rändern des warmen Asphalts liegen quallenartige Kondome. Viele Pärchen fahren abends in der Dunkelheit zum Strand. Dann steigen sie nicht etwa aus dem Auto aus, sie werfen nur hinterher den Müll aus dem Fenster. Typisch Italien, denkt Angelika, die mit einem großen Schritt einem gefüllten Gummi ausweicht. Plötzlich rutscht sie aus und fällt. Das Motorrad rast auf sie zu. Im letzten Moment reißt der Fahrer den Lenker herum. Das Motorrad gerät ins Schlingern. Wie in Zeitlupe versucht der Fahrer, die Gewalt über die Maschine zurückzubekommen. Nach einer Ewigkeit gelingt es ihm schließlich, sich aus der Schräglage aufzurichten, und während er erneut das Gas aufdreht, ballt er zum Abschied die Faust.

«Idiot», schreit Angelika, die zwischen zwei grauen Grasbüscheln sitzt und sich den schmerzenden Knöchel reibt.

«Das war knapp», bemerkt Josef und sieht auf sie hinunter.

«Verdammt.» Mit einem schütteren Grinsen deutet Angelika neben sich. Dort liegt der quallenartige Gummi. «Nicht angefaßt. Gut, was?»

Josef hilft ihr auf. «Du solltest dir die Sandalen neu besohlen lassen. Das Leder ist zu glatt.»

«Ich weiß.»

«Wenn du in Olevano hinfällst, bist du hin. Die Gassen sind so extrem eng, daß die Autos fast die Passanten streifen.»

Angelika humpelt zum Auto. Josef schließt auf. Drinnen steht die siedend heiße Luft. Er kurbelt per Knopfdruck die Scheiben herunter. Beide schnallen sich an. Josef startet. Im Fahrtwind fängt Angelika plötzlich an zu zittern.

Aber Du, Du kennst seinen Namen, und Du siehst in sein verstecktes Gesicht.

Und dann gibt Dir der Neue die Hand, Angelika, als ihr vom

Meer kommt und alles gesagt ist, und Du würdest gern noch etwas sagen, aber so, wie man sprechen würde, wenn man schon tot wäre. Überhaupt sollte man sprechen, als wäre man tot.

In drei, vier Wochen wirst Du dazu Gelegenheit haben, denn dann wird sich der Neue, dessen Augen ich jetzt sehe, es sind Olivenaugen, von Dir für immer verabschieden. Ich weiß nicht, was genau vorgefallen sein wird, aber es wird sein, nachdem Ihr den römischen Friedhof besucht habt, und in einer peinlichen Genauigkeit werdet Ihr auf das grausame Ende zusteuern, während Ihr Euch im Auto in rascher Fahrt Olevano nähert, und Du wirst staunen, wie immer in der richtigen Kurve die richtigen Sätze fallen, wie Ihr das hinkriegt, ohne ein einziges Mal zu proben, und als Ihr das Ortsschild passiert, fragst Du: «Und was machen wir jetzt?» Das wird Dein letzter Satz sein, Dein definitiv letzter Satz.

«Und was machen wir jetzt?» fragt Angelika, als vor ihnen das Ortsschild auftaucht: Olevano Romano. Casa Baldi. Bosco della Serpentara.

Am Hang drosselt Josef das Tempo. «Wir fahren zu mir. Ich lade dich zum Essen ein.»

«Und Kathrin? Immerhin ist sie meine Gastgeberin.»

«Wir rufen sie an.» In der Kurve beschleunigt Josef wieder. «Oder nein, wir fahren bei euch vorbei und nehmen sie mit.»

«Ich glaube, sie ist gar nicht da.»

«Wir können ja trotzdem kurz klingeln.»

Die Dunkelheit fällt wie ein Sack. Es ist auch keiner unterwegs. Nur die einsame Ampel gleißt verschwommen in Rubinrot, Apricot und Grün.

Sie sitzen am sechseckigen Tisch im Garten der Villa Serpentara. Es ist kurz vor Mitternacht. Josef hat einen Auflauf gemacht, aus Pasta und Tomaten. Zum Nachtisch gab es Melonenstücke. Dazu reichlich trüben, räßen Weißwein von der örtlichen Winzergenossenschaft.

«Es ist ein nicht zu unterschätzender Segen für ein Kind, wenn ihm die Kleinfamilie erspart bleibt. Wenn es also gleich in eine Struktur hineinschwappt, die unübersichtlich und wandelbar ist.» Kathrin spielt mit einer Kerze und lobt die Essenz ihrer Kindheit. Angelika kennt die Geschichte schon. Kathrin ist auf einem Zeltplatz in der Nähe des Feldbergs aufgewachsen. «Die Eltern waren, obwohl sie arbeiteten, immer zu Hause, wobei das Zuhause fremd und unbegreiflich blieb. Es war zuviel los, und man wußte nie, was als nächstes passiert.»

Die Schrecken verdrängt, ist Kathrins Kindheit die wunderbarste auf der Welt gewesen, und sie hat aus ihr einen abweichenden Charakter gemacht, der sich nachhaltig von der klumpigen Norm unterscheidet. Daß ich nicht lache, denkt Angelika.

Kathrin sagt, sie könne von einer Sekunde zur nächsten eine andere sein. Sie sagt, sie könne ihr Leben, das sie bis letzte Woche führte, sofort vergessen, und ohne weiteres fange sie ein neues an.

«So gesehen, führt dein Stipendiatendasein direkt wieder zurück in die Kindheit, die auch so etwas Haltloses hatte», lenkt Angelika bereitwillig ein, wobei sie sich bemüht, ihre Aggressionen zurückzudrängen.

Kathrin grinst. «Bösartige sprechen von humanem Verschleiß, von psychosozialer Abnutzung, von der Wegwerfmasche. Aber haltlos? Haltlos? Du bist haltlos, meine Liebe.»

«Nein, aber ich finde, daß du deine ungebundene Kindheit zu stark idealisierst.»

Kathrin lacht auf. «Ich? Ich? Du idealisierst deine Kindheit. Deine Schschscheiß-Mutter.»

Angelika war an das Leben ihrer Mutter angekettet, mit der sie in einer heruntergekommenen Villa am Wannsee wohnte, bis sie im vierten Semester ihren Studienplatz tauschte. Biete Berlin, suche Hamburg. Daraus haben sich völlig verschiedene Defizite ergeben. Während Kathrin sich auf niemanden richtig einlassen kann, ist Angelika treu wie eine Klette, und sie denkt jeden Tag an alle, denen sie jemals treu gewesen ist. Gleichzeitig weiß sie, sie hat ein Problem mit ihrer Mutter, weil sie deren aufdringliche Hilflosigkeit nicht erträgt, und sie erträgt außerhalb ihres Jobs überhaupt keine hilflosen Menschen, die sie zwingen wollen, sich um sie zu kümmern.

Josef lehnt sich zur Seite und streichelt den großen schwarzen Hund, der zur Villa Serpentara gehört. Salvo preßt sich mit dem Rücken an die Beine des weißen Plastikstuhls, auf dem Josef sitzt. Er hechelt ergeben.

«Jedes Vierteljahr hat der Hund eine neue Herrschaft, und jede ist ihm recht.» Josef wühlt in seinem Fell und dreht ihm eine Zecke heraus, die er im Kerzenlicht prüft und hinaus in die Nacht wirft. «Kopfschuß.»

Der Schutzengel muß in der vierten Person hier den Hund gesehen haben, überlegt Angelika. Als er mir genau diese Szene prophezeit hat: «Zusammen mit zwei Männern und einer Frau wirst Du an einem sechseckigen, weißen Plastiktisch sitzen ...» Nicht schlecht. Aber auch wenn ich langsam alles doppelt sehe, ich zähle nur bis drei.

«Salvo ist eine Stipendiatennutte.» Kathrin bekommt Schluckauf.

«‹Nur fahrend halte ich das Leben noch aus›, hat der Dollinger einmal in einem Brief geschrieben», sagt Angelika plötzlich. «Es ist der einzige Satz von Dollinger, an den ich mich erinnere, und er ist wahr gewesen, so wahr, wie eben nur ein Toter spricht.»

Kathrin zündet sich eine neue Zigarre an. «Dollinger. Glaubst du, daß Josef sich für so was interessiert?»

«Die Lebenden weichen immer aus, sie weichen aus bis zur Lächerlichkeit», erklärt Angelika schleppend. Sie merkt, ihr gehorcht die Zunge nicht mehr. «Deshalb müßte man in der Sprache der Toten sprechen.»

«Wie Paul Celan in seinen Gedichten», erwidert Josef, bückt sich, steht auf und schenkt aus der bauchigen Fünf-Liter-Flasche nochmals Wein in die Gläser. «Lies sie, und bald ahnst du, daß jede seiner Zeilen zutreffend ist, ein für allemal gültig.»

«Worum geht es denn da?» fragt Kathrin und hickst.

Josef schwankt, überlegt. «Es dreht sich lediglich um die Erlaubnis, verschwinden zu dürfen und wiederzukommen, im Grunde ist es das.»

«Ach, und nun hocken wir im Mekka der deutschen Romantik!» Kathrin hickst wieder und rülpst. «Die deutschen Romantiker haben sich für ihre Gelage den besten Ausblick gesichert. Hier! Ja! Uns gehört jetzt die heroische Landschaft, die nicht zuletzt von Brinkmann beschimpft worden ist. Danach sind auch noch andere gekommen, und wenn ich an mir hinunterblicke, ist mein Bauchnabel entzündet!»

«Willst du mir sagen, daß ich einen Scheiß schreibe?» brüllt Josef. Sein Gesicht flackert im Kerzenlicht. An seinen Schläfen läuft der Schweiß herunter.

«Es tut mir leid, aber ich muß jetzt gehen», sagt Angelika und steht auf. «Danke für den schönen Abend.»

Josef küßt sie zum Abschied fest auf den Mund. Kathrin hält ihr den Handrücken vor die Nase und kichert. Als Angelika die Steinstufen hinunterwankt, paßt sie auf, daß sie auf keine Schlange tritt.

Olevano, 7. Tag Angelika springt auf, läuft durch Kathrins leeres Schlafzimmer, öffnet die Balkontür und sieht die Sonne, die, innen gelb und außen silbern, wie ein 500-Lire-Stück dem romantischen Monte Serone entsteigt, oder auch Monte Scalambra, der mit 1420 Metern etwa so hoch ist wie Kathrins Feldberg. Und freudig fällt Angelika ein, daß ihr Josef am Vorabend in der Schwüle seines Tomatengärtchens erlaubt, ja fast befohlen hat, die Berge hier Berge und nicht Hügel zu nennen. Alles, was über 800 Meter hoch ist, sei ein Berg.

Die Sonne muß nun nicht mehr hinter dem Hügel, sondern hinter dem Berg aufgehen, und hinter einem Berg sackt sie am Abend auch wieder hinunter. Es ist, als würde mich das ein bißchen erheben, denkt Angelika, ich darf jetzt wie Kathrin von den Bergen sprechen, Josef gibt mir die offizielle Erlaubnis. Angelika merkt, sie ist eifersüchtig, sie ist unausgeschlafen, verkatert und mißgestimmt. Sie ist innerlich aggressiv, oder vielleicht ist sie auch nur angewidert, von dem Wein, von dem Geschwätz, von der ruppigen Arroganz, die mit dem Alkohol zwischen ihnen zum Vorschein kam.

«Ich muß unbedingt wieder abspecken auf der Leinwand», hat Kathrin gemeint, als sie noch nüchtern war. «Zu viele Schichten, und mir scheint, die ursprüngliche Fassung ist meist die leichtere und damit wahrscheinlich die bessere, weil das Leichte immer das Bessere ist, wobei mir Kunstwerke, bei denen es leicht zugeht, unheimlich sind. Zumindest dann, wenn die gemalte Landschaft ins Monströse verkitscht wird wie bei den deutschen Romantikern.»

Josef hat mit dem Zeh in der Luft Kreise gemalt, und Kathrin redete weiter. «Die Romantiker haben Olevano auf der Leinwand an ein Meer verlagert und den Monte Serrone zum Himalaja aufgeblasen. Offenbar reicht es nicht, daß die Sonne hinter den Berg sackt.»

Angelika beschließt, daß es ihr reicht. Sie ist froh, daß sie keine Künstlerin ist, daß sie sich nicht vor dieser belasteten Kulisse beweisen muß, und Josef vögelt mit Kathrin in Goethes Schlafzimmer. Angelika steht vor dem Badezimmerspiegel und schüttelt den Kopf. Dann duscht sie und wäscht sich die Haare. Es gibt nur eiskaltes Wasser.

Sie zieht zu einem ärmellosen weißen T-Shirt den gebatikten Minirock an, den sie eigentlich für den Strand mitgenommen hatte. Sie hatte beim Packen nicht gewußt, daß es hundert bis hundertfünfzig Kilometer bis zum Meer sind, und an einen weiteren Badeausflug ist im Moment nicht zu denken.

Beim Alimentari kauft sie ein. Vino, Pasta, Pomodori. Das übliche. Vor der Tabaccherìa zögert sie kurz. Sie würde sich gern eine Schachtel Zigaretten holen, aber wenn sie jetzt hier damit anfängt, dann raucht sie schnell wieder vierzig am Tag. Also schleicht sie den Berg hinauf. Beim Schuster bleibt sie kurz stehen. Er arbeitet in einer dunklen Werkstatt zur Straße hinaus, an einer engen Kurve auf halber Höhe am Hang, und seine Tür steht immer offen. Daneben sitzen auf Holzstühlen wieder die alten Männer, und wieder lachen sie zahnlos und zischen «Bella».

In ihren abgelaufenen Sandalen geht Angelika weiter. Gegen halb eins kommt die Post.

Nicht schlecht, Angelika. Erst fährst Du ans Meer. Dann wirst Du in Kürze in einem Bett in einem Haus vor einem Wald liegen, in einem Haus, in dem schon Goethe nächtigte, Fenster und Türen, alles sperrangelweit offen, Dein Schenkel spannt sich, neben Dir atmet ein Mann, während draußen ein Hund bellt. Keiner will sich diesmal aufhängen, aber bei Männern weiß man nie, was sie wollen, und wenn sie Wein getrunken haben, dann wissen sie es selbst nicht. Sie überschreiten ihre Grenzen, und hinterher halten sie das Geschehene nicht aus, sie wollen es unbedingt rückgängig machen, aber alles zählt. Alles zählt, auch das in den Nächten, was immer es sein wird, ich sehe es nicht.

Moment. Angelika runzelt die Brauen. «Keiner will sich diesmal aufhängen?» Worauf bezieht sich «diesmal»? Es hat sich doch noch nie einer aufgehängt, oder? Wollte sich jemals einer aufhängen? Margrets Vater wollte sich aufhängen. Als sie zwei Jahre alt war, hat es deshalb eine grausame Szene gegeben. Margret hat sich in einer Therapiestunde daran erinnert. Also doch.

Es ist kurz nach eins, als Angelika in der Psychiatrie anruft. Schichtwechsel. Das Frühteam sitzt mit dem Spätteam im Besprechungszimmer. Jemand vom Küchenpersonal nimmt auf dem Stationsflur den Hörer ab. «Ich darf Sie nicht durchstellen. Rufen Sie bitte später nochmal an.»

«Hier spricht Dr. Haupt. Ich muß dringend mit meiner Patientin Margret sprechen.»

«Selbstverständlich, Frau Dr. Haupt.»

Es ist nicht zu fassen, denkt Angelika. Man trumpft auf mit seinem Doktor, und schon wird gebuckelt.

Von Margrets Stimme ist nicht viel mehr übrig als ein Flüstern. «Man hat mich erst mit allem möglichen Zeug zugedröhnt und dann den Kontakt nach draußen abgeschnitten. Jeden Kontakt. Aber mir ist es gelungen, meinen Anwalt einzuschalten. Wir werden gegen Neumann Anzeige erstatten wegen Freiheitsberaubung und Körperverletzung.»

So ist's recht. Angelika nickt. Wenn du so brav weitermachst, wirst du mich bald nicht mehr brauchen. «Bist du mir böse, weil ich weggefahren bin?»

«Ach wo.» Margret räuspert sich. «Du warst doch fix und fertig wie Tütensuppe. Aber jetzt siehst du, ich hatte recht: Neumann sabotiert uns. Er will mit aller Gewalt das Projekt kaputtmachen.»

«Er hat dafür einen Grund.»

«Jetzt nimm ihn nicht schon wieder in Schutz. Ich war von allen Medikamenten runter. Ich hab mich letzten Mittwoch an der Uni eingeschrieben. Und dann kommt dieses Arschloch ...» Margret schafft es, trotz schwerster Heiserkeit resolut zu klingen. Sie lacht. «Entschuldige, die Stimme ... Ich habe wohl etwas zu laut gebrüllt die letzten Tage.»

«Was?» Angelika fällt ihr ins Wort. «Du studierst wieder? Was denn?»

«Jura. Meine alten Scheine werden alle anerkannt.»

«Ich rufe sofort Neumann an.»

«Das ist lieb, Angelika. Aber tu das bitte nicht. Ich fechte das hier alleine durch. Ich krieg uns alle hier raus. Bitte laß mich das machen, Mensch. Spätestens übermorgen sind wir hier draußen.»

Angelika gibt Margret ihre Nummer. «Falls du Hilfe brauchst.»

«Ruf Neumann nicht an. Bitte! Ich will es aus eigener Kraft schaffen diesmal.»

«Was machen die anderen drei?»

«Rudi malt Aquarelle, ach, sie sind noch scheußlicher als meine, Frieder labert uns voll und Inge schreibt Gedichte.»

«Dann ist es bei euch nicht anders als hier», entgegnet Angelika trocken. «Aber wir haben die bessere Aussicht.»

Kaum hat Angelika aufgelegt, klingelt wieder das Telefon. «Gellberg.»

«Oh. Ich dachte, Sie sind unterwegs nach Norwegen.»

«Ich bin in Norwegen.» Es knackt. Es rauscht.

«Also los. Was hat die Analyse gebracht?»

«Wollfussel, Blütenpollen, Staubpartikel.»

«Und?» fragt Angelika.

«Sämtliche Fingerabdrücke auf dem Umschlag und dem Briefbogen sind von Ihnen.»

«Woher wissen Sie das?»

«Der Kontrollvergleich stammt von Ihrem Zahnputzbecher auf der Damentoilette.»

«Prima. Und sonst? Rechtshänder, Linkshänder?»

«Rechtshänder, eindeutig Rechtshänder.»

Angelika pfeift durch die Schneidezähne. Sie nickt. «Ein Linkshänder könnte meine Handschrift also so genau nicht getroffen haben?»

«Nein. Der Graphologe sagt, es ist absolut unmöglich. Und übrigens: Der Poststempel ist echt. Der Brief wurde beim Postamt Emilienstraße in Eimsbüttel in den Kasten geworfen. Die Briefmarke ist mit Mineralwasser angeklebt.»

«Wieso das denn?»

Gellberg grinst hörbar. «Tja. Hätte die Person Leitungswasser genommen, hätten wir die Probe dem Stadtteil und vielleicht sogar dem Wohnhaus zuordnen können. Aber diese verdammten Wasserflaschen gibt es doch überall.»

«War es Alsterquelle oder Bad Sachsenwald?»

«Keine Ahnung.» Gellberg stockt. «Ich habe den Text gelesen. Hübsch. Sehr schmeichelhaft, vor allem für mich. Der Stil paßt bestens auf unsere liebe Kollegin Bode. Motiv Eifersucht.»

«Werden Sie nicht albern. Welches Textverarbeitungssystem?»

«Ihres. Wie geht es Ihnen?»

«Super. Ich habe erst zweimal die Nerven verloren. Beim zweiten Mal landete ich um ein Haar unter einem Motorrad.»

«Glückwunsch.» Gellberg hustet. «Beim dritten Mal klappt's. Haben Sie schon irgendeinen Verdächtigen?»

«Nein. Ja. Alle sind verdächtig. Mindestens zwanzig Bekloppte. Verzeihung. Meine einzige Hoffnung ist gerade wieder abgesprungen. Eine langjährige Klientin übrigens. Sie ist leider offenbar psychisch stabil und alles andere als parasitär abhängig.»

«Vielleicht sollten Sie Ihren Urlaub abbrechen», sagt Gellberg. «Fahren Sie nach Hause und finden Sie heraus, wer auf diese Weise um Hilfe schreit.»

«Nein», erwidert Angelika nach einer Pause fest. «Ich fürchte, jemand will mich in eine Art inneren Zweikampf verstricken, in ein mentales Duell. Ich muß auf die Sprachmethoden des Gegners eingehen, wenn ich den Gegner entschärfen will.»

«Er ist gefährlich», erwidert Gellberg. «Er hat seine seelischen und körperlichen Grenzen verloren. Er wird erst Sie umbringen und dann sich selbst.»

«Wenn ich ihn finden will, darf ich nichts an dem jetzigen Setting verändern. Sobald ich wieder in Hamburg bin, werden die Briefe aufhören, und mir fehlt jede Spur.»

«Warum sagen Sie nicht: ‹Sie quatschen daher wie ein elender Psychoheini aus dem ersten Semester›?»

Angelika lächelt. «So rede ich grundsätzlich nicht.»

«Aber ich habe doch recht? Er hat seine körperlichen und seelischen Grenzen ...»

«Wie bitte? Es rauscht. Ich verstehe Sie nicht.»

«Wie oft kommen die Briefe?»

«Täglich, außer Sonntag. Heute kamen sogar zwei gleichzeitig an. Sie wurden an verschiedenen Tagen und von verschiedenen Postämtern abgestempelt. Aber nach wie vor kommen alle Briefe aus Hamburg.»

«Erstatten Sie wenigstens Strafanzeige. Vielleicht bricht der Typ bei Ihnen in die Wohnung ein.»

Angelika lacht. «Das ist doch albern. Der erste Brief ist von Freitag, und da war ich noch brav zu Hause. Ich wüßte zudem nicht, daß das Zweite Gesicht strafbar ist. Außerdem: Solange ich für den Schutzengel erreichbar bin, bleibt die Situation stabil. Solange er weitermacht, passiert nichts.»

«Passen Sie auf sich auf.»

«Wie bitte?»

«Passen Sie auf sich auf.»

«Hören Sie, da ist wieder dieses Knacken in der Leitung. Ich muß die Telecom Italia anrufen. Es macht mich sonst noch wahnsinnig. Hallo, hallo, sind Sie noch da?»

Angelika dreht die Gasflasche auf, um zu prüfen, ob sie zugedreht ist, und dreht sie wieder zu. Dann wirft sie drei der kleinen weißen Pillen ein und spült sie mit eiskaltem Leitungswasser hinunter. Relactant forte. Normalerweise hat Angelika ihre Zwangsstörungen im Griff. Daß sie selbst kontrolliert darunter leidet, macht sie gewöhnlich zur idealen Therapeutin für das Wohnprojekt, wo Menschen, die unter dem Einfluß von Zwangshandlungen oder Zwangsgedanken stehen und stationär behandelt worden sind, wieder in die sogenannte normale Gesellschaft eingegliedert werden. Wie gut die Mischung aus Medikamenten- und Verhaltenstherapie anschlägt, die Angelika methodisch entwickelt hat, dafür ist Margret ein erfolgreiches Beispiel.

Im Alltag wird Angelika oft kaum noch bewußt, daß sie Zwangsstörungen hat. Sie hat sie durch mentales Training nahezu vollständig bewältigt. Selbst in Streßsituationen kommt sie meist ohne Medikamente aus. Ausgerechnet jetzt im Urlaub bekommen die Symptome wieder die Oberhand, und Angelika nimmt sich vor, ihr Übungsprogramm wieder konsequenter durchzuziehen.

Du fragst Dich sicher, Angelika, wie ich zu Deinem Schutzengel geworden bin. Dafür gibt es viele Gründe, die ich Dir nicht alle erklären kann. Aber es liegt zunächst an der Herkunft. Die Herkunft ist schuld. Es liegt am donnernden Vater und überhaupt am Donnerwetter, das einen hienieden heimsucht, wenn man so nah am Wald wohnt. So nah am Wald, daß es, vom gegenüberliegenden Hügel aus betrachtet, so aussieht, wie im Wald, und weit und breit kein Haus drumrum. Nächtens alles sperrangelweit offen, da liegt das Kind im Bett und lauscht, ob wenigstens der Hund bellt. Dann kommt der Vater nach Hause, und er hat vermutlich einen sitzen, was aber das Kind nicht versteht. Als kleines Kind weiß man nicht, daß die großen Leute auch manchmal einen sitzen haben, die Männer zumeist, und daß das aus den Männern die wilden Tiere macht, die sie zuletzt im Krieg gewesen sind. Der Alkohol läßt den Soldaten im Mann wieder aufleben, und der Mann, der kein Gewehr hat, rennt auf den Dachboden und will sich auf-

hängen, weil er kein Künstler ist. Dabei ist er voller grauenhafter Bilder, die um so obszöner sind, als daß er sie verdrängt hat, und er muß die ganze Nacht schreien, schreien vor Schmerz und Scham und Verzweiflung, und die Verzweiflung weitet sich auf die ganze Familie aus, weil der Mann mit seinem Schreien alles kaputtmacht und sogar den Wald.

Dieser Brief konnte eigentlich nur von einem einzigen Menschen stammen: von Margret. Nur Margret war in der Lage, das alles so aufzuschreiben. Es ist Satz für Satz Margrets Geschichte, es ist teilweise wörtlich das, was sie Angelika in der Therapie erzählt hat. Aber Margret kann den Brief nicht geschrieben und vor allem nicht abgeschickt haben. Denn in der geschlossenen Abteilung hat kein Patient ohne weiteres die Möglichkeit, auf dem Computer Texte zu schreiben, sie auszudrucken oder gar abzuschicken. Daß Margret den Brief schon vorher geschrieben und in die Klinik mitgebracht hatte, ist unwahrscheinlich. Zumindest brauchte sie in dem Fall jemanden, der ihn für sie einwarf.

Falls diese Möglichkeit ausschied, und sie schied weitgehend aus, mußte sich der Schutzengel in Margrets Psyche eingeklinkt haben, nachdem er sich bereits bei Neumann und Gellberg umgesehen hatte, überlegt Angelika. Das Zweite Gesicht eignet sich nicht nur mein eigenes Inneres an, sondern es kann über mich hellsichtige Kontakte zu allen knüpfen, die in meinen Gedanken eine wichtige Rolle spielen. Dafür spricht auch, daß die Briefe keine einheitliche Sprache aufweisen. Sie sind wie in Trance abgefaßt. Da hilft nur eines: Ich muß mich durch Konzentrationsübungen so stark in den Griff bekommen, daß ich die Gedanken des Schutzengels lenken kann.

In der Wand neben dem Bett klafft ein Riß, der sich nach unten hin teilt und verzweigt. Es wird in unendlichen Abstufungen heller. Links neben Dir atmet der Neue. Du streckst Deine Hand aus und betrachtest die Lebenslinie. Sie verzweigt sich beim heutigen Datum und findet sehr viel später wieder zusammen. Am Morgen kräht der Hahn dreimal, und auf dem Boden liegt eben dieser Hammer.
Jetzt sehe ich ihn klarer als beim erstenmal. Er erinnert mich an die Nacht, in der ich selber erst zwei war und mein Vater sich aufhängen wollte. Er lief brüllend auf den Dachboden und schloß hinter sich ab. Die Mutter rüttelte und rüttelte. Je mehr sie jammerte und flehte, desto mehr regte sich der Alkohol im Vater, und ich gäbe Dein Leben dafür, wenn ich wüßte, welche Bilder ihm im Kopf spukten. Ob man das mit orthodoxer freudianischer Analyse erklären kann? Freud hat den Zweiten Weltkrieg nicht mehr erlebt, und er hat jene nicht analysiert, die aus ihm heimgekehrt sind und die Seele auf dem Feld gelassen haben. Wo einstmals die Seele gesessen hatte, brannte nun auf der Brust noch die Marke, der Vater ist lebenslänglich ein Gefreiter gewesen. Zumindest in diesem Punkt war er, wie fast alle Menschen, gleichzeitig Täter und Opfer.
Aus ihm, brüllte er vom Dachboden herunter, hätte etwas werden können, wenn wir nicht wären und insbesondere die Mutter nicht. Sie habe aber nichts gegen die Kunst, sie habe nur etwas gegen die Sauferei, schrie die Mutter zurück, und plötzlich polterte der Vater die Stiegen herunter, und vor ihm durch die Luft schwang der Hammer.

Kathrin kommt herein. Sie hat dunkle Ränder unter den Augen und wirkt ziemlich angeschlagen. Ihr Hemd ist unter den Achseln durchgeschwitzt. Der Pony klebt ihr auf der

Stirn. «Wie kannst du nur bei diesem Wahnsinnswetter im abgedunkelten Studio sitzen? Mach die Läden auf! Laß Sonne rein! Ich muß ja leider arbeiten, aber du?» Sie geht in die Küche, holt sich einen Apfel, beißt hinein. Im Türrahmen bleibt sie stehen. «Schreibst du an Thies?»

Angelika schüttelt den Kopf.

«Oder an den neuen Liebhaber, der dir dauernd dicke Briefe schickt?»

Angelika tippt sich an die Stirn. «Quatsch. Leihst du mir dein Auto? Ich möchte nachher gern mal in die Berge fahren.»

«Klar.»

«Kommst du mit?»

«Siesta.» Kathrin gähnt. «Nein, danke, ich hau mich jetzt hin. Gute Nacht.»

«Warst du bis eben bei Josef?»

«Er hat mich rausgeschmissen. Er schreibt.»

In der Küche macht sich Angelika ein Brot mit Tomaten und Mozzarella. Erst beschwert sich Kathrin bitter über Josef, und nun tut sie, als sei sie seine Ehefrau. So ist es immer mit ihr, denkt Angelika. So wüst sie mit Farbe kleckert, bei Männern malt sie schwarzweiß. Spätestens morgen beschimpft sie Josef wieder und wirft sich dem nächsten Mann an den Hals.

Vielleicht hat der Schutzengel mit dem verletzten «Treuediktat» nicht Angelika, sondern Kathrin gemeint? Könnte es sein, daß er von deren Existenz nur noch nichts ahnt und deshalb manche Szenen, die auf Kathrin passen, Angelika unterjubelt? Ich werde auf Kathrin aufpassen müssen. Angelika seufzt. Ich muß sie vor dem Zugriff des Zweiten Gesichts schützen.

Lieber Schutzengel! Du glaubst, alle Psychologen reden unablässig von sich. Du behauptest, wir könnten nicht zuhören, nicht wahr? Das wirfst Du mir indirekt vor, indem Du Sätze anderer Menschen zitierst, die nur an mich gerichtet waren. Ich habe es bemerkt, okay? Es reicht. Du kannst damit aufhören. Rede gefälligst von mir, wenn Du etwas von mir willst. Oder rede von Dir. Aber dazu bist Du zu feige.
Dich gibt es ja in Wirklichkeit gar nicht! Du kennst nämlich keine Grenzen! Und Grenzen sind identitätsstiftend. Wir definieren uns nicht über das, was wir tun, sondern über das, was wir nicht tun. Nicht unsere Taten, sondern unsere Unterlassungen machen unseren Wert aus. Sie geben uns Sinn. Denk darüber einmal nach. Übe Dich in Zurückhaltung und grenze Dich ab gegen die Übergriffe anderer. Sei passiv. Versuch es. Sage mir dann, was es Dir gebracht hat. Ich melde mich wieder. Für heute Deine Angelika.

Sie steckt den Briefbogen in einen Luftpostumschlag, den jemand in ihrem Nachtschränkchen liegengelassen hat. In ihrer präzisen Handschrift adressiert sie ihn «An meinen Schutzengel». Dann klebt sie den Brief zu und schiebt ihn in den Spalt zwischen dem niedrigen Bücherregal, auf dem das Telefon steht, und der Wand.

Prompt klingelt es. Sie zuckt zusammen.

«Nochmal Gellberg. Ich kam vorhin in ein Funkloch.»

Angelika holt tief Luft. «Sie haben ein schlechtes Gewissen?»

«Sollte ich das? Warum?»

«Keine Ahnung, aber ich spüre, daß Sie Schuldgefühle haben.»

«Ich habe den Brief dem Graphologen vorgelegt. Und dem Computerspezialisten.»

«Ja. Klar. Und? Es war mein Füller, nicht wahr. Die gleiche Marke.»

«Ja.» Gellberg macht eine Pause. «Es ist zweifelsfrei Ihre Handschrift. Wir haben nichts gefunden, was mit Ihrer Handschrift nicht identisch ist. Gar nichts.» Er räuspert sich. «Und der maschinell erstellte Text wurde zweifelsfrei bei Ihnen zu Hause in Ihren Rechner eingegeben.»

Vor Angelika dreht sich alles. «Woher wissen Sie das?»

«Ich bin in Ihre Wohnung eingebrochen.»

«Ist das ein Witz?»

«Ich habe Fritz mitgenommen. Er hat noch Reste des Texts im System gefunden, die sich teilweise wiederherstellen ließen.»

«Hat er noch andere Texte gefunden?»

«Ja.»

«Viele?»

«Einige.»

«Schicken Sie mir die Ausdrucke. Alle.»

«Ich werde sehen, was ich für Sie tun kann.» Gellberg stockt. «Frau Haupt, es fällt mir nicht leicht, das zu sagen. Aber könnte es sein, daß Sie selbst die Briefe geschrieben und dann jemanden in Hamburg damit beauftragt haben, sie Ihnen nun nach und nach zu schicken?»

Angelika faßt sich an den Hals.

«Frau Haupt, ich wollte nicht gleich mit der Tür ins Haus fallen, und ich wollte erst mal nachhaken, was Sie zu der Sache zu sagen haben. Aber ich glaube, Sie sollten sich gründlich untersuchen lassen. Labile Persönlichkeiten können wir in der Polizeiarbeit nicht brauchen. Bevor kein entsprechendes klinisches Gutachten zu Ihrer Entlastung vorliegt, kann ich Sie nach dem Urlaub bei uns nicht mehr beschäftigen.»

«Brechen Sie bitte nochmals bei mir ein, wenn Sie aus Norwegen zurück sind.» Angelikas Stimme klingt kalt. «Öffnen Sie meinen Schreibtisch. Er müßte abgeschlossen sein. In der obersten Schublade links liegt ein grüner Ordner. Darin sind die Therapieberichte aus dem Projekt Lippmannstraße abgeheftet. Sichern Sie darauf die Fingerabdrücke, denn ich habe konkrete Hinweise darauf, daß der Schutzengel sich dazu Zugang verschafft hat.»

Draußen im Freien platzt Angelika fast der Kopf. Der Asphalt flimmert vor Hitze. Vom Himmel strahlt ein irres Blau, das in der Schädelhöhle schmerzt. Die grellen Sonnenstrahlen flirren hinter den geschlossenen Augendeckeln. Die immense Lichtempfindlichkeit ist eine Nebenwirkung der Tabletten. Angelika setzt ihre Sonnenbrille auf, bevor sie ins Auto steigt, die Scheiben herunterkurbelt und den Sitz verstellt. Sie ist mindestens zehn Zentimeter kleiner als Kathrin.

Ihr ist schwindlig. Sie sollte nicht allein fahren, schon gar nicht vor dem Ende der Siesta. Sie blickt hinüber zur Villa Serpentara. Dort stehen die Fensterläden offen, und ein Schatten kommt durch die Tür und geht in den Garten.

Als Angelika am Berg anfährt, findet sie den Gang nicht und rollt rückwärts, bevor sie mit einem Satz durchstartet. Sie läßt die Kupplung los, der Motor säuft ab und springt beim zweiten Versuch stotternd wieder an. Am Friedhof entlang schleicht Angelika hinüber zur Serpentara. Sie hält sich zu weit rechts in den Kurven und fährt beinahe die Böschung hinunter. Plötzlich überfällt ein Bremsenschwarm das Auto. Zehn, zwölf Bremsen dringen von beiden Seiten durch das Fenster ins Auto ein und stürzen sich surrend auf Angelika. Sie schreit und versucht, die Geschwindigkeit zu drosseln. Dann löst sie den Gurt und springt aus dem noch weiterrollenden Auto. Nach mehreren Metern kommt es von selber zum Stehen. Mit bebenden Knien wartet Angelika am Wegrand und heult.

Es dauert ungefähr eine Viertelstunde, ehe sie weiterfahren kann. Eine der Bremsen hat sie gestochen. Es tat weh, aber sie hat den Schmerz nicht gespürt. Sie spürt ihn jetzt, wo es nicht mehr weh tut, sondern nur noch anschwillt und höllisch juckt.

Auf der Steinplatte unterhalb des Klingelpfostens liegt eine zusammengeringelte graubraun gestreifte Aspisviper.

«Steig einfach drüber», ruft Josef, der in seinen Holzlatschen die Stufen herabspringt. «Sie tut nichts.»

«Ihr Gift ist tödlich», entgegnet Angelika. Sie schließt das Auto ab, das in der Einfahrt steht, und macht, anstatt durch die Pforte zu gehen, einen Umweg durch die Garage.

«Baby», sagt Josef, der auf der Steintreppe wartet, «wirklich, sie ist stinkfaul und hochschwanger.»

«Serpente ist die Schlange, und die Endung -ara heißt, daß es viel von etwas gibt. Serpentara ist also ein Ort, an dem es von Schlangen wimmelt.» Schnaufend bleibt Angelika vor Josef stehen. «Obwohl ich nicht so phobisch bin wie Kathrin ...»

«Tag.» Josef gibt Angelika einen Kuß auf die Wange. Er ist unrasiert und verschwitzt. «Kathrin war grad am Telefon. Du sollst einen Naumann oder Neumann zurückrufen. Es sei dringend.»

«Woher weiß die denn, daß ich bei dir bin?» fragt Angelika völlig außer Atem, während sie bereits weiter hinauf zum Haus läuft. In Josefs Arbeitszimmer steht das Telefon. Sie wählt Neumanns Handynummer, aber es ist besetzt.

Josef hantiert in der Küche mit einem Topf voll kochendem Wasser. «Möchtest du einen Tee? Das löscht den Durst am besten.»

Angelika streicht sich das lange, braune Haar aus dem Gesicht und dreht es im Nacken zu einem Knoten. Aus ihrer schwarzen Ledertasche zieht sie eine Metallspange. «Danke, gern. Aber ich will dich nicht vom Schreiben abhalten.»

Josef drückt ihr Tassen und ein Schälchen mit braunem Zucker in die Hand. «Das ist jetzt eh egal.»

Er gießt den Tee auf und nimmt die Kanne mit in den Garten. Unter einem mächtigen Baum steht ein wackliger Holztisch. Sie setzen sich davor auf zwei Plastikstühle.

«Man kann von hier aus direkt hinübersehen zur Casa Baldi.» Josef streckt den Arm aus und zeigt mit dem Finger. Auf dem Hügel gegenüber steht ein großes blaßgelbes Haus mit dunkelgrünen, geschlossenen Läden.

Es wirkt völlig verlassen, denkt Angelika. «Darf ich dich was fragen?»

«Bitte», sagt Josef.

«Du hast erzählt, du schreibst an einem Roman über manipulatives Verhalten. Was verstehst du darunter?»

Josef schaut in die Ferne. Auf seiner Stirn bilden sich zwei steile Falten. Er sieht gar nicht wie ein Schriftsteller aus, denkt Angelika. Er hat die willensstarke Mimik eines von zornigem Ehrgeiz besessenen Leistungssportlers.

«Das hast du mich schon mal gefragt.»

«Ich weiß.»

Josef spielt mit dem Griff des Teesiebs. «Ich rede nicht gern über das, was ich schreibe. Vielleicht bin ich abergläubisch. Aber es liegt kein Segen drauf.»

«Entschuldige. Vergiß es.»

Josef lehnt sich zurück und schlägt die Beine übereinander. Sein Gesichtsausdruck entspannt sich. «Meine Hauptfigur ist ein Journalist, der begnadet gute Interviews führt. Er verwendet dafür eine bestimmte Technik. Er bringt das Lieblingsgetränk seines Gesprächspartners mit und schüttet dann sein Herz aus. Dabei spiegelt er sich genau in dem, was er von seinem Gegenüber wissen will. Früher oder später schlägt die Methode an. Er erfährt vom andern alles.»

«Interessant», sagt Angelika, die mit einer Haarsträhne spielt. «Und warum tut er das?»

«Macht», erwidert Josef. «Er ist machtgeil. Wie jeder gute Journalist ist er besessen davon, über andere zu herrschen, das heißt, in sie hineinzuschlüpfen und sie zu manipulieren.»

«Ich dachte immer, das werfe man den Psychologen vor.»

Josef legt den Kopf in den Nacken und lacht. Angelika nimmt das Sieb aus der Kanne. Sie schenkt Tee ein.

Josef legt die Hände in den Schoß und beugt sich nach vorn. Seine grüngesprenkelten Augen funkeln. «Aber jetzt paß auf. Eines Tages gesteht der Journalist einem Schriftsteller einen Mord. Er hat seinen Schwiegervater umgebracht ...»

«Bist du der Schriftsteller?»

«Vielleicht.»

«Und wer ist der Journalist? Dein Alter ego? Dein Widersacher?»

Auch Dein Vater wollte sich aufhängen, aber er hat sich nicht aufgehängt. Ihm fehlte selbst dazu der Mut, und Du konntest ihm, als er schließlich starb, nicht ins Gesicht sehen. Daran mußt Du seither jeden Tag denken, es vergeht kein Tag, an dem Du nicht daran denkst, und Du ahnst noch nicht, daß Du bald ein Buch lesen wirst, in dem der Neue auf den Tod Deines

Vaters eingeht. Du wirst vieles wiedererkennen, aber nicht so, wie es tatsächlich gewesen ist, sondern sozusagen verkehrt herum. Der Neue, ich sehe es jetzt klar, ist Schriftsteller! Und er wird in seinem Text das genaue Gegenteil von dem erzählen, was einstmals für Dich wirklich gewesen ist, er wird in jeder einzelnen Episode zu seiner eigenen Wahrheit finden; aber er wird Deine Schmerzpunkte exakt treffen, und er wird, indem er eine Art Negativ entwirft, die Essenz Deines Scheiterns noch weiter herausarbeiten.

Die Beispiele, die der Schutzengel anführt, gehören zu drei Vierteln zu Margrets und zu einem Viertel vielleicht zu Kathrins Geschichte, überlegt Angelika, während sie sich am Tee die Zunge verbrennt. Sie berühren meine Vergangenheit nicht.

Damit funktioniert dieses Zweite Gesicht genau wie in den Fallbeispielen, auf die Angelika kürzlich in einer forensischen Fachzeitschrift gestoßen ist. Es handelte sich um einen Auszug aus einer Diss über «Transzendentalanalyse – Therapeutische Studie bei der Anamnese außersinnlicher Wahrnehmung». Angelika erinnert sich plötzlich sehr klar an den Aufsatz. Ihr fällt sogar der Nachname des Doktoranden wieder ein: Bertz oder Bartsch. Er beharrte in seinen Thesen zwar darauf, daß niemand die Zukunft voraussagen könne, weil die Zukunft ungewiß und damit nicht voraussagbar sei. Dennoch belegte er schlüssig, wie Klienten mit einer entsprechenden Kindheitsanamnese bestimmte vorsprachliche Kommunikationsmuster aktivieren, die ihnen ermöglichen, in sogenannte hellsichtige Bereiche vorzudringen. Dabei beziehen sie nicht selten die Kernkonflikte aus den Biographien von Bezugspersonen mit ein, die der Zielperson nahestehen. Krude gesagt heißt das, sie irren sich andauernd. Aber in einer übergreifenden Logik ordnen sie intuitiv aufeinander zugerichtete Sinnsysteme so, daß sich falsche Voraussagen deuten und richtig übersetzen lassen.

«Worüber denkst du nach?» fragt Josef.

«Ich wurde vor dir gewarnt», entgegnet Angelika. «Jemand hat mir gesagt, daß du die gleichen manipulativen Tricks parat hast wie dein Journalist.»

Josef sieht sie spöttisch an und lächelt. «Und nun?»

«Ich fürchte, du wirst mich ausnutzen.»

Josef dreht seine Teetasse im Schoß. Auf dem Holztisch liegt ein Taschenbuch; Josef Brechbühl, «Kaiserwetter», Novelle. Angelika nimmt es in die Hand und blättert. Drinnen klingelt das Telefon. Josef stapft ins Haus und kommt gleich wieder. «Für dich.»

Sie rennt. Ihr schlägt das Herz bis zum Hals. Sie greift nach dem Hörer. Sie japst nach Luft. «Günther? Hat Kathrin dir die Nummer gegeben?»

«Angelika, Margret hat versucht, sich das Leben zu nehmen.»

«Lebt sie?»

«Sie lebt. Sie hatte sich in einem depressiven Anfall mit Tranquilizern vollgestopft. Relactant forte. Brigitte hat bei ihr die leere Packung gefunden. Fünfzig Stück. Ich möchte mal wissen, woher sie die Dinger hat. Auf Station verteilen wir diese Hämmer nicht.»

«Ist sie bei Bewußtsein?»

«Ja. Ihr Zustand ist stabil. Ihr wurde sofort der Magen ausgepumpt, und jetzt liegt sie in der Krankenabteilung.»

Angelika atmet ein, aber nicht mehr aus. «Ich habe ungefähr vor zwei bis drei Stunden mit ihr telefoniert. Sie machte auf mich einen sehr guten Eindruck.»

«Du hast sie angerufen?» Neumann schreit nicht. Neumann deutet an, wie es wäre, wenn er schreien würde. «Hast du vergessen, daß ich es dir verboten habe?»

«Günther. Sie ist nicht der Schutzengel. Sie hat diese Briefe nicht geschrieben.»

«Diese Briefe? Wie viele sind es denn inzwischen?»

«Darüber möchte ich jetzt nicht sprechen.»

«Margret ist schwerst manisch-depressiv. Du hättest das längst merken müssen, Angelika. Statt dessen hast du einen akuten manischen Schub verkannt und für Gesundung gehalten.» Er schnaubt höhnisch. «Das war wohl Wunschdenken, Kindchen, weil du dir nicht eingestehen konntest, daß du mit dem Projekt überfordert bist. Es führt nirgendwo hin, was du da treibst. Der Fehler liegt im Kern deiner Methode!»

Da redet der Klassiker Freud persönlich. Angelika versucht, ihrer Stimme Festigkeit zu geben. «Margret hat diese Briefe nicht geschrieben. Sie ist nicht parasitär von mir abhängig, und sie verfügt auch nicht über das Zweite Gesicht.»

«Wer hat sie dann geschrieben?»

Ich. Ich selbst. Es gibt nicht von der Hand zu weisende Anzeichen dafür, daß ich mir die Briefe selbst geschrieben habe, denkt Angelika grimmig. Gellberg ist auch der Meinung. Fragt sich nur noch, wer sie für mich einwirft.

«Antworte mir bitte.»

«Ich weiß es nicht.» Angelika hört, daß sie brüllt. «Ich weiß nicht, wer mir die verdammten Briefe schickt.» Sie räuspert sich. «Soll ich kommen? Soll ich mich in die nächste Maschine nach Hamburg setzen?»

«Das», sagt Neumann, «hätte uns gerade noch gefehlt.»

Bei Thies klingelt das Telefon, weil Angelika unbedingt etwas tun muß, das einen anderen sofort beeinflußt, vom Tisch oder Bett wegtreibt oder zumindest dazu bringt, den Arm auszustrecken. Vielleicht will sie auch nur hören, wie Thies seinen Nachnamen sagt, «Taler», aber keiner hebt ab.

Angelika geht wieder nach draußen, setzt sich und nippt am Tee. Sie blättert in Josefs Buch. Es ist eine Liebesgeschichte. «Hast du das selbst erlebt?» Sie möchte Josef dazu bringen, daß er endlos über sich spricht. Sie will nicht, daß er etwas von ihrem erbärmlichen Zustand bemerkt.

Er lacht. «Ein guter Lügner muß zwar noch lang kein guter Autor sein, während ein guter Autor mit ziemlicher Wahrscheinlichkeit ein hervorragender Lügner ist.»

Der Neue heißt Josef. Er ist Schriftsteller. Josef wird Dir Angebote machen, und Du wirst sie annehmen. Josef wird Dir weitere Angebote machen, und Du wirst sie wieder annehmen. Dann wirst Du Josef Angebote machen, und er wird sie ebenfalls annehmen, Dir aber deutlich weniger und dann gar keine Angebote mehr machen. Du wirst Josef noch mehr Angebote machen, er wird sie zunächst weiter annehmen, dann plötzlich haltlos übertreffen und zuletzt harsch zurückweisen, wobei er auch Dich und die Welt zurückweist, bevor er Dir, nach einer kleinen Pause, erneut das erste Angebot macht.
Das ist der Kreislauf symbiotischer Beziehungen. Du hast Übung darin, denn Du bist wie Josef kirchengeschädigt. Ein aggressiver, jähzorniger Vater, eine verdeckt depressive Mutter, Schläge, Alkohol, auch damit kann Josef etwas anfangen. Wenn Ihr Euch Eure Biographien erzählt, werdet Ihr Euch vorkommen wie zwei Synchronschwimmer. Josef wird sich vor Dir retten müssen, er fühlt sich bedroht. Du wirst Dich aus Gewohnheit in ihn verlieben, weil Du immer auf das fliegst,

was Dir ähnelt. Josef wird um sich schlagen und strampeln, er fühlt sich mißachtet und in seinen Grenzen verletzt. Er vergißt, wo er anfängt und wo er aufhört. Er weiß nicht mehr, wer er ist. Josef muß fürchten, sich in Dir zu verlieren, zuviel Nähe macht ihn depressiv, und alles endet im Selbstmord.

«Dafür hat es in der Literaturgeschichte immer wieder die trefflichsten Beispiele gegeben.»

«Wie bitte? Wofür?» Erschreckt sieht Angelika auf. «Entschuldige, ich war einen Moment lang vollkommen abgetaucht.»

Josef lacht gallig. «Es geht schon. Ich weiß, was man von mir verlangt. Die Schere im Hirn sitzt sicher. Solange es eine Schuldigkeit gibt, flattert der Mohr. Also führen Knechte aus, was Herrenhirne planen. Früher haben die Sklaven ja auch keine selbstverwalteten Tempel gebaut.»

Angelika kann dem nicht folgen, hört aber mit offenem Mund zu. Sie beobachtet eine Eidechse, die mit ruckendem Kopf fluchtbereit über die Mauer hastet. Sie legt Josefs Novelle zurück auf den Tisch.

«Vergiß es», sagt Josef. «Natürlich hab ich den ganzen Scheiß nicht erlebt. Das Leben des Autors spielt für die Literatur nicht die geringste Rolle.»

«Und wo liegt dann das Problem?»

«Bei meinem Lektor. Es geht um den neuen Roman. Ich weiß, ich muß endlich zum Punkt kommen. Das Problem ist nur, es gibt keinen. Es gibt keinen Punkt. Es gibt nur, wie auf einer Landkarte, jede Menge von Punkten. Und je genauer man schaut und je besser man auflöst, desto mehr kleine und klitzekleine Punkte tauchen noch zwischen den größeren auf. Kein Lektor würde verlangen, daß man eine Landkarte auf den Punkt bringt, weil jeder einsieht, daß das der absurdeste Unfug ist, aber jeder will, daß man einen Roman auf den Punkt bringt, und zwar möglichst schnell. Ein Roman, der die Leiche nicht schon im ersten Satz abliefert, ist heutzutage schon gar nicht mehr druckrelevant.»

«Steckst du in einer Schreibkrise?» fragt Angelika.

Josef sieht sie an und lächelt.

Als Angelika nach Hause kommt, dringt laute Musik aus dem Atelier. Mexikanische Folklore. Kathrin hat wegen der Hitze die Läden geschlossen und einen Zettel an die Tür gepinnt: «Nicht stören. Ich befinde mich in einem kreativen Prozeß.»

OLEVANO, 8. TAG Bis in den Morgen hinein hat Kathrin gearbeitet. Bis in den Morgen hinein hat sie endlos das mexikanische Gedudel abgespielt, immer die gleiche CD, und sich dabei wahrscheinlich vollaufen lassen. Als Angelika frühstückt, steht sie plötzlich in der Tür und grinst. Hände, Arme, Gesicht – alles quietschbunt. Ihre Augen leuchten.

«Angelika, ich glaub, ich hab's geschafft. Diese Nacht war der Durchbruch.» Sie setzt sich an den Küchentisch und greift nach einer dicken Scheibe Weißbrot.

«Das freut mich. Dann kann ich ja nachher mal gucken kommen.»

«Lieber später», erwidert Kathrin mit vollem Mund, bevor sie aufspringt und sich die Hände wäscht. Während sie sich mit der einen Hand eine Scheibe Mortadella in den Mund stopft, setzt sie sich mit der anderen den Schuß Insulin.

«Und du verausgabst dich wirklich nicht zu sehr?» fragt Angelika besorgt, obwohl Kathrin aussieht wie das blühende Leben. «Denk an deine Nieren. Du brauchst einen geregelten Tagesablauf.»

Kathrin seufzt und verdreht die Augen. «Meine beste Freundin warf mir schon im Kindergarten vor, ich sei unvernünftig. Sie kannte das Wort Maßlosigkeit nicht, sonst hätte sie mit ihrer Kritik das Problem genauer getroffen, was immer ein Grund ist, seinen Wortschatz zu erweitern. Die Leute erweitern aber nicht ihren Wortschatz, sie erweitern ihren Bausparvertrag, was auch nicht verkehrt ist, aber nicht um den Preis dieser Unzufriedenheit. Um mich herum sind immer alle unzufrieden, nur ich nicht.»

Angelika lächelt. Wenn Kathrin unter etwas leidet, dann ist es die Logorrhöe.

«Das ist doch bei Künstlers keinen Deut anders. Sie wollen ein Vollbad, ein großes Haus, einen Garten und natürlich ein Kind. Kein Mensch will sich mal wieder verlieben, also das tun, worum es eigentlich geht. Anstatt sich zu verlieben, propagieren meine Künstlerfreunde den Stillstand, nur damit sie sich vollgebadet und schwanger in den Garten legen können, und was dann?»

Es geht schon gegen ein Uhr, als Angelika vor dem Haus das Auto einparkt, weil Franca, die Verwalterin, die ganze Wohnung geputzt hat, Schlafzimmer, Gästezimmer, Wohnzimmer und Studio, alle vier Balkone, Küche und Bad, und Angelika hat es vorgezogen, einstweilen dic Gegend zu erkunden. Es ist ihr peinlich, wenn eine andere Frau ihren Dreck wegwischt.

Liebe Angelika, Du weißt noch nicht, wie schnell und leicht Du Dich an alles gewöhnen wirst, an die Ankünfte und Abreisen, an die Putzfrau, an die Besuche und das rauschende Telefon, an das Herumstehen am Flughafen und an die Fahrten zum Meer, an die Berge und die Aussicht und die flirrende Hitze vor allem, an die Stechmücken und das Jucken und die Enge in der Brust, an die Bremsen, die Zecken, den hohlen Kopf und den Durchfall, an die Wespen, die Hornissen und an das stundenlange Herumsitzen beim Wein. Zuletzt wirst Du Dich an die Skorpione gewöhnen, die auf dem Balkon herumlaufen und im Schlafzimmer, die aus der Wasserleitung kommen, Du wirst Dich an Kakerlaken und an Vipern gewöhnen, an Ameisen, an Kunst und übertrieben glückliche Nächte, an vermutete Bespitzelung, Du wirst Dich an Sex gewöhnen. Du wirst es ertragen, zurückgewiesen zu werden, Du wirst es ertragen, verschlungen zu werden, Du wirst Dich zurückweisen und verschlingen lassen.

Das Bild kommt wieder, unscharf diesmal. Der Garten der Villa Serpentara, der Weißwein, die Sterne. Eine Kerze flakkert. Es sei die Vorstellung vom Schindanger, sagt Josef, die Angst, jenseits der Friedhofsmauer begraben zu werden, die ihn daran hindere, aus der Kirche auszutreten. Eine Urangst vor dem Alleinsein vielleicht, vor dem Ausgestoßensein, vor der ewigen Verdammnis. Es sei der Herdentrieb, die Sehnsucht nach Zugehörigkeit, nach Gemeinschaft, nach dem Rudel, denn selbst, wenn man im Rudel nicht mitlaufe, sei man immerhin noch Kirchenmitglied. Selbst wenn man die Werte der katholischen Kirche ablehne, könne man sich doch daran festhalten, und selbst, wenn man mit den Zielen nicht übereinstimme, so seien es doch wenigstens Ziele.

Ich sehe Dich jetzt etwas klarer, Angelika, und wieder dabei, wie Du mit Josef den römischen Kinderfriedhof durchstreifst;

ab und zu bleibt Ihr stehen und bückt Euch nach einer Inschrift, nach dem Bildnis eines toten Kinds. Im Ohr habt Ihr die Spieluhr, und geisterhaft gleißt die Sonne, während Josef in die Hocke geht und die Tomaten pflückt, eine rot, eine grün, und beim Weitergehen in den Fäusten behält.
Wie belemmert findet Ihr zurück zur Villa Massimo. Ihr redet wenig. Manchmal streifst Du Josefs Arm. Zwischen Euch steht eine Spannung, die erst im Auto vergeht. Josef fährt konzentriert und findet klare Sätze. Es ist ihm alles zuviel. Er will keine Verbindlichkeiten, keine Verabredungen und keine Unternehmungen mehr. Und vor allem keine Nähe.
Josef hat kurze, starke Anfälle von Todessehnsucht, die gefährlich werden, sobald ihm jemand zu nahe rückt. Du bist schuld, wenn er sich etwas antut. Denk immer daran, Angelika. Vergiß es nicht.

Angelika steht auf der Terrasse und blickt hinüber ins Gesicherte, in die in den Felsen gehauenen Häuser. Graffiti, Werbung, Supermärkte und Plastik, das gibt es dort nicht, aber es gibt, weit wichtiger noch, auch keinerlei rechte Winkel. Die Einheimischen sind eins mit sich, weil sie über schräge steinerne Stufen schlurfen, über die auch schon ihre Ahnen geschlurft sind, und die Ahnen der Ahnen, denkt Angelika, und das ist heute noch viel romantischer als in der Romantik, und es wird immer noch romantischer werden.

Mein lieber Schutzengel! Aber das sind ja nichts als haltlose Spekulationen, die Du mir heute zumutest! Wirklich, gestern warst Du besser. Da fiel mir besonders ein Wort auf, «kirchengeschädigt». Ich selber bin es zwar nicht. Ich kenne aber eine Frau, auf die das zutrifft, sie heißt Margret und ist meine Klientin. Margret hat gestern versucht, sich mit Tabletten das Leben zu nehmen.

Margrets Eltern leiteten ein kirchliches Kinderheim. Margrets Mutter bekam für viel Arbeit wenig Geld, und als sie anfing, sich zu wehren und Forderungen zu stellen, wurde sie fristlos entlassen. Auch der Vater ging. Aber Margrets Eltern waren mit dem Ort, an dem sie arbeiteten, so sehr eins gewesen, daß sie ihre Arbeit als das Leben an sich empfanden, und Margret hatte nie etwas anderes gekannt.
Margret wurde klargemacht, daß ihr gar nichts gehörte, überhaupt nichts gehörte, kein Grashalm gehörte ihr. Kein Teller, von dem sie aß, hatte jemals ihr gehört, und auch nicht die Aussicht aus ihrem Fenster, auf den Berg, hinter den am Abend die Sonne sackte. Sie gehörte sich selbst nicht.
Wenig später ist Margrets Mutter gestorben, unter rätselhaften und niemals geklärten Umständen. Sie sagte, sie kriege keine Luft mehr und werde sterben, die Kirche habe sie in den Tod getrieben, und dann lag sie auf einmal tot im Bett.
Bis vor kurzem hat sich Margret am Tod ihrer Mutter nicht schuldig gefühlt, er wurde überlagert vom näheren Tod des Vaters. Doch vor ein paar Wochen sagte sie plötzlich und völlig unvermittelt, daß der frühe Tod der Mutter vielleicht hätte verhindert werden können, wenn sich Margret in der Nacht, als sie starb, an ihr Bett gesetzt hätte, oder am Abend vorher, oder am Morgen vorher; wenn sie sich überhaupt jemals ans Bett der Mutter gesetzt hätte, dann würde die Mutter womöglich heute noch leben.
Ich teile Dir das mit, weil ich annehmen muß, daß Du für Margrets Suizidversuch verantwortlich bist. Ich weiß nicht, wie Du das konkret angestellt hast, aber ich nehme diese Drohung ernst. Weil ich keinen anderen Weg mehr sehe, muß ich mich auf einige Deiner Ankündigungen aktiv einlassen, auch auf die Gefahr hin, daß daraus sich selbst erfüllende Prophe-

zeiungen werden. Mit Worten allein ist Dir nicht beizukommen. Dennoch warne ich Dich eindringlich davor, weiteres Unheil anzurichten. Angelika.

«Angelika? Hier ist deine Mutter.»

«Nicht möglich. Ich habe eben an dich gedacht.»

«Sag mal, hast du mal wieder was von deinem Vater gehört?» Die Mutter klingt stark asthmatisch. Wahrscheinlich wieder eine Allergie.

«Nein, aber wenn du mich fragen willst, wie es mir geht ...»

«Entschuldige. Ich habe gestern im Zug Maxi Bauer getroffen, du weißt, diese alte Schulfreundin. Sie haben immer noch Kontakt. Sie sagte, er habe fürchterlich abgebaut, seitdem er nicht mehr arbeitet. Irgendeine schlimme Herzgeschichte ...»

Du kümmerst dich doch seit über dreißig Jahren nicht mehr um meinen Vater, denkt Angelika, dann tu doch jetzt nicht so. Hast du immer noch Angst, daß du vor ihm stirbst? Oder willst du etwas erben? «Oh. Das tut mir leid.»

«Du solltest ihn mal anrufen. Oder ihm ein Kärtchen schicken. Das würd ihn sicher freuen.» Die Mutter hat immer noch ihren falschen Münchner Akzent, obwohl sie vor ein paar Monaten plötzlich wieder nach Berlin gezogen ist. Dort hält sie es nicht aus, und nun träumt sie von der Ukkermark.

«Ja, bestimmt. Und wie geht es dir?»

Die Mutter läßt ihre Tirade los, und Angelika legt den Hörer daneben. Sie kennt das Gejammer schon. Um so erstaunter ist sie, als sie wieder hinhört. «Du warst von frühauf geschockt vom Tod. Als dein Großvater starb, warst du noch keine sechs Jahre alt. Du hast zugeschaut, wie er röchelte, stöhnte und sich wand, und plötzlich bäumte er sich auf und erstickte. Du halfst mir und deiner Großmutter, den Großvater im Bett zu waschen. Wir wälzten ihn von der einen auf die andere Seite, und dabei haben wir geschimpft, denn der Großvater war schwer. Dann hast du die Mundharmonika geholt und ‹Mein Hut, der hat drei Ecken› gespielt, bis deine Großmutter dich ohrfeigte.»

«Und dann sah ich, was der Großvater zwischen den Beinen hatte. Es sah ein wenig aus wie Leberwurst», erwiderte Angelika. «Und ich habe seither nie wieder Leberwurst gegessen.»

Margret sagte kürzlich, sie würde alles dafür geben, um auch nur einen einzigen Tag wieder dort zu sein, wo sie früher war, wieder Kind zu sein, während der Vater den Rasen mäht, und alles riecht nach frischem Gras und, drinnen bei der Mutter, nach Pfirsichen. So frage sie sich bisweilen, vor allem im Sommer, ob sie für den Duft von frischem Gras und Pfirsichen und für den Anblick des Vaters und der Mutter, für einen einzigen Tag in der Kindheit, nicht sogar ihr Leben geben würde. Für einen einzigen Tag in der seligen Unmündigkeit würde sie den Rest ihres Lebens wegwerfen, und das beleidigt alle, die ihr nahestehen, sagte Margret. Vielleicht siegte, hätte sie die Wahl, ihr Verantwortungsgefühl, vielleicht riefe sie sich die Bilder vor Augen, des Glücks, ein fremdes Lippenpaar zu spüren oder eine Partie fremder Haut.

Josef wird der erste sein, der die Geschichte nicht hört. Zum erstenmal wirst Du, wenn jemand sich Dir nähert, nicht von der Scheidung Deiner Eltern erzählen, zumindest in den ersten Wochen nicht. Dabei erfährt Josef sehr viel von Dir, und

Du erfährst sehr viel von Josef. Josef ist neugierig, er ist ein aufmerksamer Zuhörer, aber Du wirst viel von der Gegenwart sprechen und wenig von der Kindheit. Wobei Du Josef immer wieder nach seiner Kindheit fragst, denn der Blick des andern auf seine eigene Kindheit ist immer das, worum es Dir geht. Aber Du weißt, Angelika, es ist ein tödlicher Blick.

Nie hat meine Klientin, überlegt Angelika, ihre Kindheit schmerzlicher vermißt als im Sommer, nachdem ihre Tochter geboren war und Margret sie stillte. Anstatt sich dem Kind zu widmen, war sie besessen von der Sehnsucht nach dem Duft von frischem Gras und Pfirsichen, und unablässig gingen ihr Szenen von damals durch den Kopf, taten sich Räume auf, belebten sich Gesichter. Margrets Phantasie richtete sich auf all das, was zwanzig Jahre zuvor geschehen war, und sie erinnerte sich an die nebensächlichsten Eindrücke, daran, welche Schlüssel in welche Türschlösser gepaßt hatten, und was auf den Schlüsseln geschrieben stand. Wie das Schloß beim Aufspringen ploppte, und wie hart das Schlüsselbund sich anfühlte, wenn man darum die Faust schloß, sie erinnerte sich an die erfrischende Kühle des Türgriffs, und an der Brust lag ihr Kind.

Vielleicht hat sie sich damit schützen wollen vor dem Verlust dieses Kindes.

Und selbst Kinder können schon sterben, Angelika. Genau das ist es, was Du bis vor kurzem versucht hast, vor Deinem Kind zu verbergen. Für Dich hatte der Tod immer etwas Krankmachendes, Makaberes, was Dein Sohn überhaupt nicht zur Kenntnis nimmt. Für ihn ist es offenbar kein Schrecknis, von Maden, Würmern und Ratten zerfressen oder aber verbrannt zu werden, er widmet sich diesen Ideen mit einem naturwissenschaftlich unvoreingenommenen Interesse. Wenn Du wie-

der nach Hamburg kommst, wird er in seinem Bett liegen, Dich mit mitfühlenden Augen anschauen und sagen: «Jetzt bist du traurig, Mama, daß Opi dich nie mehr besucht, weil er eingebuddelt ist und nicht mehr lebt und nie mehr lebt und uns nie mehr besuchen kommt und nie mehr sieht, wie ich wachse und groß werde.»
Doch daran denkst Du jetzt nicht, Du willst nicht daran denken, denn Du planst die erste Nacht mit Josef. Dein Herz schlägt schneller, als Du aufwachst und er neben Dir schläft, seine Züge sind glatt und beinahe kindlich. Josef liegt nackt im Bett, das Laken ist zur Seite gerutscht, und Du siehst zwischen seine Beine.

Es sind weit über vierzig Grad draußen, und drinnen bestimmt über dreißig. Angelika legt sich im Bikini in den Liegestuhl. Selbst im Schatten wird ihr die Luft zu dick. Sie blättert in Josefs Novelle, aber sie findet die Stelle nicht mehr, bei der sie stehengeblieben ist. Gestern abend hat sie mit Thies telefoniert. Er wirkte angespannt und überarbeitet. Sofort fühlte sich Angelika dafür verantwortlich, weil sie sich, wie er ihr vorwarf, so weit von ihm entfernt habe. Sie teile mit ihm keinen Alltag mehr und keinerlei Zukunft, sie teilten allenfalls mal ein Bier miteinander, was schon selten genug vorkomme, weil doch jeder lieber sein eigenes trinkt.

Obwohl Thies und Angelika sehr sprachgenau sind, Thies sogar noch mehr als Angelika, reden sie seit etwa einem Jahr nur noch pauschal miteinander. Meistens geht es um Mio. Vielleicht gipfelt hierin schon das irdische Glück, denkt Angelika. Die Phase, in der wir beide endlos über unser Verhältnis stritten, war die unergiebigste von allen. Und nun, ausgerechnet in Olevano, geht es damit wieder los.

«Alles zählt», wird Josef sagen, in einem Augenblick, wo er Dir näher sein wird als Thies, und näher als alle, deren Geruch Du gekannt hast, obwohl Du nicht mit Josef geschlafen hast und nicht mit ihm schlafen wirst, weil er die Grenze spüren muß, die letzte verläßliche Grenze der Haut, und er muß fühlen, wo er anfängt, wo er endet, sonst löst er sich auf, und er hat Angst davor, die Kontrolle zu verlieren, denn was zählt dann noch. Er wird Dir näher sein als alle, und Du wärst bereit, es herauszufinden, was dann noch zählt, hinter der Grenze, aber Josef fürchtet, die Antwort macht ihn depressiv, er verliert sich in Dir, und dann bringt er sich um.
Das soll bleiben von Josef, dieser innigste Moment, wo Ihr wißt, daß alles zählt, wirklich alles, auch das, was wir unterlassen oder später tun, was uns mißlingt oder was wir verschweigen. Und dann? Josef entzieht sich, aber nachdem ein paar Tage verstrichen sind, fehlt er Dir, Du suchst ihn und er sucht Dich auch, und er wird Dich wieder verstricken, feiner und geschmeidiger diesmal, Ihr werdet Euch hinterher noch näher und einander vertrauter sein. Du wirst mit Josef in ein paar Wochen mehr Alltag verbringen als in all den Jahren mit Thies, und fast alles, was Du mit Josef teilst und erlebst, wäre mit Thies undenkbar.

Kathrin ist im Atelier und arbeitet. Diesmal ohne Musik, und man hört weithin, wie sie hämmert. Die stickige Hitze dort drin bringt sie um. Angelika schüttelt den Kopf. Überhaupt verstehe ich nicht, wie ein Mensch soviel Energie hat. Aber ich habe ja auch nichts mit Kunst zu tun.

Sie steht auf, geht hinüber und klingelt. Kathrin macht auf. Ihr verschwitztes Gesicht wirkt, als würde sich eine Gewitterwolke vor die Sonne schieben.

«Ich wollte nicht stören», sagt Angelika schnell. «Ich

wollte nur fragen, ob wir heute abend zusammen essen. Dann muß ich nach der Siesta noch einkaufen.»

«Komm rein.» Kathrin reißt die Tür auf, mit jenem Schwung, mit dem man sie normalerweise zuschlägt.

An den Wänden lehnen großformatige, abstrakte, farbenreiche Bilder. Obwohl Angelika kein entspanntes Verhältnis zur Malerei hat, kennt sie sich ein wenig darin aus. Thies sammelt seit Jahren die Werke kommender Künstler, er redet gern über Kunst, und diese Arbeiten fände er interessant. Sie haben einen eigenartig flirrenden räumlichen Reiz, was wohl in der Verschiebung zentraler Perspektiven liegt. Jedenfalls wird einem beim Hinsehen schwindlig.

Kathrin steht mit herunterhängenden Armen mitten im Schuppen. Sie trägt ein langes, fleckiges Herrenhemd, ihre Beine sind braungebrannt, sie ist barfuß. «Du brauchst nichts zu sagen. Ich weiß, daß ich gut bin.»

«Ich verstehe davon nichts», erwidert Angelika, die vor den Arbeiten auf und ab geht, während ihr Blick über dicke Schraffuren streift. «Aber die Sachen sehen schön aus.»

«Schön?» schreit Kathrin.

«Entschuldige.» Angelika versucht, Kathrin in den Arm zu nehmen, doch Kathrin rudert mit den Ellbogen und tritt einen Schritt zurück. Sie mustert Angelika leicht schielend.

«Soll ich gehen?» fragt Angelika. Sie heftet ihren Blick auf eine Leinwand voll hektischer Rottöne und wartet.

«Nach dem Tod meines Vaters habe ich den Mann, den ich damals für meinen Liebsten hielt, gebeten, mich auf einen Gang zu begleiten, der für mich sehr schwer war. Er sagte: ‹Dafür sind Freunde da.›» Kathrin lacht auf. «Er schickte mich weg. Ich denke seither täglich daran. Kannst du dir vorstellen, daß seither kein Tag vergeht, an dem ich nicht daran denke? Das ist das Bild dazu.»

Alles zählt. Bald, wenn Du die Notizen zu Josefs neuem Roman liest, wirst Du doch überrascht sein, wie genau er Kathrins Schmerzpunkte trifft, sämtliche Schmerzpunkte, und pro Schmerzpunkt entwirft er exakt eine Szene, wobei sein Erzähler genau das tut, was der Liebste damals radikal ablehnte: er leistet Beistand, er begleitet, er versteht und er hilft. Das wird Dich an Josef faszinieren, Angelika, denn das gehört doch eigentlich zu Deinem Berufsbild.

«Wollen wir Josef zum Essen einladen?»

«Es ist mir egal, was du tust», erwidert Kathrin. «So, und jetzt verschwinde.»

Sei unbesorgt. Du wirst Dich an alles gewöhnen, Angelika. An die Feiertage und an die Feuerwerke, die Prozessionen und die Blaskapellen, die engen Gassen, die den steilen Berg hinaufbrausenden Autos, an späte Besucher, die unangemeldet die Casa Baldi besichtigen, weil ihre Vorfahren hier gemalt haben, an nächtens aufbrandende Schnulzenmusik, geschlossene Läden auch tagsüber, an fremde Markenartikel und an die Sprache, an das die Darmflora zersetzende Olivenöl, an die Skorpione, die Schlangen und die Stechmücken, an die wilden Fahrten nach Rom, an die Kirchen, den Barock, an Bernini, Du wirst Dich an Bernini gewöhnen und an die Verzückung der Heiligen Theresa, Du wirst Dich daran gewöhnen, daß man vermutlich Dein Telefon abhört.

Angelika ruft die Entstörungsstelle der Telecom Italia an, bevor sie auf Josefs Anrufbeantworter spricht und ihn zum Essen einlädt.

«In den Händen des mir erschienenen Engels», liest du in der «Beschreibung der Ekstase der Heiligen Theresa von Avila», die in der Santa Maria della Vittoria ausliegt, «sah ich einen

langen goldenen Wurfpfeil, und an der Spitze des Eisens schien mir ein wenig Feuer zu sein. Es kam mir vor, als durchbohre er mit dem Pfeile einigemal mein Herz bis aufs Innerste, und wenn er ihn wieder herauszog, war es mir, als zöge er diesen innersten Herzteil mit heraus. Als er mich verließ, war ich ganz entzündet von feuriger Liebe ...» Berninis Skulptur hält den Augenblick fest, in dem die Heilige Theresa den göttlichen Treffer erwartet, und genau in derselben Lage befindest Du Dich jetzt. Du stehst kurz vor Deiner Initiation als Psychologin, doch dafür brauchst Du einen Pfeil, der gefüllt ist mit Gift.

Du wirst Dich an das Essen gewöhnen, das Kochen mit Josef, an das Glück und an den Weißwein, Du wirst Dich an Josefs Achselhöhle gewöhnen, in die Du zum Schlafen den Kopf legst, Du gewöhnst Dich an Josefs Geruch auf Deiner Haut, Du gewöhnst Dich an seine Handtücher und seine Zahnpasta. Du gewöhnst Dich an den Wahnsinn in der Villa Massimo, an das aufgeblasene Nichts in der Kunst. Du gewöhnst Dich ans Ende der Illusion, daß die Deutsche Akademie ein Hort der geistigen Verdauung ist, du gewöhnst Dich an delirierende Vernissagen, an den doppelten Stacheldraht über der Mauer, Du gewöhnst Dich an die Lächerlichkeit. Du gewöhnst Dich an den Gedanken, daß Du Deine Freunde, Deine Klienten und Deine Familie denunziert hast, möglicherweise hast Du sie am Telefon verraten, Du gewöhnst Dich daran, daß Dein Schutzengel Dein Bankkonto kennt, Deine Beziehungen, Deine Gefühle. Du gewöhnst Dich an das Gefühl einer Anstalt. Du gewöhnst Dich an die Idee, selbst in einer Anstalt zu sein, Insasse einer Anstalt, aber Josef sagt, «wenn einer uns so kommt, dann sind wir härter», und Du probst Härte, Du probierst auch, zu zerfließen, Dein Schenkel spannt sich, das Fenster steht offen, Josef schläft ein.

«Das fest umrissene Ich gibt es nicht mehr», sagt Angelika in der Nacht zu Josef. «Das ist das Irre an der Geschichte. Kathrin, Margret, ich – alles geht wild durcheinander.»

«Laß uns nach Rom fahren, in diese Kirche», meint Josef. «Schau dir die Heilige Theresa von Bernini mit mir an.»

«Warum?»

«Alles zählt. Alles zählt bis hin zum Selbstmord. Und die Ekstase ist doch Selbstmord, sie ist der Abschied vom Ich.» Josef grinst im flackernden Licht einer Kerze.

«Nein. Nein, das will ich nicht.»

Nach dem dritten Glas hat sie ihm nun doch von den Briefen erzählt. Kathrin ist wütend nach Rom geflüchtet. Zu zweit sitzen sie auf der Terrasse, zwischen sich eine große Flasche Weißwein und Berge schmutziger Teller. Es ist Nacht. Zikaden zirpen. Insekten schwimmen im Kerzenwachs. Die Katze kommt und leckt Bratenfett auf.

Angelika zündet sich eine Zigarette an. «Warum sollten wir das tun? Uns das anschauen?»

«Jeder Mensch arbeitet da, wo er am empfindlichsten ist und die meisten Ängste hat», antwortet Josef. «Ich glaube, diese Sache mit dem Schutzengel, das ist eigentlich eine verkappte Liebesgeschichte.»

«Liebe. Dein Thema.»

«Klar.» Josef grinst. «Immer wieder ein schönes Gefühl in der Literatur. Aber was ist daran wirklich? Und wann kennt der eine den andern? Kennst du den andern, wenn du ihn im Schlaf siehst, oder mußt du mit ihm schlafen? Wenn ja, wie oft? Unter welchen Umständen und an wie vielen Orten? Kennst du den andern womöglich nur, wenn du ihn nie berührt hast? Keine Ahnung. Ich kenne mich selbst nicht, und wer wäre nicht schon über das, wozu er fähig ist, entsetzt gewesen.»

Angelika raucht. Sie hat Mühe, Josef zu folgen. «Er hört vermutlich mein Telefon ab.»

«Wer? Der Schutzengel?»

«Ich weiß es nicht.»

«Er liebt dich», sagt Josef.

OLEVANO, 9. TAG «Vielleicht», hat Josef in der Nacht noch gesagt, «muß man diesen ganzen Scheiß mit dem Ich sowieso vergessen. Vielleicht hat das Konstrukt ausgedient.»

Dann ist er gegangen, und Angelika saß allein auf dem Berg, während der Wind pfiff und ein Gewitter aufzog, das sich nicht entladen konnte.

Angelika trank ein letztes Glas Wein und rauchte eine letzte Zigarette. Der Wind blies ihr die Haare ins Gesicht, während die Glut hell aufleuchtete. Sie fröstelte in ihrem zu dünnen Kleid. Trotzdem blieb sie sitzen und starrte hinüber in die schwarze Altstadt, die wie ausgelöscht in der Nacht lag. Stromausfall.

Ach, Kleine. Du siehst Josef in einem Licht, als leuchtete hinter ihm eine 40-Watt-Birne. Du schwebst und fährst zur Decke, Du wirst aber auch merken, daß etwas Dich bremst. Zu spät wirst Du begreifen, wo das Problem liegt.

«Wieso», wird Josef sagen, «es ist doch gar nichts passiert.» Er hat sich, selbst kollabierend, im Griff, einer von Euch behält immer die Kontrolle, Ihr benehmt Euch konsequent katholisch, was also solltest Du hinterher Thies erzählen?

Die Sicht ist frappierend klar, und ich überblicke nahezu die

nächsten zwei Wochen. Bis dahin wirst Du vollkommen entspannt sein. Und müde, und gelassen, und vielleicht sind Deine Leberwerte nicht in Ordnung. Oder vielleicht bist Du tot.
Du schaust manchmal, wenn Du aufs Klo gehst, hinüber zur Serpentara, dahinter der Wald und davor das Neubaugebiet, und Du siehst tags die Läden, die auf oder zu sind, nachts die Lichter, an oder aus, und Du stellst Dir vor, wo Josef ist, Josef arbeitet, Josef schreibt, alles zählt, und alles hat mit allem zu tun. Du bist vorübergehend wahnsinnig, Kleine, denn Du hast Dich vorschnell in den Falschen verliebt.

Kleine, denkt Angelika. Kleine hat mich bisher nur Thies genannt.

Lieber Schutzengel! Erstens, ich bin nicht katholisch. Zweitens, Du irrst Dich gewaltig. Es ist alles ganz anders, als Du denkst. Und drittens, ich laß mich von Dir nicht erpressen. Zwar habe ich Deine Drohung verstanden, aber nichts wird mehr passieren, nichts.
Vergiß es. Gib auf. Du hast niemanden in der Hand. Lern endlich, die Verantwortung für Dich selbst zu übernehmen. Ich helfe Dir dabei, Deine Angelika.

Angelika steckt den Brief zu den andern, in den Spalt zwischen Regal und Wand. Es ist erst Mittag, und sie raucht schon ihre siebente Zigarette. Ihr ist schlecht und ihr ist schwindlig. Ihr ist, als würge sie einer, als sitze ihr einer auf der Brust.

Das Telefon klingelt. «Kathrin.»

Rauschen. «Hi. Wie geht's dir?»

«Tut mir leid wegen gestern.»

«Schon gut. Wo bist du?»

«Noch in der Massimo. Aber ich fahr jetzt los.»

«Bis gleich.»

Gestern hat Franca den schütteren Zigarrenrauch, der noch in der Luft hing, so rückstandslos niedergeputzt, daß auch dessen Bedeutung schwindet, und damit im Augenblick überhaupt alle Bedeutung. Und Angelika muß schnell aus dem Fenster sehen, zur Balkontür hinaus, auf sich überlappende und nach hinten hin heller werdende Hügel-, nein Bergketten, die in einem Sud von Abgasen schmoren, um glauben zu können, es ist alles noch da.

Angelika ruft ihre Kollegin Brigitte an, und Brigitte schnappt sich ihr schnurloses Telefon und geht hinüber zur Krankenabteilung.

«Sag bitte nichts zu Neumann.»

«Bin ich denn blöd, oder was?» ruft Brigitte. «Der Chef ist stinksauer auf dich. An deiner Stelle würd ich den Urlaub noch um ein, zwei Wochen verlängern.»

«Wie geht es ihr?»

Statt einer Antwort hört Angelika plötzlich Margrets Stimme.

«Hier ist Angelika. Wie geht es dir?»

Margret lacht heiser. «Wer jemals unter der Kuh Erna lag, der wird einfach von nichts mehr beeindruckt. Außer von der Landschaft, vor allem, wenn darin Kühe stehen, was hier nicht der Fall ist. Deshalb geht es mit mir, so tief ich auch abstürze, doch automatisch immer weiter den Berg hinauf, je nachhaltiger ich mich von der Kuh Erna und den Blicken, die sie mir zuwirft, entferne.»

«Aha.» Angelika schluckt.

«Wobei selbst der Blick der Kuh Erna undeutbar bleibt, man kann nicht sagen, daß es ein blöder Blick ist, das wäre unangemessen und der Kuh gegenüber ungerecht, wenn sie mit dem schweren Schädel herumfährt, durch die Naslöcher schnaubt und sanft blinzelt. Das Schönste an der Kuh Erna sind ihre Wimpern, lange, gebogene, gestrüpphaft dichte Wimpern, die Wimpern eines Säuglings, die sich aber nicht deuten lassen, mit dem Blick, der aus ihnen herauswill, nicht deuten lassen, wie sich der leere Blick der Mutter damals nicht deuten ließ, der leere, leere Blick von meinem Kind.»

Dabei ist Deine Verliebtheit unausweichlich. Denn Du wirst das Zentrum dessen, was Josef entwirft, klarer orten, als er selber es ortet, zumindest kannst Du seine Absicht klarer begreifen. Dir wird vorkommen, als hättest Du immer nach einem andern gesucht, der schreibt wie Josef, weil seine Arbeit auch Teil von Deiner eigenen ist. Seine Sätze, die den Blick stets wieder auf das gleiche richten, nämlich auf das, um das es Josef geht, scheinen ungefähr dem zu entsprechen, um das es auch Dir geht. Es ist mir derzeit kaum möglich, meinen Erzählfluß zu stoppen, unaufhörlich schnurrt das System weiter, das diese Sätze diktiert, ich muß sie nicht erfinden, ich erfinde nichts, das Halleluja bricht sich einfach Bahn, kaum habe ich mich von den mir Anbefohlenen abgewandt und bin allein; aber wie lange können wir es missen, das Stück fremder Haut, das fremde Lippenpaar, das einen verrückt macht.

Angelika drückt drei kleine weiße Tabletten durch den Film und spült sie mit einem großen Glas Leitungswasser hinunter. Dann dreht sie die Gasflasche auf und zu und geht duschen. Das Wasser wird zwar wieder heiß, aber Angelika braucht eine Abkühlung. Erst als Arme und Beine blau sind, dreht sie den Hahn ab. Sie klappert mit den Zähnen. Nackt und naß geht sie zurück ins Gästezimmer und legt sich aufs Bett.

Es ist drückend schwül. Die Fenster stehen offen. Ein Wind, der durch die Lamellen streicht, streift ihren Körper. Sie hat abgenommen.

Die letzten gültigen Sätze fänden nie aufs Blatt, hat Josef gesagt, sie würden unterwegs verschluckt, und deshalb weigere er sich, Notizen zu machen, denn das seien im Vorfeld verworfene, versenkte Texte. Thies dagegen führt stets Papier und Bleistift mit sich, und sobald der geheime Diktator sich seinem Hirn mitteilt, schreibt er die Botschaft auf. Am Anfang hat Angelika ihn bewundert und gefürchtet deswegen, dieser geistige Geiz! Und das Theater, das er um seine Eingebungen machte, ließen sie noch verheißungsvoller erscheinen. Er ist ein begnadeter Journalist, mag sein, denkt sie jetzt, aber inzwischen sehe ich ihn nüchterner.

Ein Skorpion wischt über den Fliesenboden. Angelika dämmert und schläft ein. Als sie benommen wieder aufwacht, liegt Josef neben ihr. Trotz der Hitze trägt er schwarze Jeans und ein kariertes Flanellhemd.

Mit dem Zeigefinger streicht er ihre Stirn glatt. «Scheiße. Du bist mir über.»

«Du bist mir auch über.»

«Stimmt. Ich weiß, wo der Knopf ist, mit dem man den Laptop anmacht.»

«Arschloch.»

«Arschloch. Angelika, ich komm mir wie ein Grobmotoriker vor.»

Beide zucken zusammen. Draußen im Treppenhaus schreit jemand. Josef springt auf und läuft zur Studiotür. Angelika, immer noch nackt, hinterher. Im Flur lehnt Kathrin an der Wand und zittert. Sie ist kreidebleich. Während sie an die Decke schielt, deutet sie mit bebendem Finger auf den Boden. In der Ecke sitzt der Skorpion.

Josef bückt sich und hebt ihn auf. Er trägt ihn nach draußen. Kathrin stürzt hinter ihm her und in entgegengesetzter Richtung den Weg hinunter.

«Sag es ihr nicht.»

«Was soll ich ihr nicht sagen?» Josef nimmt Angelikas Hand und spielt mit ihren Fingern.

«Sie weiß nichts vom Schutzengel. Es ist besser so.»

Sie liegen nebeneinander auf dem Bett. Angelika hat sich mit dem Laken zugedeckt. Sie richtet sich auf und sieht Josef an. Dann öffnet sie die oberen vier Knöpfe seines Flanellhemds. «Zieh dich aus.»

Josef sieht zur Decke. «Ich muß oft an diese Margret denken. Was du mir von ihr erzählt hast, das sind echte Geschichten, verstehst du? Die Sache mit dem Kind. Was ist mit Margrets Kind passiert? Ist es gestorben?»

Angelika seufzt. «Ja. Plötzlicher Kindstod. Mit fünfeinhalb Monaten. Dann ist sie durchgedreht.»

«Wie lange ist das her?»

Sie überlegt. «Es war vor drei Jahren im Sommer.»

«Dann jährt sich das jetzt also?»

«Ja, und der Schutzengel spürt das, wenn er über mich zu Margret in Kontakt tritt.»

«Wäre es dann nicht besser, nicht mehr an Margret zu denken?»

Angelika dreht sich auf die Seite. Sie legt den Arm auf Josefs heiße Brust. «Es gibt so vieles, von dem Margret meint, daß es ihr nicht wirklich zusteht. Möglicherweise hat dieser Mangel an Selbstbehauptung mit der zu lange uneingestandenen Schuld am Tod der Mutter zu tun.»

«Aber sie konnte doch nichts dafür! Und sie kann nichts für den Tod von ihrem Kind!» Josef schüttelt den Kopf.

«Mit ihrer Krankheit versucht sie, beide am Leben zu erhalten. Und sie redet ständig darüber, was früher war, weil nur das geschieht, was erzählt wird, und es geschieht nur so, wie es erzählt wird.»

Josef sieht Angelika an und verzieht den Mund zu einem Lächeln. «Und deshalb müssen wir die Dinge, die uns ausmachen und umtreiben, wieder und wieder erzählen, immer und immer, meistens ein ganzes Leben lang, bis wir immer geschickter werden und schließlich die Version finden, die aus der Perspektive des Todes spricht.»

«Was nicht heißen soll, daß die Sterbenden ehrlicher sind. Sie sind es üblicherweise nicht.»

Josef liegt eine Weile schweigend da, dann richtet er sich auf und zieht sein Hemd aus den Jeans. «Aber das Schlimmste ist: Ich komme momentan nicht vorwärts, weil ich mich davor fürchte, während des Schreibens sterben zu müssen. Vielleicht hat diese Furcht ihren Ursprung im Katholizismus, sie ist eine Altlast aus dem katholischen Kleinbürgertum, der selbstauferlegte Zwang, sich kleinhalten und verleugnen zu müssen, die Angst vor Größe, die Angst vor dem Heraustreten aus dem Mittelmaß, die gebeugten Knie, der gebeugte Scheitel, das Jammern über die Schuld, ein Nichts zu sein und der bornierte, spießige Stolz darauf.»

«Dann verstehst du ja Margret», sagt Angelika.

Josef springt auf, knöpft sein Hemd zu und geht.

Angelika zieht sich an. Sie fischt die letzte Zigarette aus der Packung und zerknüllt die Schachtel. Sie gibt sich Feuer und inhaliert. Dann macht sie die Zigarette im Aschenbecher wieder aus und geht ins Bad. Sie wirft den Rest der kleinen weißen Kügelchen ins Toilettenbecken und drückt die Spülung. Relactant forte. So geht es nicht weiter. Wieder dieser aufgeregte Zweifel: Hat sie sich diese Briefe vor der Abreise tatsächlich selbst geschrieben? Jemanden beauftragt, sie abzuschicken? Wen? Und warum erinnert sie sich nicht?

Angelika geht in den Garten und ruft nach Kathrin. Sie

bekommt keine Antwort, aber Kathrin liegt unterhalb der Terrassenmauer im Gras und streichelt die Katze. Angelika windet sich durch den schmalen Pfad und bleibt vor Kathrin stehen.

«Laß mich in Ruhe.»

«Du mußt mir helfen. Ich glaube, ich werde verrückt.»

«Du bist verrückt. Und dir ist nicht zu helfen.»

Angelika setzt sich ein Stück entfernt auf einen verwitterten Baumstumpf. «Wie kommst du darauf, daß ich verrückt bin?»

«Alle Psychotanten sind verrückt.»

«Warum lebst du dann mit mir zusammen?»

«Weil es billig ist.»

«Und wieso hast du mich dann hierher eingeladen?»

Kathrin schließt die Augen. «Weil ich nicht allein sein wollte. Noch Fragen?»

«Kathrin. Es geht mir beschissen.»

«Dann weißt du ja endlich, wie sich diejenigen fühlen, deren Innenleben du angeblich so genau kennst.»

«Ich komme mir vor wie – Borderline.»

«Was ist Borderline?»

«Mit dem Begriff Borderline-Syndrom bezeichnet man die Patientengruppe, die auf der Kippe steht. Borderliner pendeln zwischen Normalität und Wahnsinn und kennen ihren haltlosen Zustand genau. Dabei wissen sie nicht, wer sie sind, und sie haben kein Gespür mehr für ihre Grenzen. Ihr Ich löst sich auf.»

Kathrin macht die Augen wieder auf. «Das klingt ja furchtbar.»

«Wieso sagst du das so genüßlich?»

«Ich freu mich einfach über dich. Du machst Fortschritte.»

«Du bist eifersüchtig.»

«Klar bin ich eifersüchtig.»

Angelika schlägt die Hände vors Gesicht und kauert sich zusammen. Auf allen vieren kriecht Kathrin zu ihr hinüber und umschlingt ihre Hüften, während sie vor ihr kniet und den Oberkörper hin und her wiegt. Sie summt ein Kinderlied. Es riecht nach frisch gemähtem Gras und Pfirsichen. Unerhört langsam schiebt sich die Sonne hinter den Berg.

Als Angelika in die Wohnung zurückkommt, steht Josef am Herd und kocht. Auf dem Tisch stehen mehrere weiße Plastiktüten.

«Wie bist du hereingekommen?»

Josef wirft eine Handvoll Spaghetti ins kochende Wasser.

«Ich mag nicht, wenn du über den Zaun kletterst.» Aus dem Kühlschrank holt Angelika eine angebrochene Dose Katzenfutter und geht damit wieder hinaus.

Kathrin deckt auf der Terrasse den Tisch. Sie streift Angelika mit einem besorgten Blick. «Geht's wieder?»

Angelika nickt. «Und bei dir?»

Kathrin winkt ab. «Schon vorbei. Ich war halt irgendwie sauer.»

Angelika trinkt Wasser, Josef und Kathrin trinken ziemlich viel Weißwein. Während des Essens krampft die Stimmung. Angelika schweigt, Josef jammert, und Kathrin bekommt einen ihrer labersüchtigen Anfälle.

«Ich schreib ein Buch am andern, ohne daß etwas passiert, und ich komme mir vor wie der Hamster im Laufrad», erklärt Josef, während er mit dem Messer ein Stück Tomate durchschneidet. «Denn die, die sich nicht verwerten lassen wollten und all so'n Quatsch, die mir früher Predigten gehalten haben, die sind inzwischen wie die Wetterfrösche sämtliche Feuerleitern der Verlagshäuser hochgeklettert, und ich kann mir ihre eleganten ledernen Schuhsohlen nur noch von unten ansehn.»

Kathrin kichert und zieht an der Zigarre. «Wenn uns der Rummel in Rom zuviel wird, gehen wir einfach wieder nach Hamburg, denn dort gibt es keine Kunst, nur einen Betrieb, der sich darum dreht wie eine leere Waschmaschinentrommel um das nicht vorhandene Wasser.» Umsonst versucht sie, spritzig zu klingen. Ihre Stimme säuft ab und wird weinerlich. «Es ist sehr wahrscheinlich, daß man in Hamburg nicht und niemals bemerkt wird, und das genialste Versteck ist freilich, wenn man dort wohnt. Der Betrieb gefällt sich darin, unsereinen nicht wahrzunehmen, und darin unterscheidet sich Hamburg von Rom und allen anderen Städten, wo selbst der unterirdischste Gipsverschmierer immer sofort wahrgenommen und gehätschelt wird, als sei er eine süße Frucht, die genug Sonne kriegen muß, bevor man sie auffrißt.»

Du wirst es nie weit bringen, Angelika, denn Du bist dafür zu klein. Nur Margret ist noch kleiner als Du. Aus Angst ist sie nicht größer gewachsen, nicht breiter und ausladender geworden, wie ein Ölbaum in Josefs Garten, der vor den benachbarten wildernden Ästen die Zweige krümmt. Vielleicht wirkt das Gift ihrer Herkunft, ihrer kleinkarierten, katholischen Herkunft, ein Lebtag lang, und es hindert sie, es fesselt und knebelt sie und stutzt ihr den Kopf, der wie alles übrige kleingeraten ist.

Vielleicht aber ist das, was in Margret vorgeht, so gewaltig, so bodenlos und so schön, daß sie es drinnenhalten muß, weil die Stunde noch nicht geschlagen hat und wahrscheinlich nie schlägt, weil sie vorher sterben wird, und weil wir vor dem Tod nicht den Mut haben werden, wie ein Toter zu sprechen. Wo-

bei man allerdings nie weiß, ob der Tod einem nicht schon im Nacken sitzt, und also paß nur gut auf, Angelika, denn der Mensch, der am Tisch mit Dir zum Messer greift, ist ein Mörder.

OLEVANO, 10. TAG Die Telefonleitung stört, die Gasflasche riecht, und aus dem Hahn kommt wieder nur kaltes Wasser. Josef meinte, das mit der Gasflasche müsse man ernst nehmen, seine Großmutter sei an den Folgen einer Gasexplosion gestorben, man dürfe auf gar keinen Fall ein Streichholz benutzen, um die Flasche zu überprüfen, sondern man solle das Ventil mit Spülmittel einreiben. Gebe es Blasen, trete Gas aus. Angelika sagt also Franca Bescheid, Franca kommt und hält ein brennendes Streichholz dagegen.

Einen Moment lang regt sich Angelika darüber noch auf, interessiert sich aber schon bald nicht mehr für die in der sengenden Sonne brutzelnde neue Gasflasche. Auch die Schmetterlinge, die durch den Hof flattern, sieht sie nicht mehr. Dabei gibt es eine Vielfalt an bunten Schmetterlingen wie zuletzt in der Kindheit, aber Angelika bleibt drinnen. Sie geht oben im ersten Stock umher. Und die auch tagsüber geschlossenen Läden erinnern Angelika an die Mutter, die früher an heißen Sommertagen ebenfalls die Läden schloß. Sie erinnern Angelika an den Achselschweiß der Mutter, an ihre buntbedruckten Blusen und Röcke, deren farbige Muster der Dämmer dämpfte, und im Licht, das linienweise durch die Lamellen fiel, gleißten glitzernde Staubpartikel.

Alles, an das man sich mühsam und schmerzhaft entsinnt, wird früher oder später gleichgültig sein. Aber nicht jetzt, nicht jetzt im Augenblick, wo Angelika am wurmstichigen Schreibtisch im Studio sitzt und ihr eine Spinne aus dem Haar fällt, eine Spinne oder eine Zecke.

Angelika hat das Gefühl, daß irgend etwas passieren muß, wobei sie nicht weiß, was, weil sie nicht wie Josef ist, der Bücher quer liest, da er den Inhalt angeblich schon kennt. Deshalb schaut er am liebsten Fußball, weil es das einzige ist (sagt Josef), bei dem das Ergebnis nicht von vornherein feststeht. Angelika hat seine Novelle ausgelesen, und das Ende hat sie überrascht, obwohl sie es zu belehrend findet, zu selbstverliebt. Er wiederholt sich andauernd, weil er alles analysiert, und das ist Angelika zuwider. Es hat sie, ohne daß sie es sich eingestand, zu sehr an sich selbst erinnert, an ihre Berufskrankheit. Und zwischen den Kommakaskaden ist viel zuviel von Eifersucht die Rede, von Eifersucht und Verdacht, wir sind von «Effi Briest» noch nicht sehr weit weggekommen, denkt Angelika, nur duelliert man sich nicht mehr. Statt dessen wird die Frau einfach umgebracht, und sie muß sich nicht erst zu Tode grämen. Das ist der Fortschritt.

Du wirst mit Josef schon bald wieder am Strand entlangschlendern, die Fußsohlen brennen, und Ihr werdet Euch fragen, welche Chancen eine Frau hat, die dem männlichen Ideal nicht oder nicht mehr entspricht, oder die sich diesem Ideal widersetzt, und die trotzdem an ihrem Leben nicht scheitern will. Die Sonne geht unerhört langsam unter, und Ihr werdet viel schneller zu dem Schluß kommen, daß sie keine Chance hat. Im Grunde seines Herzens ist Josef stockkonservativ, und wenn ihn jemand verunsichert, geht er über Leichen. Bald wirst Du in der Hölle landen, denn Deine Umgebung ist tödlich. Und was stünde überhaupt in unaushaltbarerem Gegensatz zu all

der Monumentalkunst, die in Rom herumgeifert, bis das Auge kotzt, als pillenfressende, austickende, alkoholkranke Künstler und Schriftsteller beiderlei Geschlechts, die in maßloser, arroganter Selbstüberschätzung stupide kopulieren? Sie zerfleischen sich alle, Stipendiaten und Gäste, Olevano ist ein Hort des unkünstlerischsten seelischen Kannibalismus.
Darauf kommt es nicht an. Entscheidender ist, in meinen Augen, daß man nie zwei Hauptsachen nebeneinander haben kann. Immer ist nur eins die Hauptsache, das andere bleibt derweil nebensächlich. Zwar kann die Hauptsache morgen zur Nebensache werden und umgekehrt, wie das andauernd bei Josef passiert, der in der letzten Nacht wieder nicht mit Dir, sondern mit Kathrin geschlafen hat. Ich kenne Kathrin besser, als Du denkst, und ich weiß, daß Du hauptsächlich einen einzigen Wunsch hast: Du willst mit Kathrin ins Bett. Du liebst Kathrin, sie macht Dich heiß, und deshalb läufst Du Josef hinterher, weil Du Dir das Eigentliche nicht eingestehst. Das Entscheidende bleibt auf der Strecke. Doch sei die Frage erlaubt, ob es nicht uns allen so geht, und ob es nicht etwas zutiefst Menschliches ist, die wirkliche Hauptsache ewig vor sich herzuschieben, bis sie sich zuletzt von selbst erledigt, indem Du stirbst oder den Verstand verlierst oder wenigstens ein Bein. Dann bist Du den Rest Deiner Tage vollends damit beschäftigt, auf dem anderen zu laufen.

Das würde dir so passen, denkt Angelika, die schlagartig wieder weiß, daß sie diese Briefe nicht geschrieben hat. Wer immer ihr diesen Müll auf die Festplatte spielt, und wie immer er es fertigbringt, daß sie sich damit auseinandersetzen muß, er irrt sich gewaltig. Er stochert im Nebel, und nachdem es mit Margret und Josef nicht hingehauen hat, versucht er dasselbe Spielchen plötzlich mit Kathrin. Nun also doch. Aber

Angelika hat nicht vor, sich von einem selbsternannten Schutzengel das Hirn amputieren zu lassen, soviel ist sicher.

Sie rappelt sich auf, nimmt Papier und Filzstifte und fängt an, die Sache zu systematisieren. Sie bastelt an einem kybernetischen Modell, das sich auf vier Generationen erstreckt. Von den Kreisen Angelika, Margret, Kathrin und Josef gehen viele Verzweigungen ab, die teilweise in Sackgassen münden. Die Beziehungspfeile zu lebenden Personen malt Angelika mit Rot, die zu toten Personen mit Schwarz. Ganz schwarz sieht es um Margret aus: Ihre Eltern sind tot, ihr Kind ist tot, sie selbst ist suizidgefährdet. Ganz rot dagegen das Umfeld von Angelika: Ihre Eltern leben beide, ihr Mann und ihr Kind auch. Bei Kathrin ist vor ein paar Monaten der Vater gestorben, außerdem irgendein Onkel, ihre Mutter lebt noch. Bei Josef leben ebenfalls beide Eltern, aber er hat, soweit Angelika weiß, keinen Kontakt zu ihnen. Wie Kathrin hat er keine Kinder und keine feste Liebesbeziehung.

Angelika versucht, Gellberg und Neumann in ihrem System unterzubringen, da der Schutzengel beide Namen erwähnt hat. Sie wählt die Farbe Grün, die Konfession ist der einzige Bezugspunkt, der ihr einfällt. Gellberg, Margret und Josef kennen einander nicht, sind aber alle drei katholisch. Angelika und Kathrin sind aus der Kirche ausgetreten, Neumann ist evangelisch. Mit Blau schreibt Angelika ins Umfeld der Namen, was ihr in den Sinn kommt. Stichwörter. Sätze, die sie von irgendwem gehört hat. Sie spielt mit den Silben und schreibt «Hellsucht» und «Verunsichterung», und zum Schluß zerreißt sie den Zettel.

«Angelika? Hier ist deine Mutter.»

Vater. Vater ist gestorben.

«Du solltest dich bei mir entschuldigen.»

«Geht das schon wieder los?» Angelika stöhnt. Seit Jahren traktiert ihre Mutter sie mit Anrufen, zu Stoßzeiten mehrmals täglich. Kein Vorwand ist ihr zu perfide, um Angelika daran zu erinnern, wie einsam sie ist. Es gelingt ihr immer wieder, Konflikte zu inszenieren, die sich hochschaukeln.

«Wie geht es meinem Vater?»

«Wie soll ich das wissen. Ruf ihn an, wenn du etwas von ihm willst.» Die Mutter keucht, vermutlich mit Absicht. «Kümmer dich lieber darum, daß ...»

Angelika tut etwas, das sie noch nie getan hat: Sie wirft den Hörer auf die Gabel. Nach kurzem Zögern nimmt sie erneut ab und wählt die Nummer ihres Vaters. Das hätte sie schon vorgestern tun sollen, aber in Berlin meldet sich nur der Anrufbeantworter. Der Vater ist verreist.

Angelika nimmt ein Stück Melone aus dem Kühlschrank, beißt hinein und spuckt alles in die Spüle. Das Stück hat bitter geschmeckt, nach Desinfektion, nach Krankenhaus. Plötzlich hat Angelika das Gefühl, das Essen sei vergiftet. Sie fragt sich sofort, ob wieder ein Zwangsgedanke dahintersteckt, eine neue Phobie, aber sie kennt den Geruch. Sie riecht an allen Lebensmitteln, die offen herumstehen, doch er fällt ihr nirgendwo sonst auf. Auch der Rest der Melone scheint in Ordnung zu sein.

Angelikas Vater hat, seitdem er im Ruhestand ist, einfach keine Kraft mehr. Seine Hand zittert und neuerdings auch seine Stimme. Er setzt tausendteilige Puzzles zusammen, Schlösser in deutscher Landschaft, und er verrichtet Gartenarbeit, worüber er zeitlebens gelacht hat. Er macht Kreuzfahrten mit seiner dünnlippigen, kreischenden Freundin. Es scheint ihn zu erleichtern. Denn nun hätte er endlich Zeit gehabt, Zeit, etwas Sinnvolles anzufangen. Er hätte etwas lesen oder in klassische Konzerte gehen oder Gemäldegalerien besuchen können. Er hätte das tun können, was er immer tun wollte, wozu er allerdings als Richter nie kam. Nach der Scheidung hatte er die Musik aufgegeben und eine Karriere als Jurist angefangen. Er hatte es weit gebracht. Es war nie das gewesen, was er wollte. Zu dem hätte er nun die Zeit gehabt, nur reicht aber jetzt sein Wille nicht mehr. Und die Freundin wird schon ungehalten, sobald er anfängt, über etwas nachzudenken, sich an etwas zu erinnern, an einen besonders merkwürdigen Prozeß, an ein besonders schwieriges Urteil. Sie kneift die strichdünnen Lippen zusammen, während der Vater mit malmendem Kiefer am Tisch sitzt und die Zigarette ausdrückt.

Angelika hätte sich schon lange zurückziehen, sie hätte dieses Paar nicht besuchen sollen, nicht diesen Vater, der ihr mit den Jahren immer deutlicher verrät, daß sie ihn überfordert. Vielleicht würde er Angelika manchmal gern vor die Tür setzen, so wie sie gern mit ihm brechen würde, aber das ist nicht möglich, und so muß sie eben anreisen, zu den Festtagen, zum Geburtstag, zwischendurch. Angelika muß, weil er ihr Vater ist und der Vater schon lange Schwierigkeiten mit dem Herzen hat, und wenn Angelika sich nicht um ihn sorgen würde, dann würde er womöglich sterben.

Der Vater wohnt mit seiner Freundin in einem fremden Haus, das Angelika an nichts erinnert, und trotz des Unbehagens und der latenten Zurückweisung fühlt sie sich immer noch für ihn verantwortlich.

Es kommt aber noch härter. Nachdem Ihr – Du erinnerst Dich – den römischen Kinderfriedhof verlassen habt, nachdem Josef Dich mit dem Auto nach Hause gebracht hat, nachdem Du

Dich betont artig bedankt hast, wirst Du, um Fassung ringend, zum Telefonhörer greifen, weil Du das, was Josef Dir kühl eröffnet hat, abstreifen willst, und Du wirst, samstagabends um acht, anstatt des Rufzeichens eine männliche Stimme hören, die Deutsch spricht und in offiziellem Tonfall, vermutlich vom Band, die Verteilung von Projektstellen erläutert. Es geht um den Schlüssel für das nächste Quartal, und die Stimme sagt: «Dr. Angelika Haupt wird zum 31. Dezember fristgerecht gekündigt.» Die Stimme gehört Professor Dr. Günther Neumann.

Du wirst Dich zitternd auf Deinem Sofa wiederfinden, Du wirst Josef anrufen und ihn bitten zu kommen, Du wirst auf der Stelle abreisen wollen, Du fühlst Dich nirgends mehr sicher, Du fühlst Dich verfolgt, gehetzt und erlegt; aber «halt den Ball flach», sagt Josef.

Lieber Schutzengel! Ich war noch kein einziges Mal in Rom, und ich habe auch nicht vor, nach Rom zu fahren. Schon gar nicht mit Josef auf den besagten Kinderfriedhof. Halt das Maul. Halt endlich Dein verlogenes Maul. Du kannst nicht hellsehen, Du kannst nur andere verleumden. Leck mich am Arsch, Angelika.

«Schau mal», sagt Kathrin, «das war noch im Kasten.»

Es ist eine Postkarte von Mio, die Thies vor vierzehn Tagen in Athen abgeschickt hat. Mio schreibt, es gehe ihm gut, das Meer sei schön blau, er kraule wie ein Weltmeister, und ihn habe auch noch keine Qualle gebissen. Er habe im Sand Mumie gespielt und danach zwei Schüsseln Salat gegessen. Das einzige, was ihn störe, sei der Knoblauch.

«Ich habe die Post vorher herausgenommen.» Angelika schüttelt den Kopf. «Da war die Karte nicht mit drin.»

«Wahrscheinlich hat die Briefträgerin sie vergessen und dann auf dem Rückweg eingeworfen», entgegnet Kathrin. «Sie fährt ja immer oben am Friedhof die Schleife und dann wieder runter ins Dorf.»

Es wird noch einige Zeit dauern, ehe Du Dich an den Gedanken gewöhnst, daß Du in der Klinik gemobbt wirst; aber «was uns nicht umbringt, das macht uns nur härter», sagt Josef, und in der Villa Massimo, wo es von Militaristen, Scharlatanen und Psychopathen wimmeln würde, wäre das stacheldrahtumzäunte Gelände mitsamt seiner gruftelnden Villa nicht menschenentsorgt, wirst Du Trost finden. Fast jeder dreht hier früher oder später durch und kriegt den Stipendiatenkoller. Wegen drei, vier Wochen lohnt sich das nicht, also denk daran: Du bist in dieser Welt hier nur Gast.

«Was machst du eigentlich?»

«Ach, nichts», erwidert Angelika und legt sich im Studio aufs Sofa. «Ich ruh mich ein bißchen aus. Es ist mir zu heiß draußen.»

«Kommst du mit nach Rom?»

«Schon wieder?» Angelika streicht sich das verschwitzte Haar aus dem Nacken.

«Ich muß meine Ausstellung vorbereiten.» Kathrin grinst. «Das ist viel wichtiger als das Malen.»

OLEVANO, 11. TAG Während die Konturen am Abend gestochen scharf waren und die gezackte Bergkette schwarz im Dämmer ausharrte, zerfließt am Morgen die Landschaft. Um sechs wacht Angelika auf, springt zum Fenster und blickt hinaus in einen Brei aus Nebel und Feuchte, während die Sonne sich über den Berg treibt. Aber mit der Kraft, mit der sie unterging, steigt sie nicht auf. Das Unklare, Fragliche des Morgens ist mindestens ebenso berückend wie der bombastische Abend, und Angelika ist froh, daß sie nicht mitgefahren ist. «Die Gegend um Hamburg», hat Kathrin gesagt, «gleicht einer Anstalt für psychisch Kranke, sie ist reizlos, flach wie ein Fladen und doch ohne jeden Anflug von Weite. Als könnte einer, der auf einem Berg steht, hinunterspringen, und als müsse man das um jeden Preis verhindern.»

Trotzdem wirkt Kathrin in Hamburg ausgeglichener, was wohl damit zu tun hat, daß sie nicht dermaßen unter Druck steht. Aber das ist nicht mein Problem, denkt Angelika, ich habe genug mit mir selbst zu tun.

Liebe Angelika! Wir müssen nochmals über Margret sprechen, denn in Margrets Hand liegt der Schlüssel. Also paß auf. Ich sagte schon, daß Margrets Kindheit nicht ihr gehörte, aber die Landschaft hat ihr gehört, und es war ihr Berg, hinter den am Abend die Sonne sackte. Der ganz normale allabendliche Vorgang (Sonne sackt hinter Berg) hat Deine Klientin innehalten lassen, und dadurch unterschied sie sich von anderen Kindern, denen ihre Kindheit gehört und die nach ihrer Umgebung mit Stöcken werfen. Darüber und überhaupt über Margret solltest Du in Deinem jetzigen Ambiente nochmals nachdenken, denn es hat mit ihr zu tun, daß Dir Dein Verhältnis mit Josef nicht glückt.

Weitere Tage werden vergehen. Der Vollmond wird vom Rundbogen hinüber zum Baum wandern, zu einer Zypresse vermutlich, der erdige Putz der Arkaden bröckelt, und das gescheckte Mauerwerk wirkt beinahe transparent. Die Kerze flackert. Flecken und Risse. Der berstende Mond strahlt über-

trieben angriffslustig und fast ein bißchen höhnisch. Die Hunde bellen. Es ist eine laue Nacht, während es in Hamburg acht Grad hat und gießt. Es ist die letzte laue Nacht, die letzte Nacht auf der Terrasse der Serpentara, Deine gemeinsamen Tage mit Josef neigen sich vor der Zeit dem Ende zu. Noch gibst Du vor, Du seist Josef nah, Du sprichst mit Josef über seine Arbeit. Josef erhofft sich von Dir die zündende Idee, Du sollst also zünden, während Josef nicht zündet, im Bett legt er von hinten den Arm um Dich.
Das Fenster steht offen. Im Dämmer donnern drunten die Laster vorbei. Zikaden schreien, irgendwo kreischt dreimal ein Hahn. Du wachst davon auf, daß Josef Dich aus dem Bett kickt. Du gehst um das Bett herum und legst Dich auf die andere Seite. Vorher mußt Du Josefs Beine weiter in die Mitte schieben. Du schläfst auf der Kante. Als Du wieder erwachst, ist es hell. Du schmiegst Dich noch einmal an Josefs Rücken. Du verabschiedest Dich von seinem Geruch, seiner Wärme. Er kühlt ab. Als Du aufstehst, sitzt auf der Klopapierrolle eine braune, behaarte Spinne. Du setzt Kaffee auf, greifst zum Telefon und wartest. Du wirst Dir den Kaffee über Dein ärmelloses Kleid schütten, als Du von Josef endgültig Abschied nimmst. Dann wird er Dir noch einen schönen Tag wünschen, aber das hörst Du schon nicht mehr.

«Tja, Josef, ich ziehe mich jetzt zurück.»
«In welcher Hinsicht?»
«In jeder Hinsicht.»
«Ist es wegen Kathrin?»
Rauschen, Knacken in der Leitung.
«Ich kann dich doch trotzdem heute abend zum Essen einladen.»
«Nein, Josef, das ist nicht gut.»

«Warum nicht? Ist es etwa wegen diesen Briefen? Laß dich davon doch nicht irremachen.»

Angelika schweigt.

«Ich fühl mich beschissen. Ich brauche Hilfe. Ich erwarte dich gegen acht.»

Mein Vater ist zuletzt Richter gewesen, meine Klientin Margret hat Jura studiert, ich habe mir die Forensik ausgesucht, und irgendwie sind wir alle an der Kunst gescheitert, überlegt Angelika. Jetzt hocke ich in diesem Stipendiatennest, Kathrin ist manisch, Josef depressiv, und alles hat wirklich mit allem zu tun, aber ich bin ratlos und weiß nicht mehr weiter.

Das Telefon klingelt. «Ich bin's, Brigitte. Margret ist weg.»

Das hat mir gerade noch gefehlt.

«Weißt du, wo sie sein könnte?»

«Na, zu Hause vermutlich. In der Lippmannstraße.»

«Da ist sie nicht. Wir haben eine Vermißtenanzeige aufgegeben. Sie suchen sie übers Radio. Mensch, Margret ist doch vollkommen hilflos!» Brigittes schrille Stimme zittert.

Angelika schluckt. Es ist kinderleicht, aus der Krankenabteilung nach draußen zu kommen. Man muß einfach nur durch die Tür. «Sag mir Bescheid, wenn ihr sie findet.»

«Liebend gern. Ist das alles, was du dazu zu sagen hast?»

Es hat alles irgendwie mit den Vätern zu tun, denkt Angelika. Der Knoten liegt in den verborgenen Wünschen der Väter. Der Schutzengel weiß das, und es ist vielleicht die entscheidende Spur, die mich zu ihm führt. Vielleicht ist Margret deshalb abgehauen, weil sie ihrem Vater etwas beweisen muß.

Schon als Grundschülerin hatte Margret dem Vater eifrig ihre Zeichnungen und Bilder gezeigt, während er den Rasen mähte oder die Hecken schnitt, und er lobte und korrigierte sie, und sie war stolz auf den Vater. Andere Väter, dachte Margret, haben von solchen wichtigen Dingen keine Ahnung, denn das einzige, worauf es ankommt, ist die Kunst. Nur mit der Kunst, sagte ihr Vater, könne sie sich befreien, könne sie sich aneignen, was ihr gehöre, die Kunst sei das Nützliche an sich. Und deshalb durfte Margret nicht einmal einen Wasserhahn zudrehen, denn das Praktische konnte sie leicht vom Weg abbringen, und der Weg lag in der Kunst.

Wie Kathrins Vater zu ihrer Entwicklung stand, bleibt hingegen fraglich. Er habe nie gesagt, was er von ihr verlangte, erzählte Kathrin einmal. Während die Mutter ohne Umschweife bestimmt habe, was aus ihr zu werden hatte, etwas Anständiges nämlich, seien die Erwartungen des Vaters unausgesprochen geblieben. Kathrin hat daraufhin ihren Onkel erwähnt, den Bruder der Mutter, der den Vater haßte. Er sei stolz gewesen auf sie, als sie mit Mitte Zwanzig plötzlich Architektur studierte. Vielleicht opfert sie ihre Erfolge seitdem auf dem Grab des Onkels, denkt Angelika, auf jeden Fall ist auch sie nicht frei für ihren eigenen Weg.

Selbst Angelikas Vater nahm kaum offenen Anteil. Er reagierte nur ein einziges Mal direkt auf etwas, das sie tat, und zwar auf eine Passage in einem Interview. Die Redakteurin eines Psychologiemagazins hatte Angelika nach einem Schlüsselerlebnis für ihre Berufswahl gefragt. Angelika sprach daraufhin jene Nacht an, in der ihr Vater auf den Dachboden gegangen war, um sich aufzuhängen. Das heißt, sie erzählte, was der Vater damals tatsächlich gesagt und getan hatte, als sie zweieinhalb Jahre alt war, und es ist verständlich, daß er sehr wütend darüber war, davon dreißig Jahre später in einem Interview der Tochter zu lesen.

Das ist schon etwa fünf Jahre her, und Angelika hatte die

Szene bis eben verdrängt. Sie hatte auch das Interview verdrängt und den Tadel des Vaters. Deshalb mußte sie die Angelegenheit zunächst an Margret delegieren, als der Schutzengel sie vor ein paar Tagen darauf gestoßen und ihre Abwehr durchbrochen hatte. Sie mußte so tun, als sei etwas, das ihr selbst widerfahren ist, in Wirklichkeit ein Teil von Margrets Geschichte, und sie konnte sich in dem Augenblick tatsächlich an nichts anderes erinnern.

Es ist alles von Unserer Letzten Instanz bestimmt, vor allem das Scheitern. Du mußt auch diesmal die extremste und also gnadenloseste Erfahrung machen, Angelika, Du bleibst wie üblich von nichts verschont. Dennoch wirst Du selber den Schlußpunkt setzen, Du ganz allein, Du wirst Dich morgens, wenn es soweit ist, an Josefs Rücken schmiegen und Dich verabschieden; und nur deshalb, damit Du endlich lernst, selbst den Augenblick des Abschieds zu bestimmen, deshalb sind wir schließlich hier.

Mit zwei Romstipendiaten sitzt Josef in der Bar und lästert, während im Fernsehen ein Fußballspiel läuft. Diese Künstler lästern ohne Wärme, ohne leichtfüßigen Sarkasmus, ohne schillernde Ironie, denkt Angelika. Sie lästern voller Verbissenheit, als müßten sie sich permanent das Feld freischaufeln, als rollten sie wie einen Stein das Verkanntwerden vor sich her, und als müsse endlich der Erlöser kommen, der ihnen das verdammte Ding vor der Nase wegräumt. Diese Künstler wollen gesehen, sie wollen unablässig gesehen werden, und am liebsten wäre es ihnen, wenn man sie einfach nur noch pausenlos photographierte. Die sind schon soweit, die photographieren sich pausenlos selbst mit dem Selbstauslöser, sonst nichts mehr, sie photographieren sich beim Essen, beim Schlafen und bei dem, was davor kommt, sie sind so identisch mit der Kunst, daß sie nur noch den Betrachter brauchen, den permanenten Betrachter. Kein Wunder, daß Josef Probleme hat.

Sie sitzt am Nachbartisch, trinkt einen Espresso und gähnt, während einer der Romkünstler jammert, daß die Einheimischen so dumm sind, es lägen Welten dazwischen.

«Man kann sich nicht als Elite fühlen und zugleich vom Volk verstanden werden wollen», ruft Angelika hinüber und steht auf.

Nebel. Ich sehe Dich kaum noch, Angelika. Ich sehe fast überhaupt nichts mehr, nicht das geringste bißchen äußerer Zukunft, lichte Ferne ade! Alles spielt sich nur noch in einem düsteren Innenraum ab. Ich kann mich an meine eigenen Visionen im Moment nicht erinnern. War da nicht was mit einer Liebesgeschichte? Das kommt mir im Augenblick allzu phantastisch vor. Ich weiß nur soviel: Du wirst Josef sehr bald wieder vollends aus den Augen verlieren, und dieser Künstlerpulk spielt für Dich im Grunde nicht die geringste Rolle.

«Ich glaube inzwischen, ich mag Künstler nicht», sagt Angelika am Abend, als sie bei Josef im Garten sitzt. «Aber lieber als die Künstler sind mir immerhin die Schriftsteller.»

Josef lacht. «Der Schriftsteller ist verwandt mit dem Prinzen, der sein Dasein als Kröte fristet.»

Der Vollmond wandert vom Rundbogen hinüber zur Zypresse, er strahlt übertrieben angriffslustig und fast ein bißchen höhnisch. Der erdige Putz der Arkaden bröckelt, und das gescheckte Mauerwerk wirkt beinahe transparent. Die Kerze flackert. Flecken und Risse. Die Hunde bellen. Es ist die letzte laue Nacht, die letzte Nacht auf der Terrasse der Serpentara, denkt Angelika. Zikaden zirpen. Vor ihnen liegen die flirrenden Lichter der Altstadt.

«Wie meinst du das?»

Josef seufzt. «Ich muß endlich über die Liebe schreiben. Das ist ein Problem, weil man so wenig über die Liebe weiß, noch weniger als über den Tod, bei dem wenigstens klar definiert ist, an welchem Punkt er eintritt. Bloß wann tritt die Liebe ein? Es gibt den Hirntod, aber es gibt nicht die Hirnliebe, und kein Mensch geht zum Neurologen, um messen zu lassen, ob es schon soweit ist. Die Liebe ist eine höchst unnatürliche Angelegenheit.»

«Dabei soll sie doch das Wesentliche sein.» Angelika sieht Josef an und lächelt. «In der Literatur zumindest.»

Josef winkt ab. «Sie ist gewissermaßen ein sprachliches Spritzmittel, eine verbale Chemiekeule, ein formaler Overkill. Was stimmt, ist die Grammatik. Der Rest ist erlogen, die Liebe auch, und das Wesentliche verschweigt sich sowieso immer. Daraus wird, wenn wir Glück haben, ein Buch. Haben wir kein Glück, ballt sich eine Depression zusammen, die monumentaler und monströser daherkommt als alle Depressionen vorher, und das ist es, was unsereinen zu Schlaftabletten treibt, zum Alkohol und zum Fußball.»

«Erwartest du deshalb Hilfe von mir?» Angelika trinkt den letzten Schluck Weißwein.

Josef steht auf, bläst die Kerze aus und greift nach der leeren Flasche. «Komm. Wir gehen ins Bett.»

Die Sicht klart auf, und jetzt sehe ich deutlich Deinen Irrtum. Denn bei Dir liegt der Fall ja angeblich vollkommen anders. Du hast mit Kunst nichts zu tun. Du bist Psychologin, Du wirst permanent gezwungen, Dein Maul aufzureißen, und alles, was herausquillt, klingt lebensecht. Dabei lügst auch Du wie gedruckt, weil Du nichts begreifst, was Dir aus Deiner fatalen Lage heraushilft, und ich muß ULI anrufen. Du be-

kommst Deine Chance und verspielst sie wieder, denn Du wertest alles ab, wovor Du Dich fürchtest, und somit auch die Künstler und die Kunst. Das ist Dein höllischster Fehler, Angelika, aber ich habe Dich gewarnt. Du hast Josef jetzt schon auf dem Gewissen, aber letztlich bist Du es, die dabei draufgeht.

«Möchtest du mehr?»

«Nein.»

«Warum nicht?»

«Dann werd ich wieder so heiß.»

«Ich möchte mehr.»

«Mehr hab ich nicht», sagt Josef. «Ach, Scheiße. Das ist alles no good.»

Durch Josefs Körper geht ein Zucken. Angelika schläft ein.

OLEVANO, 12. TAG Als sie aufwacht, wird es draußen langsam hell. Durch das offene Fenster dringt das Geschrei der Vögel, drunten donnern die Laster vorbei. Zikaden schreien, irgendwo kreischt dreimal ein Hahn. Angelika dreht sich um und schmiegt sich an Josefs Rücken. Sein Hemd ist durchgeschwitzt und riecht verbraucht. Sein Körper fühlt sich steif und kalt an.

Angelika springt auf, läuft ins Bad. Auf der Klopapierrolle sitzt eine braune, behaarte Spinne. Sie streift ihr Kleid über, setzt Kaffee auf, greift im Schlafzimmer zum Telefon und wartet. Sie betrachtet Josefs Rücken. In der Wand neben dem Bett klafft ein drei Meter hoher Riß, der sich unten in feine Wurzeln spaltet. Angelika streckt ihre Hand aus und betrachtet die Zweige ihrer Lebenslinie, und auf dem Boden liegt dieser Hammer.

Es ist schwierig, an einem Sonntag einen italienischen Polizeibeamten zu finden, der sich für einen toten Deutschen interessiert. Zumal dann, wenn der in einer entlegenen Stipendiatenvilla liegt, die seit Goethe fest in deutscher Hand ist. Zumal dann, wenn auf der Wache eine Deutsche anruft, die kaum Italienisch kann. Es dauert fast zwei Stunden, bis Angelika jemanden gefunden hat, der bereit ist, vorbeizukommen. Und es dauert weitere zwei Stunden, ehe der blauweiße Dienstwagen der Carabinieri in der Auffahrt parkt.

Angelika hört eine Autotür schlagen und erwacht aus ihrer Starre. Sie flieht durch die Hintertür. Sie läuft den Weg hinauf, am Tomatengärtchen vorbei in den Eichenwald. Mitten im Gestrüpp steht die Dichterklause, ein verwitterter, verfallener Schuppen, in dem seit Goethe kein Mensch mehr übernachtet hat. Die Tür quietscht in den Angeln. Der einzige Raum ist voller Spinnennetze und faustgroßer Spinnen.

Vom Bosco Serpentara führt kein Weg hinunter ins Dorf. Angelika ärgert sich, daß sie kein Wasser mitgebracht hat, denn die Hitze ist sengend, die staubige Luft zum Erbrechen stickig. Wenn sie den Ermittlern nicht in die Hände fallen will, dann wird sie hier ausharren müssen. Dabei trieft ihr jetzt schon der Schweiß über den Rücken, das Haar ist klatschnaß, die Zunge klebt am Gaumen. Sie setzt sich auf einen dreibeinigen Hocker. Sie riecht an ihrem Arm. Sie riecht den scharfen Geruch von Josef.

Draußen knacken Zweige. Angelika springt auf und späht durch die morschen Holzläden. Ein uniformierter Carabiniere kommt auf die Klause zu. Er hält sich sein Handy ans Ohr, in das er in rabiatem Tempo hineinbellt. Offenbar fordert er Verstärkung.

Lieber Schutzengel! Ich habe Josefs Verfassung falsch eingeschätzt. Ich hielt ihn für relativ stabil. Nun hat er sich, während ich neben ihm lag, mit einer Überdosis Schlaftabletten das Leben genommen. Er hat mich zu sich eingeladen, weil er nicht allein sterben wollte. Was sagst Du dazu? Ich gebe zu, ich empfinde Furcht vor der Wahrheit. Ciao, Deine Angelika.

Sie preßt die Kiefer aufeinander, und als der Carabiniere an der Klause vorbeigeht, reißt sie die Tür auf und stürmt nach draußen.

«Puh, ist das schwül!» Sie streckt ihm die Hand hin. «Tag. Ich bin Angelika Haupt.»

Der Carabiniere heftet das Handy an den Gürtel und sieht sie an. Er hat Augen wie Winnetou. «Wa dont Se do?» fragt er im finstersten Älbler Dialekt. Den kennt sie. Das ist der Dialekt ihrer Schwiegermutter, Elfriede Taler, geborene Bantle, die sie immer gehaßt hat.

«Nichts. Ich schau mir das Gelände an. In Absprache mit dem Stipendiaten.» Angelika lächelt treuherzig. Sindelfingen, Daimler, denkt sie. Er war als Gastarbeiterkind in Schwaben, seine Familie hat es dort, wo die Bantles wohnen, nicht mehr ausgehalten, sie kamen zurück, und weil ihn hier jeder für einen Deutschen hält, ist er in den Staatsdienst gegangen. Er muß pausenlos beweisen, wie sehr er Italiener ist.

Der Carabiniere zieht hoch, was er hat, Schultern, Nase, Augenbrauen. «Den kennet Se jo gar net gfrogd hau.»

Angelika pustet sich die Haare aus der Stirn. «Wieso nicht?»

«Des woiß i au net. Der liegt do drin ond macht koin Mucks.» Der Carabiniere zeigt auf die Villa Serpentara und lauscht auf die Sirene, die unten an der Einfahrt verstummt. «Was des wohl isch. Aber do kommt jetzt der Arzt, der wird des feschtschtelle.»

Unbehelligt läuft Angelika am Rettungswagen vorbei, den Hügel hinunter und den Nachbarhügel wieder hinauf. In der Casa Baldi stehen alle Türen offen. Franca geht durch den Hof und bewässert mit einem Schlauch das Gelände. Aus dem Atelier dringt wieder die mexikanische Folklore, aber Kathrin liegt im Liegestuhl und sonnt sich.

«Na, wie geht's? Bin grade eben zurückgekommen und hab dich schon vermißt.»

«Schön. Aber ich glaube, jetzt fahr ich mal nach Rom.» Angelika läßt sich auf den Boden fallen und lehnt sich an einen Baumstamm.

Kathrin lackiert sich die Fingernägel hellblau. Sie sieht auf. «Ist was?»

«Nein, was soll schon sein?»

Nach einem langen Blick, ihre Augen sind jetzt ebenso himmelblau, lackiert Kathrin weiter. «Die Massimo, wirst du feststellen, ist nicht mehr sehr zeitgemäß. Früher, sagt die Legende, seien die namenlosen Hoffnungen mit einem Koffer angereist, in dem war alles drin: Pinsel, Klamotten, die Weinflasche. Dann hätten sie erst einmal die Pasta angerührt, bevor sie sich gemeinschaftlich betranken. Nach neun Monaten sei dann der Künstler geboren. Er sei aus dem Hals der Flasche geschlüpft, und nach einem weiteren Vierteljahr zog er triumphierend in Deutschland ein und wurde über Nacht berühmt.»

Hellblau, denkt Angelika. Himmelblau. Das Himmelblau der Sixtinischen Kapelle. Michelangelo. Wie komm ich auf Michelangelo?

«Jetzt ist, außer ein paar Omas und Kleinkindern, keine Sau da, weil alle durch die Gegend jetten, von Rom nach Mailand, von Mailand nach Paris, New York, Berlin, poststrukturalistische Reden schwingend, mit Mappen bewehrt, mit Manuskripten, von Galerie zu Verlag, von Verlag zu Galerie, während die stolze Oma den neuesten Säugling badet und die Geliebte Reißaus nimmt. Und nach einem Jahr ist wieder alles vorbei, man sortiert wieder bei Aldi die Waren ins Regal, oder man streckt sich dem nächsten Kunstpreis entgegen, aber getan hat sich eigentlich nichts.»

Franca kommt und bringt eine Schüssel mit frischen Feigen.

Angelika fällt aufs Bett und schläft ein. Als sie aufwacht, ist es dunkel. Draußen geht ein Wind. Der Laden klappt gegens Fenster. Irgendwo schlägt eine Tür. Sie knipst den Lichtschalter an. Ein/Aus. Ein/Aus. Es gibt keinen Strom.

«Kathrin? Bist du das?»

Stille. Windrauschen. Angelika friert. Sie steht auf und zieht sich Jeans und Pulli an. Sie horcht. «Kathrin?»

In der Nacht hängt ein Murmeln, ein Flüstern. Dazu das Säuseln, das durch die Ritzen dringt. Der Luftzug, das Sirren der Insekten. Die Katze miaut. Im Tal Fetzen von Musik. «Io vivró» von Lucio Battisti. Der Donner. Und dann wieder diese Stille. Mit Macht fällt der Regen. Er wäscht alles mit sich herunter, und dann hört er viel zu früh wieder auf.

Angelika sitzt am Küchentisch. Sie würde gern nach unten gehen und die Tür abschließen, aber der Flur ist voller Skorpione. Drei tote Skorpione saßen heute morgen auf Josefs Stirn, Schläfe und Ohr.

Sie hört Schritte im Treppenhaus. Ein Schlurfen treppauf treppab, treppauf treppab.

«Hallo! Ist da wer?» Sie reißt die Studiotür auf.

Der Schrei bleibt ihr in der Kehle stecken. Vor ihr steht jemand mit einem Messer. Es ist kein gewöhnliches Küchenmesser, sondern ein mindestens dreißig Zentimeter langer Dolch. In diesem Augenblick blitzt es, und sie sieht für eine Zehntelsekunde in Margrets bizarres Gesicht.

«Margret! Komm doch rein!»

Die Klinge nähert sich ihrem Bauch.

«Ich bin es, Angelika!»

Margret drückt mit der blinkenden Messerspitze auf den Knopf von Angelikas Jeans.

«Hör auf. Laß das Messer fallen. Dann helfe ich dir, ihn zu finden.»

«Wen?» Margret schaut sie mit schwarzen Augen an.

«Deinen Vater.»

«Er sprach immer genau das aus, was ich eben dachte», flüstert Margret. «Ich nannte das Denkhörer oder Hördenker, als ich ein Kind war, aber ich konnte mich mit mir selber nie auf den einen oder andern Begriff einigen.»

Das Licht geht an. Der Druck des Messers läßt nach. Margret hat einen Rucksack auf dem Rücken und trägt bequeme, sommerliche Baumwollkleidung. Ihr Haar ist frisch geschnitten, sie hat sich dezent geschminkt.

«Kann dein Vater hellsehen? Besitzt er übernatürliche Kräfte?»

Margret nickt. «Er ist schon sehr lange tot, aber wir reden jeden Tag miteinander.»

«Wie machst du das?»

«Es ist, als ob einen der Blitz trifft», sagt Margret und läßt das Messer zu Boden fallen. Es klirrt. «Zumindest unsresgleichen geht es so, daß wir hinterher Gedanken lesen können.»

«Euresgleichen?»

«Ja. Den Schutzengeln.»

«Welchen Schutzengeln?»

«Der Schutzengel hat dir doch den Brief geschrieben.»

«Den Brief?»

«Den Brief vom Schutzengel.»

«Wie viele Briefe?»

«Nur einen Brief.»

«Nur einen?»

«Ja.»

«Hat der Schutzengel den Brief mit dem Computer geschrieben? Mit der Hand?»

«Nein, nicht mit der Hand. Mit dem Füller.»

«Mit meinem Füller?»

«Ja.»

«Was hat der Schutzengel mir geschrieben?»

«Daß er dir nicht helfen kann.»

«Hat er sonst noch was geschrieben?»

«Nein.»

«Wie lang war der Brief?»

«Eine Seite.»

Angelika tritt einen Schritt nach vorn. Sie streichelt Margrets Wange. Margret schluchzt. «Es tut mir so leid. Ich kann dir nicht helfen.»

Margret gähnt. Sie kauert im Wohnzimmer auf dem Boden und wiegt den Oberkörper hin und her. Angelika baut auf dem Wohnzimmersofa ein Bett. Sie überredet Margret, sich hinzulegen. Sie deckt sie mit dem Laken zu. «Morgen sehen wir weiter.»

Auf der Stelle schläft Margret ein. Erneut Stromausfall. Angelika setzt sich an den Küchentisch und zündet eine

Kerze an. Sie läßt die angebrochene Flasche Rotwein stehen und entkorkt eine neue. Sie gießt sich ein Glas ein, schneidet ein Stück Käse ab und riecht daran, bevor sie hineinbeißt.

Angelika versucht, in Ruhe über alles nachzudenken. Zunächst ist Josef das Problem, nicht Margret. Denn Margret liegt im Wohnzimmer und schläft. Sie hat den ersten Brief geschrieben. Den ersten Brief vom Schutzengel. Alles Weitere geht auf ein anderes Konto. Das leuchtet ein. Soweit. Nun also zu Josef. Josef hat mindestens einen Liter Wein getrunken. Hätte er eine Überdosis von seinen Schlaftabletten eingenommen, wie Angelika zunächst geglaubt hat, wäre die Magenschleimhaut dadurch mit Sicherheit so gereizt worden, daß er sich nach wenigen Minuten stark erbrochen hätte. Wären seine Reflexe bereits gelähmt gewesen, hätte er – falls Angelika ihm nicht rechtzeitig zu Hilfe gekommen wäre – das Erbrochene eingeatmet und wäre daran erstickt. Das heißt, er wäre morgens in einer Lache von Erbrochenem und Tablettenresten gelegen, sein Gesicht wäre verzerrt und aufgedunsen, Haut, Lippen und Fingernägel wären bläulich verfärbt gewesen, er hätte überall dunkelblaue Blutergüsse und Totenflecke gehabt.

Hätte Josef eine tödliche Menge Schlafmittel eingenommen und sich nicht erbrochen, so hätten sich an seinen Fußknöcheln, Knien und Ellbogen fingernagelgroße blaßblaurötliche Ausschläge gebildet gehabt, an den Aufliegestellen sogar handflächengroße Ausschläge, aus denen, hätte er dieses Stadium noch überlebt, Blasen geworden wären.

Josef hatte aber einfach nur dagelegen, als ob er schliefe, und deshalb sah für den schwäbischen Carabiniere wahrscheinlich alles nach einem natürlichen Schocktod aus. Akutes Kreislaufversagen. Das konnte bei der Hitze, dem Essen und dem Wein schon mal vorkommen.

Plötzlich fällt Angelika auf, daß sie etwas Wesentliches übersehen hat. Margret und Josef kommen irgendwo aus Süddeutschland, Kathrin ist am Feldberg aufgewachsen, und Gellberg stammt immerhin aus Fulda. Das muß zwar nichts heißen, aber es ist das einzig Greifbare, das diese vier Menschen, die sich um den Schutzengel gruppieren, verbindet. Und der Schutzengel schreibt süddeutsch. Er benutzt Wörter wie «Steige». Kein Mensch nördlich von Fulda würde das Wort «Steige» benutzen. Der Schutzengel versucht, sich die süddeutsche Sprache zu eigen zu machen.

Vielleicht, überlegt Angelika, ist das zu vage. Vielleicht sollte ich mit den drei toten Skorpionen anfangen. Sie hatte sie von Josefs Gesicht entfernt, doch selbst wenn sie noch gelebt und Josef gestochen hätten, hätten sie ihn wahrscheinlich nicht umgebracht. Skorpionstiche sind in Italien normalerweise nicht tödlich. Aber sie waren nicht von allein in Josefs Gesicht gekrochen. Jemand hatte sie dort hingelegt.

Angelika verdünnt den Rotweinrest in ihrem Glas mit Leitungswasser. Woran ist Josef gestorben? An einer Überdosis Schlaftabletten jedenfalls nicht. Also Herzversagen? Wespenstichallergie? Schlangenbiß? Es ist nicht unmöglich, daß eine Viper auf der Suche nach Wärme nachts ins Haus gekrochen ist. Angelika hat Josefs Leiche nur oberflächlich untersucht. Dabei fanden sich lediglich ein paar Pickel. Und das alles erklärt nicht, wie die Skorpione auf Stirn, Schläfe und Ohr gekommen sind.

Angelika steht auf und zieht eine Jacke an. Sie tappt ins Wohnzimmer. Margret wälzt sich träumend hin und her. Angelika zieht ihr das Laken über die Schultern und lauscht eine Weile auf ihren Atem. Dann verläßt sie das Haus, ohne abzuschließen. Das Schloß bietet sowieso keine Sicherheit. Wer hineinwill, kann jederzeit die Außentreppe nehmen.

Der pralle Mond wandert hinter eine Wolke. Das Dorf ist dunkel. Es geht gegen Mitternacht, und es gibt immer noch keinen Strom. Deshalb sind die Gassen wie leergefegt, die Bars sind geschlossen. Aus einem Autoradio dröhnt Vasco Rossi. Questa sera, questa sera non lo so ... C'è qualcosa nell' aria stasera che non si può! Angelika blickt sich um. Sie ist allein.

Josef lacht wieder. Sie hört Josefs Lachen.

La fortuna, la fortuna, La FORTUNA ... quando c'è?

Blau ist blau und weiß ist weiß. Heiß ist heiß und Salz ist Salz. Meer ist Meer ... Angelika keucht den Hügel hinauf, vor sich die schwarze Wand. Ganz oben liegt die Serpentara. Im linken Balkonfenster flackert ein schwaches Licht. Dort ist das Schlafzimmer. Angelika geht noch schneller, sie läuft fast. Als sie über das Tor klettert, schneidet sie sich an einem rostigen Draht. Ihre Hand blutet. Vor ihr wischt eine Maus in die Büsche. Oder eine Ratte.

Niemand hat die Türen versiegelt. Angelika geht die Außentreppe hoch und über den Balkon ins Schlafzimmer. Auf dem Schreibtisch stehen drei elektrische Totenlichte. Sie haben Taschenlampenbatterien und stammen offenkundig vom Friedhof.

«Kathrin?»

Über die Wände zittern flammende Schatten. Der Riß. Der Hammer. Holz knackt. Reifen quietschen. Irgendwo schreit ein Käuzchen.

«Kathrin! Ich weiß, daß du dabist.»

Angelika schnappt sich eins der Totenlichte und stürzt ins Badezimmer.

«Kathrin! Komm raus!»

Sie bleibt eine Weile reglos stehen, bevor sie auf das Regal zugeht. Mit dem Totenlicht leuchtet sie die Bretter entlang. Wattestäbchen, Rasierapparat, das übliche.

In der oberen Schreibtischschublade findet sie die ersten fünfzig Seiten von Josefs Manuskript. In der mittleren einen Berg von Zetteln. Es sind die Notizen, die er sich zu seinem Roman gemacht hat. «Und M. sah sich einem Säugling gegenüber, der ihren Mund hatte, der aus ihrem Mund schrie, und während dieses Schreiens schwand M.s Leben dahin, ihr unmittelbar zukünftiges, noch abzuleistendes Leben», liest Angelika auf einem Zettel. «Denn dann schloß sich dieser Mund. Deshalb will M. auch unbedingt wieder ein Kind haben, weil diese Erkenntnis, die Fruchtbarkeit liege hinter einem, eine der furchtbarsten Erkenntnisse ist, und nach der letzten Geburt kann nur noch der Tod kommen, dazwischen gibt es nichts mehr, das Geburt und Tod vergleichbar wäre, höchstens Krankheit oder Unfall oder Wahnsinn, also ungesunde Überschreitungspraktiken, während eine Geburt immer etwas Gesundes ist, so grausam sie sich hinzieht, und ein Tod ist es, aus dem Blickwinkel der Toten betrachtet, auch.»

Josef hat sich aufgeschrieben, was Angelika ihm über Margret erzählt hat, er hat über ihre Gespräche quasi Protokoll geführt und ergänzt, was ihm dazu einfiel.

OLEVANO, 13. TAG Angelika hat schlecht geschlafen in dieser Nacht, schlecht oder gar nicht geschlafen, weil die Mücken sie zerstochen haben, keine Spinnen- oder Skorpionstiche, keine Schlangenbisse, nur Mücken. Die Stiche, die ihren ganzen Körper übersäen, vor allem die Beine und sogar die Fußsohlen, schwellen an und jucken. Um fünf in der Frühe ist sie aufgestanden und hat einen Espresso aufgesetzt. Sie stieß in der Küche die Läden auf. Es gab nichts zu sehen bis Viertel vor sechs, und während sich Margret nebenan unruhig auf dem Sofa wälzte, stand Angelika bewegungslos am Fenster.

«Guten Morgen», ruft sie gegen halb acht, als sie vom Gästezimmer ins Schlafzimmer späht und feststellt, daß Kathrins Bett leer ist. «Gut geschlafen?»

«Überhaupt nicht», antwortet ein Zimmer weiter Margret, «aber ich lag da und konnte in die Zukunft blicken.»

«Interessant», erwidert Angelika trocken. Sie geht durch das Studio in die Küche und dreht die Gasflasche auf.

«Visionen durchzogen mein Gehirn, nützliche Visionen.»

«Nenn doch mal ein Beispiel.»

«Kann ich nicht.» Margret seufzt. «Als ich wach wurde, habe ich alles wieder vergessen. Ab und zu tun sich plötzlich stupide Details vor mir auf, aber mit der Klarheit ist es vorerst vorbei. Wahrscheinlich haben zu viele selbstsüchtige Interessen mir den Blick verstellt, oder der Inhalt meiner Visionen widerspricht diesen Interessen zu sehr.» Margret steht auf. «Ich muß deshalb gleich meine Übungen machen, sie helfen bei Verrenkungen der Halswirbelsäule, denn auch der Gedächtnisleiter ist leider blockiert. Ich weiß nur noch, daß es ein ungewöhnlich großer Zeitraum war, den ich gegen Morgen überblickte. Ich sah an die zwei Wochen voraus. Das muß an der Landschaft liegen, am Licht.»

«Am Licht?»

«Die Visionen laufen analog zum Licht dieser Landschaft, das in der Frühe weich ist und abends fast stechend», entgegnet Margret. Sie geht vor der Balkontür in die Hocke und macht Wirbelsäulengymnastik.

«Welche Visionen?»

«Es geht um den großen Duweißtschon. Sinnlos, dich durch Schweigen dem Mechanismus zu widersetzen, innerhalb dessen du funktionierst, weil alles, was du sagst oder nicht sagst, das Bestehende bekräftigt, den Pakt mit der Realität, wenn du als Wetterfrosch die Feuerleiter erklimmst, und oben scheint die Sonne, scheint ewig die Sonne. Aber auch im letzten und allerletzten Dreckloch wird von den Kellerasseln unaufhörlich das Bestehende bekräftigt, unaufhörlich der Pakt mit der Realität besiegelt, und du mußt dich hüten, mir meinen Erfolg zu verübeln, weil auch ich nur ein williger Nickneger bin.»

«Sicherlich.» Angelika lächelt. Margret redet heute morgen fast ebenso wie Kathrin. Aber während Margret als Psychotikerin eingestuft wird, begreift sich Kathrin als Künstlerin. «Kannst du mir das mit dem großen Duweißtschon nochmal erklären?»

«Es geht um den großen Beschiß, wenn du mich fragst. Ich bin für Freiheit und träume gleichzeitig immer noch davon, daß sich jemand über mich ärgert. Das ist ein unauflöslicher Widerspruch und außerdem ein Mißverständnis.»

«Ja.» Angelika lächelt breiter. Sie hält die Espressokanne unters fließende Wasser. «Ja, jetzt verstehe ich. Klar. Und weil du das durchschaust, meinst du also schon, du könntest hellsehen.»

«Ich wache in der Morgendämmerung auf, um den Moment nicht zu verpassen, wo sich das Fragliche erhellt», erklärt Margret, während sie sich abrupt wieder aufrichtet. Sie setzt sich an den Küchentisch und greift nach einem Pfirsich. «Mein Vater hätte mich gern hier gesehen. Ich sollte doch Künstlerin werden. Schade. Die Künstler sind, was das Bestehende angeht, schon längst einen Schritt weiter als wir, weil sie nämlich das machen, was man konzeptionell nennt. Sie arbeiten sowenig wie möglich, und die Konfrontation des Künstlers mit der Kunst muß sich in einem vorgeplanten Anflug von fliegender Eile vollziehen, so wie das Einsteigen in eine überfüllte und abfahrbereite Metro. Auch hier liegt ein durchdachtes Konzept vor, und ich werde in Zukunft die mit dem Einsteigen verbundene fliegende Eile als etwas Künstlerisches betrachten.»

Angelika zündet ein Streichholz an und hält es an den Herd. «Kannst du mir ganz ehrlich die Frage beantworten, Margret, wie es dir heute morgen geht?»

Margret schielt auf den Boden, und Angelika glaubt schon, sie hätte die Frage vergessen, als Margret die Gegenfrage stellt: «Merkt einer, wenn ich von ihm träume?»

«Von wem hast du denn geträumt?»

«Ich habe dich etwas gefragt, also antworte gefälligst.»

«He, he.» Angelika dreht sich um. Sie schließt die Augen und atmet tief durch. Margret braucht eine verläßliche Grenze. «Ich habe dich nicht darum gebeten, daß du mich in meinem Urlaub hier überfällst. Dein blöder Suizidversuch kostet mich womöglich meine Stelle. Wenn du dich das nächste Mal umbringst, tu es wenigstens anständig.»

Margrets Blick irrt eine Weile umher, dann sieht sie an Angelika hoch. Sie hat große, helle, glänzende Augen und ein ebenmäßiges, beinahe kindliches Gesicht. «Okay. Entschuldige. Aber nehmen wir mal an, ich träume intensiv von jemandem, zu dem ich eine enge Beziehung habe. Dann ist das, was im Traum geschieht, doch fast genauso wirklich, als wäre es tatsächlich passiert.»

Angelika steht wieder mit dem Rücken zu Margret. Sie füllt das Espressopulver in den Einsatz der Kanne, schraubt sie zu und setzt sie auf die Flamme. Kurz überlegt sie, ob sie für Kathrin den Frühstückstisch mitdecken soll, aber es sieht nicht so aus, als sei sie in der Nacht nach Hause gekommen.

«Wenn ich ihn im Traum in mir aufleben lasse, dann ergreife ich doch vollends Besitz von dem andern.» Margret stockt. «Wo ist er dann? In mir oder außer mir?»

«Ich bin Atheistin», sagt Angelika. «Ich glaube nicht daran, daß man mit Toten kommunizieren kann. Man kann nur mit dem kommunizieren, was von den Toten in einem selber noch fortlebt. Wenn du also von jemandem geträumt hast, der schon gestorben ist, dann glaube ich nicht, daß ihn das wieder zum Leben erweckt.»

Margret fixiert die Bißstelle in ihrem Pfirsich. «Da bin ich möglicherweise anderer Meinung. Aber wenn er lebt?»

«Dann halte ich es nicht für unmöglich, daß der, von dem du geträumt hast, deinen Traum spürt und dich am nächsten Tag beispielsweise anruft.» Angelika schneidet das Weißbrot in dicke Scheiben.

Margret springt auf. «Aber er ist doch dann zwei», schreit sie. «Er ist doch dann zwei Menschen. Einer in mir und einer außerhalb.»

«Guten Morgen!» ruft Kathrin, die braungebrannt in der Tür steht und eine dünne weiße Plastiktüte schwingt, «ich hab frische Brötchen mitgebracht. Was ist los, was macht ihr für Gesichter?»

Liebe Angelika! Du hast versucht, mir zu schreiben, aber ich weiß noch nicht, ob ich mich davon ködern lassen will. Mich interessieren Deine Tricks nicht. Dein Versuch, mit mir in Verbindung zu treten, ist nicht ehrlich gemeint. Ich bin Dir scheißegal. Du willst nur Deine Ruhe. Die kannst Du vergessen, zumal bald jemand sterben muß, der Dir sehr nah ist.

«Papa? Hier ist Angelika. Ich bin noch in Italien. Die Nummer hab ich dir bereits auf Band gesprochen. Ruf mich bitte gleich an, wenn du aus dem Urlaub zurück bist. Ist alles in Ordnung? Bist du gesund? Ich mache mir ein bißchen Sorgen um dich. Bis dann. Ciao.»

Du kannst noch immer nicht glauben, daß Dein Telefon abgehört wird, aber spätestens an dieser Stelle wird klar, wie sexy es ist, Stipendiatentelefone abzuhören, denn das Telefon ist die Instanz, die zu staatsfeindlichen Umtrieben verleitet, indem wir Zweifel anmelden. Zweifel sind aber staatsfeindlich und kaum verfassungskonform, solange der Staat es ist, der die Zweifel bezahlt, und Ihr ergeht Euch in terroristischen Sprechakten und verpraßt Steuergelder, während ordentliche Bürger im deutschen Sauwetter für Euch anschaffen gehn.
Angelika: Josefs Augen werden Dich an die Augen Deines Vaters erinnern. Ich sehe einen Lidschlag lang nur diese Augen: grünbraun und glänzend wie eingelegte Oliven.
Sein letztes Lebenszeichen galt Dir. Als Du ins Sterbezimmer kamst, hat der Vater noch einmal den Arm gehoben. Der Arm sagte, Schatz, komm, schau her, so sieht es also aus. Aber dich, sagte der Arm, dich kenn ich noch, dich kenn ich bis zuletzt.
«Schatz», wird mitten in der Nacht Josef sagen, «wo ist meine Zahnbürste?» – «Im Bad», wirst Du antworten, «im Becher, dort, wo sie hingehört.» Du wirst Josef ungefähr seit zwei Wochen kennen. Er kann nicht wissen, daß Dich immer nur einer «Schatz» genannt hat, und das war Dein Vater, Du hast in der Küche gesessen, er hat sich von hinten über die Lehne gebeugt und Dich mitsamt dem Stuhl an sich gepreßt, Du hast Dich gewehrt und gewunden, der Vater hat bloß gelacht. Als das zum erstenmal passiert ist, da bist Du fast drei gewesen, und beim letztenmal warst Du fast siebenunddreißig, und der Vater konnte sich kaum noch bücken.

Würde Josef Dich «Baby» oder «Engel» genannt haben, mit dem gleichen zerrissenen Leichtsinn, hätte das nicht diese unbeabsichtigte inzestuöse Wirkung, und es würde nicht das in Gang setzen, was es in Gang setzen wird, nämlich daß Du Dir plötzlich wünschen wirst, daß Josef von hinten an Deinen Stuhl herantritt.

Der heutige Brief war länger unterwegs als die Briefe, die am Freitag und Samstag vom Schutzengel angekommen sind. Er bringt die Chronologie somit restlos durcheinander.

«Ich bin so faul, daß die Mücken mich finden.» Margret macht Siesta im Liegestuhl und kratzt sich die Kniekehlen. Sie gähnt. «Und einsam ist's hier oben. Wie hast du's hier bloß allein ausgehalten?»

Angelika gibt ihr eine Salbe. Sie grinst. «Die Männchen tun dir nichts. Nur die Weibchen stechen, sie brauchen das Blut für ihre Eier ...»

Margret liest die Aufschrift auf der Tube. «Idrocortisone? Cortison? Willst du mich umbringen?»

Angelika grinst breiter. «Das schmieren sich die Italiener aufs Käsebrot. Aber bitte, wenn du's gesünder haben willst, dann gibt's im Kühlschrank auch Basilikum. Damit kannst du dich einreiben.»

Margret winkt ab. «Ich brauch gar nichts. Aber sag mal, wo kam denn diese Kathrin heute morgen her?»

«Aus Rom, aus der Villa Massimo. Sie ist da dauernd.»

Margret nickt. Ihre hellen Augen leuchten auf. «Sie legt denen ihr Stipendium zu Füßen wie der Hund dem Herrn den Stock.»

In diesem Augenblick gellt hinter dem Haus ein Schrei.

Von Kathrins Phobien hat Angelika in Hamburg nicht viel mitbekommen. Erst hier begreift sie allmählich das Ausmaß ihrer krankhaften Ängste. Kathrin trinkt nie aus einem fremden Glas, sie faßt nicht an die Türklinke, sie bekommt Ohrensausen im Flugzeug und in der Kirche Atemnot.

Neumann hätte Kathrins Schlangenphobie zunächst als Angst vor dem Phallus und ihre Spinnenphobie als orale Angst vor dem Einverleibtwerden gedeutet, um dann noch weiter auszuholen und auf ein grundunsicheres Selbst zu tippen, das ein neurotisch verfehltes oder fehlendes Trieb- und Abgrenzungsverhalten an den Tag legt. Obwohl er als Psychiatrie-Chef in erster Linie die Neurologie vertritt und nur nebenbei noch die Analyse, argumentiert er freudianischer als Freud. Vermutlich gerade deshalb.

Angelika hat sich oft mit ihm darüber gestritten, denn sie ist der Meinung, daß man die reale Bedeutung sogenannter Symbole ernst nehmen muß. «Die Kirche ist ein repressives Machtinstrument. Wer unter einer ekklesiogenen Neurose leidet und in einer Kirche Agoraphobie bekommt, handelt damit aus vollkommen gesunden und nachvollziehbaren Motiven heraus. Überspitzt gesagt, Kirchen wurden nur erfunden und gebaut, um die Menschheit in diese erbärmliche Angst zu versetzen.»

«Du magst ja recht haben», erwiderte Neumann, «aber du rationalisierst damit nur deine eigenen Ängste.»

«Das sind aber keine Phobien, sondern Zwangsgedanken», korrigierte ihn Angelika. «Du weißt, ich bin nicht phobisch, ich bin zwangsgestört.»

«Ich glaube, du benutzt deine Zwangsstörungen nur, um deine Phobien zu überdecken.»

Das Gespräch fällt Angelika auf dem Weg zur Pizzeria ein. Wahrscheinlich ist ihr Mentor Neumann schon vor längerer Zeit zu einem rechthaberischen Arschloch geworden, und sie hat es nur zu spät bemerkt. Er würde niemals gelten lassen, daß Kathrin sich weder vor männlichen Genitalien noch vor weiblichen Kauwerkzeugen fürchtet. Kathrin hat einfach nur eine krankhafte Angst davor, daß ihr ausgerechnet jetzt etwas dazwischenkommt. Davor, daß sie um den Lohn für ihren immensen Einsatz betrogen wird. Sie fürchtet sich panisch davor, daß Unfall oder Krankheit sie plötzlich doch noch daran hindern könnten, sich endlich als Künstlerin durchzusetzen. Sie hat Angst, verrückt zu werden, wenn etwas sie jetzt noch um die lang ersehnte Belohnung bringt. Ein nachvollziehbarer Künstlerwahnsinn, unter dem in abgewandelter Form auch Josef litt. Wie hat er es ausgedrückt? «Aber das Schlimmste ist: Ich komme momentan nicht vorwärts, weil ich mich davor fürchte, während dem Schreiben sterben zu müssen.»

Angelika hat mit Kathrin über Josef nicht reden können, es war immer Margret in der Nähe, und die sollte von der Sache möglichst verschont bleiben. Auch traut Angelika Kathrin nicht. Neumann hätte aufgrund von Kathrins Phobie ausgeschlossen, daß sie die drei toten Skorpione auf Josefs Gesicht gelegt hat. Angelika schließt das nicht aus, denn wenn Kathrin sicher sein konnte, daß sie tot waren, hatte sie keinen Grund mehr, sich vor ihnen zu fürchten.

Man ist beim Spielstand 2 : 1 angelangt, als Angelika die Pizzeria betritt, Kroatien führt. Es ist Halbzeit. Der Wirt hat den Fernseher leiser gemacht.

Der Carabiniere kommt ihr entgegen, gibt ihr die Hand und führt sie an seinen Tisch. Unterwegs sagt er, er heiße Harry. Sein Vater habe ihn nach seinem einzigen deutschen

Freund benannt. Geboren sei er in Sizilien. Seine Mutter komme aus Lipfingen auf der Schwäbischen Alb, und er sollte zweisprachig aufwachsen. Das hat Harry alles schon am Telefon erzählt. Er rief sie an, weil er sie kennenlernen wollte. Komisch, denkt Angelika, er erinnert mich an Kommissar Gellberg. Gellberg hat die Erwartungen seiner Eltern auch enttäuscht. Und er rief mich auch zuerst an.

«Woher wissen Sie eigentlich, daß ich in der Casa Baldi wohne?» fragte Angelika.

«Na, hören Se mal, jeder im Dorf weiß doch, daß Sie mit ihren Freundinnen dort oben hausen.» Harry bemüht sich, hochdeutsch zu klingen.

Er ist bereits beim ersten Gang. Tagliatelle al pomodoro. Er entschuldigt sich nicht, sondern schiebt ihr wortlos die Karte hin. Sie bestellt eine weiße Pizza mit Rughetta, Rinderschinken und Parmesan, und dazu ein Bier. Es sind nicht nur die Augen, denkt sie. Er sieht aus wie ein Indianer.

«Ich will nicht lang dromrom reden.» Harry nimmt einen großen Schluck Wasser.

«Aha», sagt Angelika. «Tja. Dann.»

Da kommt schon das Bier. Zweite Halbzeit. Der Ton ist aufgedreht bis zum Anschlag. Die Pizzeria ist brechend voll. Die Luft trotz offener Tür verraucht und stickig.

«Sollen wir woanders hin?» schreit Angelika.

Jetzt kommt die Pizza.

Harry reckt das Kinn und blickt über Angelika hinweg. «Essen Sie nur. Das bringt nichts. Es ist ja gleich vorbei.» Und dann widmet er sich wieder dem Fußballspiel. Er hat seine schwarzen Augen auf den Bildschirm geheftet und atmet durch den offenen Mund.

Angelika beginnt zu essen. Sie weiß hinterher nicht, wer gewonnen hat, aber der Wirt macht den Fernseher aus.

«Der scrittore in der Villa Serpentara, der hat alles vollgeschrieben, den Boden, die Küche, die Wände», sagt Harry. «Ich hab einiges eingesammelt, was an Zetteln herumlag, aber ich weiß nicht, was ich damit anfangen soll.»

«So? Und da haben Sie also an mich gedacht?»

Angelika hat sich von jeher vor Polizisten gefürchtet, weil sie einem immerzu auf den Busen stieren, sie stieren auf den Busen, als säße dort das Gehirn. Es gibt nur eine einzige Ausnahme: Gellberg. Aber auch Gellberg kann man nicht trauen. Er hat Angelika die Aufzeichnungen nicht geschickt, um die sie ihn bat, die Dateireste des Schutzengels, die er mit Fritz in Hamburg aus ihrem Rechner gezogen hatte. Hätte er sie eingetütet, dann müßten sie nämlich längst da sein. «So? Ich dachte, das im Schreibtisch sei alles.»

Harry lächelt. «Ach wo. Ich wußte, daß Sie das interessiert. Kommen Sie mit zu mir? Dann kann ich Ihnen die Zettel mal zeigen.»

Harry wohnt in einer kargen Kammer in der Altstadt. Als er die Lampe anmacht, fliehen die Kakerlaken. Durchs schmale Fenster blickt man aufs Panorama, in dem vereinzelt vage Lichter glimmen. Die Mauer mündet in den senkrecht aufragenden Felsen.

«Die Wohnung gehört meiner Tante. Sie wohnt nebenan in den beiden anderen Räumen.»

Aha. Angelika, die am Fenster steht, dreht sich um und grinst. Die Tante stärkt ihm also die Polohemden. «Haben Sie keine eigene Familie?»

«Noi. Haben Sie eine?» Harry sitzt auf dem Bett und zerrt zwischen seinen Beinen eine offene Schachtel hervor. Sie ist randvoll mit Zetteln.

«Einen Sohn, ja. Er ist zwölf.»

«Denken Sie oft an ihn?»

«Ich versuche, es zu vermeiden.»

«Warum?»

«Damit er nicht von einem Psychopathen bedroht wird.» Angelika setzt sich auf den einzigen Schemel und holt tief Luft.

Du wußtest, daß er sterben mußte, als er Thies sprechen wollte. Plötzlich ruckte Dein Vater mit dem Kopf und sagte heiser: «Schatz, jetzt bring mir auch den Thies.» Thies, der eben die Stadt verlassen hatte, kam mit dem nächsten Flugzeug. Du ließest die beiden allein. Du fuhrst nun alle paar Tage zur Klinik. Du kamst immer dann, wenn die anderen nicht kamen, Ihr wechseltet Euch ab. Du warst viele Stunden mit Deinem Vater allein. Du halfst ihm, die Schmerztabletten durch die Folie zu drücken, selbst dafür war er zu schwach, Du stelltest Dich absichtlich ungeschickt an. Du sahst dem Vater beim Schlafen zu. Du versuchtest zu lesen. Du hast ihn nicht einmal mehr auf die Wange geküßt. Du hast ihm nur noch die Hand gegeben. Er hielt lange Deine Hand, als Du gingst.

«Haben Sie einen Brief dabei?» fragt Harry, als Angelika das Wesentliche erzählt hat.

Angelika kramt in ihrer Tasche. «Da. Der kam heute.»

Harry liest mit gerunzelter Stirn. Er sieht wirklich aus wie ein Indianer, denkt Angelika wieder, aber eigentlich ist er einfach nur schwarzhaarig.

«Ist Ihr Vater gestorben?» fragt Harry. «Das tut mir leid.»

«Nein, nein. Mein Vater lebt. Es geht ihm gut. Er ist in Urlaub.»

Wortlos reicht Harry ihr den Karton.

... während jeder Kulturlaffe, der irgendwo was Profanes zu sagen hat, seine eigene Beschränktheit zum Maßstab nimmt, von ...

... gestern abend saßen wir mit Wolf Anderle in der Pizzeria beim Fußball, und ich muß nun noch deutlicher anmerken, daß ich gegen die Konzeptkunst bin. Kunstlosigkeit als Kunst, der Betrachter muß sich selbst zusammenreimen, was ihm der Künstler an Kunst verweigert. Der Künstler maßt sich an, dem Betrachter eine Leistung abzuverlangen, die nicht im Gegenstand selbst steckt, die auch kaum funktioniert, denn es gibt keine Kunst, es gibt nur den zur künstlerischen Wahrnehmung aufgeforderten Betrachter ...

... für ein paar Sekunden kam es mir vor, als sei das alles eine Talkshow. Bis ich begriff, daß ...

«Das ist nicht Josef», erklärt Angelika.

«Wieso.» Harry kneift die Augen zusammen.

«Er hat das geschrieben. Aber er meint nicht sich selbst, wenn er Ich sagt.»

«Ja so?»

Sie lächelt. «Was glauben Sie, schreibt Josef mit der rechten oder mit der linken Hand?»

Harry betrachtet den Zettel lange. «Mit der rechten.»

«Bingo.»

Sie hat den ein letztes Mal erhobenen Unterarm des Onkels nicht genommen und sanft zurück auf das Kissen gelegt, sie hat seine Hand nicht umschlossen mit ihren Händen, tumb stand sie da. Noch auf dem Sterbebett ist sie vor ihm zurückgewichen, aber sie hat ihren Onkel vergöttert, wie andere Mädchen ihren Vater vergöttern, und oft und heimlich hat sie sich gewünscht, daß er ihr Vater wäre anstatt ihres Vaters, sie hat sich geschämt dafür und geschämt für den Vater. Ihr On-

kel war ein schöner Mann, und sogar noch während seiner Krankheit blieb er ein schöner Mann. Er war sehr groß und sehr kräftig, im Alter hager, er hatte ein längliches Gesicht mit ausgeprägter Kinnpartie und etwas zu kurzer Nase. Der Mund wurde im Alter schmaler, er hatte eine gezackte, ein wenig ausgefranste Oberlippe, deren Umrisse immer mehr zerliefen, bis der Mund sich im Tod nach innen zurückzog. Der Mund des Onkels hat sich, wie auch beim Vater, in Richtung des Todes verändert, wobei dessen Mund vorher sinnlicher war, sinnlicher und weicher.

Der Onkel hatte sehr schwarzes Haar, das im Alter grau wurde und ausfiel, aber nie ganz ausfiel, auch während der Chemotherapie nicht. Dort wurde es nur borstig, und auch der Bart wurde borstig, noch viel borstiger als er von jeher gewesen war, wenn der Onkel sie damit an der Wange gekratzt hatte und sie aufkreischte und davonlief. Nun stand sie mit hängenden Armen im Krankenzimmer und sah ihrer Lieblingscousine zu, wie die den Onkel im Klinikbett rasierte, während er sich mühte, seine vom Schmerz verzerrten Gesichtszüge zu beherrschen, und sie beneidete ihre Cousine.

Das ist Kathrin. Das ist Kathrins Geschichte. Josef hat versucht, Kathrin zu manipulieren. Oder jedenfalls hat er sie benutzt.

Angelika sieht Harry an. «Warum glauben Sie, daß diese Zettel mich interessieren?»

«Tun sie das nicht?»

«Doch. Schon. Aber warum haben Sie sie überhaupt mitgenommen? Und warum haben Sie mich deshalb extra angerufen?»

«Vor ein paar Wochen war ein Kollege von der Kripo da. Aus Deutschland. Das zeigt mir, daß hier bei diesen Künstlern irgend etwas nicht stimmt.» Harry lächelt. «Ich wär gern der erste, der herausfindet, was los ist.»

Wieso fragt er sie nicht endlich nach ihren Fingerabdrükken? Weshalb redet er nicht über die seltsamen Umstände von Josefs Tod? Warum erzählt er nicht, was die Gerichtsmedizin annimmt? Glaubt er, daß Angelika Josef umgebracht hat? Weshalb bleibt er so vage? Wieso sagt er zu dem, was vorgefallen ist, immer noch nichts?

Angelika beschließt, auf keinen Fall die Initiative zu ergreifen. Sie schweigt.

Ihre Lieblingscousine hat es fertiggebracht, im Nachbarbett neben ihrem sterbenden Vater einen Mittagsschlaf zu machen. Sie ist damals hinausgegangen, aber sie ist wiedergekommen und noch ein paar Stunden geblieben, und plötzlich hat sie zum Aufbruch gedrängt. Sie wußte, sie muß jetzt gehen, sie alle müssen jetzt gehen. Ihre Cousine hat sich für immer von ihrem Vater verabschiedet, der ein wenig aufgerichtet auf dem Rücken lag, in eine lichte Ferne stierte und schnell schnaufte, sie hat ihn umarmt, umhalst, gestreichelt und geküßt, die Cousine hat geseufzt, geweint, gefleht und geschrien, während sie mit herabhängenden Armen an der Tür stand, und die Tante hat alle hinaus auf den Flur begleitet. Kaum waren sie draußen, ist der Onkel gestorben.
«Du bist immer nur der Schatz gewesen», sagte ihre Lieblingscousine zu ihr, als der Onkel gerade eben begraben war. «Während wir in seiner Werkstatt schuften mußten, warst du der Schatz, dabei hast du nie auch nur einen Finger gerührt. Uns hat er nur angebrüllt, aber sobald du aufgetaucht bist, ist bei ihm die Sonne aufgegangen.»
Sie hatte sich das schwarze Haar eingedreht und hochgesteckt, so wie es ihr Vater am liebsten mochte. Sie war wunderschön.

Sie waren alle aufgemacht, als gingen sie zu einer Hochzeit, und auch der Onkel trug im Sarg seinen Hochzeitsanzug. Nun hat die Lieblingscousine über sie hergezogen, weil sie ihren Onkel auf dem Sterbebett nicht hatte berühren können.

«Bitte», sagt Angelika, «dürfte ich die Schachtel bis morgen mitnehmen?»

Harry lächelt ein wenig schmerzlich und richtet sich auf. Er sieht ihr müde in die Augen. «Kein Problem.»

Zu Hause vergleicht sie Josefs Notizen mit einer neueren Briefstelle des Schutzengels. Obwohl sie noch nicht weiß, worin der Zusammenhang besteht, spürt sie doch sehr deutlich, daß es ihn geben muß. Es ist, als sei noch eine fremde Person mit im Zimmer. Angelika riecht den Duft von einem herben Rasierwasser.

Josef friert nie, und Josef hat immer einen vollen Kühlschrank. Josef ist gar nicht wie Du. Jedenfalls nicht rundherum, nicht in allen Teilen, wo Du leer bist, hat er Fülle, wo Du kalt bist, ist er heiß, und umgekehrt, und weil es Dir leid tut, rufst Du nach ein paar Tagen doch wieder an. Du hinterläßt ein Gestammel, Du wartest, daß er zurückruft, denn Du wolltest grob sein, Du warst so grob, wie Du nur grob sein konntest, Du hast Josef verstoßen, ihn abgelehnt, ihn pauschal zu lebenslänglicher Nichtteilnahme verurteilt, obwohl Du Dich dafür ordentlich zusammenreißen mußtest, Du bist nicht gern grob, es strengt Dich an, und Du mußt Dir vorher immer genau überlegen, wo und womit Du den andern treffen willst. Sonst bringst Du wieder kein Wort heraus, denn es fällt Dir viel leichter, überschwenglich zu sein, den Männern nette Dinge zu sagen, sehr nette Dinge, und Du meinst es auch so, sehr nett halt.
Das vergrätzt sie, weil sie irgendein unlauteres Tauschgeschäft wittern. Sie meinen dann, man meine das nicht so, nicht sehr

nett halt, sondern das Überschwengliche sei nur Mittel zum Zweck, um etwas zu kriegen, das man nur bekommt, wenn man lügt. Und das einem folglich nicht zusteht. Männer schauen selbst. Und sie wählen auch selbst, wohin sie schauen. Wenn Du dahin schaust, wohin der Mann schaut, ist es immer sein Blick, der zählt. Schaust Du woanders hin, mußt Du Dich irren, denn dort, wohin der Mann nicht schaut, gibt es auch nichts. Auch im Mann gibt es nichts. Zumindest gibt es nichts im Mann, was der Mann nicht selber sieht. Daß er keinen fremden Blick auf sich duldet, ist wahrscheinlich eine Folge von Kriegen. Und daß es immer er sein muß, der wählt und der schaut, der zielt und der schießt, das ist auch eine Folge von Kriegen.
Ist das alles schon vergangen, oder kommt das noch? Ich glaube, das ist alles schon vergangen, und es kommt auch noch.

OLEVANO, 14. TAG Bis gegen Morgen hat Angelika über Josefs Zetteln gesessen und sie mit den Briefen des Schutzengels verglichen. Josef hatte offenbar die Angewohnheit gehabt, im Anschluß an eine Begegnung alles zu notieren, was ihm erzählt worden war, wohl in der Absicht, es später literarisch zu verarbeiten. Dagegen ließ sich zunächst nichts einwenden, fand Angelika. Daß Kathrin sich über das gedruckte Ergebnis fürchterlich aufgeregt hatte, stand auf einem anderen Blatt.

Angelika sehnte sich nach einer Zigarette. Sie bildete sich ein, dann klarer zu sehen. Hatte Josef durch seine Schreibtechnik diesen psychotischen Strom in Gang gesetzt, der die Ich-Grenzen zwischen den einzelnen zerstörte, oder war das

Ich der Betroffenen vorher schon so beschädigt gewesen, daß er quasi offene Türen einrannte? War er darüber hellsichtig geworden? War er der Schutzengel gewesen? Dann mußten die Briefe bald versiegen.

Oder hatte er einen andern soweit manipuliert, daß der für ihn den Schutzengel spielte? Wen? Margret jedenfalls nicht. Margret hatte nur den ersten, den allerersten Schutzengelbrief geschrieben, und ein anderer hatte daran angeknüpft. Und in jedem Fall blieb immer noch die Frage, wie der Schutzengel regelmäßig in ihre Hamburger Wohnung gekommen war.

M. hat sich niemals eine andere als ihre extremistische, ausladende Mutter gewünscht, die sie wie einen an Helligkeit beschnittenen Ölbaum auf sich selber zugetrieben hat, und M.s verkeilte Zweige blieben mickrig, während ihre im Licht schillernde Mutter plötzlich den Geist aufgab. M. wird niemals ihren Platz ausfüllen, selbst Mutters Schuhe blieben M. eine halbe Nummer zu groß, aber sie ist an der Seite ihrer Mutter eine andere geworden, als die Mutter es war, und die Mutter hat M., selbst schutzlos, beschützt. Sie hat M. geboren, und M. hat sie beerdigt, wohl neben dem Vater lief sie heulend hinter dem Sarg her, obwohl sie den Vater dabei ganz vergessen hat.

Über diesen Zeilen ist Angelika eingenickt.

«So. Was lesen wir denn da?»

Das große Studiolicht geht an. Angelika denkt, sie ließe den Karton fallen, aber sie läßt den Karton nicht fallen. Er fällt ganz von allein zu Boden.

Josef läuft herbei, bückt sich und sammelt die Zettel wieder ein. Er liest, stockt, richtet sich auf. «Aha. Da ist man also zwei Tage krank, und währenddessen geht die Frau Psychologin her ...»

Das ganze Studio ist erfüllt vom Duft nach herbem Rasierwasser.

Josef schmeißt die Schachtel auf den Boden. «Angelika!» In einem Satz ist er bei ihr. Er packt sie an den Schultern. «Wer hat dir erlaubt, meine Notizen mitzunehmen?»

Angelika kreischt. «Aber du bist doch tot!»

«Tot, ich?» Josef drückt sie noch tiefer ins Polster. «Jetzt paß mal auf, Baby. Wer sagt denn so'n Müll?»

Sie schluchzt auf. Niemand. Niemand hatte gesagt, daß Josef tot ist. Sie nicht. Kathrin nicht. Harry nicht. Fünf Minuten sitzt Angelika da und zittert. Josef hält sie fest. Dann ist es vorbei. «Hast du eine Zigarette?»

Er läßt sie los. «Ich rauche nicht. Ich rauche nach wie vor nicht.»

«Ich dachte, du seist tot.»

«Quatsch. Ich hatte nur irgendso 'n Fick mit dem Kreislauf. Zuviel Hitze, zuviel Alk, was weiß ich.» Josef läßt sich neben Angelika aufs Sofa fallen. Er hat die Haare gewaschen und sich frisch rasiert. «Die Nacht ist wie 'n Filmriß. Kann mich an nichts mehr erinnern. Sag mal, hast du den Arzt geholt?»

Angelika schüttelt den Kopf. Sie hat nicht den Arzt geholt, sie hat die Polizei geholt.

«Aufgewacht bin ich im Rettungswagen. War 'n völlig unaggressiver Typ, der brachte mich runter nach Palestrina. Nettes Krankenhaus dort. Aber hätte mich ja vielleicht mal einer besuchen können.»

Angelika nimmt sich eine von Kathrins Zigarren.

Der Horizont dämmert.

«Schatz», sagt Josef, «wo ist meine Zahnbürste?»

Angelika schläft im Gästezimmer, Kathrin im Schlafzimmer, Margret im Wohnzimmer und Josef im Studio. Der enge Kreis ist somit zum erstenmal vollzählig. Angelika bemüht sich, doch noch einzuschlafen, weil sie sich von ihrem Traum die Lösung erhofft. Sie schläft aber nicht ein. Überwach und verkrampft liegt sie auf dem Rücken.

Josef, soviel scheint klar zu sein, hat sich für Kathrins Psyche interessiert, weil er sich davon Impulse für die weibliche Figur seines Romans erhoffte. Protagonistinnen sind nicht gerade seine Stärke, das hat Angelika in der Novelle «Kaiserwetter» gesehen. Josef hat also versucht, an Kathrins Innerstes anzudocken, und dabei hat er sich über gewisse Schranken hinweggesetzt. Er hat Kathrin dabei basal verletzt, und das hat eine Kettenreaktion bewirkt, infolgedessen waren die Ich-Grenzen eines Zirkels von Menschen zusammengebrochen.

Den ersten Schutzengelbrief hatte Margret allein an Angelika geschrieben, was zunächst mit dem parasitären Verhältnis zwischen Kathrin und Josef nichts zu tun hatte. Erst als ein Unbekannter sich Margrets Vorgehen zunutze gemacht und ihre Strategien verfeinert hat, indem er die Briefe, die er nach Olevano schickte, auf Angelikas Computer schrieb, wurde eine geistige Verbindung zwischen Kathrin, Josef und Margret geschaffen, in der Angelika das Bindeglied darstellt.

Angelika hat ihre Pflanzen und die Katze bei Thies untergebracht. Der Briefkasten wird von einer gehörlosen Nachbarin geleert, die am grauen Star leidet. Zum erstenmal erwägt Angelika, die Wohnung überwachen zu lassen. Aber von wem? Gellberg ist in Norwegen. Thies und Brigitte müssen arbeiten. Mit Neumann liegt sie im Clinch.

Plötzlich kommt es Angelika albern vor, daß sie einen

Moment lang Josef verdächtigt hat. Aber bleiben wir beim inneren Zirkel. Kathrin. Könnten die Briefe doch von Kathrin sein? Könnte Kathrin von Rom andauernd blitzschnell nach Hamburg jetten? Gellberg hat nur einen Poststempel untersucht. Wenn einer echt war, dann heißt das ja noch lange nicht, daß alle echt sind. Vielleicht hat Kathrin Angelikas Computer nach Rom schaffen lassen, und von dort aus schreibt sie die Briefe, datiert sie ein paar Tage zurück und wirft sie am Tor, mit falschen Stempeln versehen, in den Briefkasten. Das würde vieles erklären, und es würde fast alles erklären, wenn herauskäme, daß Margret und Kathrin Cousinen sind. Wenn dann noch beide ein Verhältnis zu Gellberg hätten, wäre zusätzlich zum Kindheitsmuster ein weiterer Strang zur Gegenwart gelegt. Oder, noch besser, Margret, Kathrin und Gellberg stecken mit Neumann unter einer Decke. Sie wollen Angelika ausschalten. Aber welche Rolle spielt dann Josef?

Angelika sieht plötzlich klar. So rational kommen wir nicht weiter. Der Schutzengel, das sind viele Stimmen, das ist ein fein vernetztes, multiples Stimmengewirr. Es ist zunächst unerheblich, wer dahintersteht, man muß das Motiv begreifen. Fakt ist doch, daß das, was wir verstandesmäßig gelten lassen, rein kulturell geprägt ist. In Kambodscha beispielsweise haben Träume Realitätscharakter, und mit guten oder bösen Geistern zu verhandeln, gilt als völlig normal. Magische Kühe, Schildkröten und Schlangen werden verehrt und gefürchtet, und niemand findet es merkwürdig, zur Verhinderung eines drohenden Krieges seine Haare zu opfern.

Natürlich halten wir diese Leute für minderbemittelt, und wir leisten mit unseren Talkshows weltweit Entwicklungshilfe, indem bald gar nichts mehr gilt. Aus der Logorrhöe wird ein allesdurchdringender Sozialsmog, der sämtliche

Beziehungen und Themen entwertet, das immerwährende Gelaber mündet in ein weißes Rauschen, und der Schwachsinn wird magnetisch. Liebe und Tod haben die unwiderstehliche Anziehung von schwarzen Löchern, hier nichten nur noch Nichtse, davor und dahinter steht nichts.

Und warum? hört sich Angelika in einem halluzinatorischen Wachzustand denken. Es liegt allein am inflationären Verfall der Sprache, am kommunikativen Overkill durch die permanente Vernetzung. Wir unterliegen laufend zahllosen Kommunikationsangeboten. Wir müssen uns pausenlos vor dem Zugriff der Handys schützen. Jederzeit können wir jegliche Art von Nachricht abrufen, aber die meisten Nachrichten gehen uns nichts an. Tag und Nacht werden wir von der diesbezüglichen Unzuständigkeit und der Ohnmacht schier erschlagen. Die Sprache sagt uns deshalb bald gar nichts mehr, wir können alles, was wie die Medien spricht, vergessen. Und damit auch jede Form herkömmlicher Therapie. Statt dessen müssen gerade wir Therapeuten lernen, interaktive Wege zu beschreiten, die uns bisher verborgen geblieben sind. Je nachhaltiger der Digital-Duktus den Fluß des Lebens zerstört, desto radikaler wird die robuste menschliche Seele nach Möglichkeiten suchen, diese zerhackte Lebensqualität wiederherzustellen. Eine davon ist die nonverbale Kommunikation. Man muß sich das vorstellen wie ein gestautes Flußbett, dem der Damm bricht. Und wo sich das Wasser die eigenen Bahnen gräbt, von denen wir noch nicht wissen, wohin –

Über dem Dozieren ist Angelika um halb acht endlich eingeschlafen.

Beim Frühstück zu viert auf der Terrasse ist sie wortkarg und vergrätzt. Da Margret und Kathrin offenkundig nicht mitbekommen haben, daß Josef scheinbar gestorben ist, wundern sie sich auch nicht über seine merkwürdige Auferstehung. Und Josef redet mit vollem Mund über Kunst.

Wenn Angelika tatsächlich mit der Kunst anfinge, dann würde sie sich nur noch mit der Wand beschäftigen, mit der luziden Transparenz von Mauern, wo in allen Schattierungen der Putz bröckelt, und wo sogar die Steine selbst bröckeln, weil die Masse der Mauer eine Illusion des Lichts ist. Angelika mißtraut der undurchdringlichen Dichte. Sie wollte sowieso schon immer mit dem Kopf durch die Wand. Und die Wand ist, wie der Mensch, aus Staub, denkt Angelika.

«Du bist so abwesend», sagt Margret. «Ist irgendwas?»

«Nein, ich bin nur müde.»

Angelika hat geträumt, sie schwebe in einem wunderbaren Licht, und ihr Leben zöge an ihr vorüber. Man müßte sie alle festnehmen, denkt sie zornig. Man müßte sie festnehmen und foltern. Das brächte vielleicht die Wahrheit aus ihnen heraus. Statt dessen diskutieren sie über Kunst und Poesie und das dichterische Schweigen, das wie jeder perverse Schwachsinn seinen Propheten hat.

«Paul Celan ist der gleiche Jahrgang wie mein Vater und übrigens auch der Papst», erzählt Kathrin, während sie sich einen Schuß Insulin durchs Hemd sticht, «aber im Gegensatz zum Papst und zuletzt auch zum Vater wird Paul Celan nie alt.»

«Warum nicht?» fragt Margret.

«Weil er mit neunundvierzig Jahren in die Seine sprang», erklärt Josef. «Das macht ihn unsterblich. Kürzlich habe ich nochmals seine berühmte Büchner-Preisrede von 1960 gelesen, und ich dachte, heute wäre so etwas nicht mehr möglich. Da würde sofort irgendein Fernsehfuzzi anrufen und sagen, ‹Herr Celan, diese Rede, die wir selbstverständlich mitgeschnitten haben, ist wirklich sehr interessant, aber ich verstehe sie nicht, und unsere Zuschauer wissen nicht, was ein Meridian ist. Das Wort Meridian haben wir deshalb herausschneiden müssen, um unsere Hörer nicht unnötig zu verwirren, und über den Satz ‹wer auf dem Kopf geht, der hat den Himmel als Abgrund unter sich› haben wir auf unserer Kulturkonferenz lange diskutiert. Wir waren einhellig der Meinung, daß Sie an dieser Stelle zu stark von Büchner abschweifen, wie Sie es im übrigen oft tun, und wir haben deshalb viel schneiden müssen, was eine ziemliche Arbeit war, und so entschuldigen Sie bitte, daß Sie für diese Rede, die in der sendefertigen Fassung nur noch zwei Minuten und neunzehn Sekunden dauert, kein Honorar bekommen, unser Etat ist erschöpft.›»

Alle lachen. Auch Angelika. Plötzlich, quasi mitten im Satz, steht Josef auf und geht.

Angelika geht auf die Toilette. Sie müßte Harry anrufen, um ihm von Josefs Auferstehung zu berichten. Statt dessen schneidet sie auf dem Rückweg das Telefonkabel durch. Draußen setzt sie sich wieder an den Tisch. Margret gießt ihr ein Glas Orangensaft ein.

«Erzähl mir was von deiner Familie», sagt Margret zu Kathrin, die in der Sonne hockt und in einem Topf mit Farbe rührt. «Wen kannst du am besten leiden?»

«Meinen Onkel. Er war großzügig, hatte ein offenes Haus und diskutierte selbst mit dem ärgsten Trottel. Kein Streit war ihm zu hoffnungslos. Fast bis zum Schluß konnte er sich wahnsinnig aufregen, er war gescheit, stur, und er neigte zum Fanatismus. Er führte überall den Vorsitz.»

«Ich mochte am liebsten meine Mutter», erklärt Margret. «Sie war, in jeder Hinsicht, radikal.»

Und ich hänge am meisten am Vater, denkt Angelika.

«Mein Vater», erzählt Kathrin, «wäre kurz vor Kriegsausbruch beinah ins KZ gekommen. ‹Mit einem Fuß›, sagte er, ‹stand ich im KZ.›» Sie rührt und stockt. «Dann kam der Krieg, und ‹den Krieg›, sagte er, ‹hat nur überlebt, wer eine Überzeugung hatte.›» Kathrin schweigt eine Weile. «Sie schickten ihn an Fronten, von denen keiner mehr zurückkehren sollte. Aber mein Vater kam zurück, er kam dreimal wieder.» Wieder macht sie eine längere Pause. «Er war gerade neunzehn Jahre alt gewesen, da hatte er einem Bischof das Leben gerettet. In den Geschichtsbüchern ist bis heute offen, wie der Bischof entkam, denn der Vater gab den Historikern keine Auskunft. Er sprach darüber nur mit mir.»

Das muß dich furchtbar belastet haben, denkt Angelika.

«Er lebte auf dabei, seine Augen glänzten, es wurde ein Rollenspiel daraus. Der Vater spielte alle Rollen, auch die der SS.»

«Wieso», meint Margret. «Wieso machte er das?»

«Er kam aus der Gefangenschaft zurück, voller Haß und vorauseilender Genugtuung, und da sah er sie wieder. Während er im Elsaß die Kühe melkte, hatten sie schon wieder ihre Posten eingenommen, und der Beamte Kunz, der ihm im Dritten Reich die Kennkarte ausgestellt hatte, stellte ihm auch jetzt wieder die Kennkarte aus. Es war alles wie vorher, und die Schulkameraden, die ihn hatten ins KZ stecken wollen, die wollten das immer noch. Das hat ihm, wie er sagte, ‹vollends das Genick gebrochen.›»

«Aber das war doch viel früher gewesen», wendet Margret ein. «Das war doch alles schon zwanzig, dreißig, vierzig Jahre her, als er dir das erzählt hat.»

«Zeit», erwidert Kathrin, «hat für meinen Vater keine Rolle mehr gespielt.»

Margret nickt.

«Bei uns ist unablässig über Hitler und den Krieg geredet worden. Als ich noch sehr klein war, dachte ich deshalb, der Krieg sei noch gar nicht vorbei. Ich glaubte, das seien Militärflugzeuge, die am Himmel weiße Streifen zogen. Und im Fernsehen sah ich blutige Männer, Soldaten, die schrien und heulten und brüllten in der Nacht.»

«Das war der Vietnamkrieg.» Margret lächelt. «Aber ich glaube, du hast es uns nur erzählt, um nicht über deinen Onkel sprechen zu müssen.»

Mit verschwitztem Gesicht springt Josef die Stufen herauf.

Josef wird erzählen, er könne nicht mit Hierarchien umgehen. Das sei eine Folge seiner Erziehung. Einerseits lehne er Hierarchien ab, er versuche, sich darüber hinwegzusetzen, andererseits habe er Angst davor.

Das wird allen am Tisch vertraut vorkommen, und es hat natürlich mit dem strengen, strafenden Vater zu tun, mit dem Papst und der katholischen Kirche, und damit, daß man immer etwas leisten muß oder leisten zu müssen glaubt, früher sauber sein muß als andere, und dann das, was danach kommt, der Drill, der Streß, und immer nur Einser. Und jeder will was anderes von einem, jedem muß man es recht machen, wobei freilich letztlich nur der Vater zählt, der strenge, strafende Vater.

«Das Lied vom Abschied und dem, was danach kommt», sagt Kathrin, «es sind immer die gleichen Schmerzpunkte, um die das Bewußtsein kreist, und mir fällt auf, daß ich allmählich die Lust verliere, mich an die Einzelheiten zu erinnern. Mein Onkel ist gestorben. Ich habe versagt. Über die Gründe habe ich schon so oft reden müssen, zwanghaft reden oder weil ich mich zum Reden gezwungen fühlte, daß sie jede Bedeutung verloren haben.» Sie rührt im Topf und sieht auf. «Ähnlich verhält es sich mit den Geschichten meines Vaters. Er hat das, was mal war, total totgeredet, so daß ich beim Zuhören schon die eine Hälfte wieder vergessen habe und mit dem Erinnern die andere, bis nun nichts mehr übrigbleibt als eine alles verzehrende Unlust.»

Angelika sieht, wie Margret lächelt. Sie beobachtet zum erstenmal, wie Margret an einer fremden Geschichte Anteil nimmt, ohne gleich wieder alles auf sich zu beziehen.

Josef schüttelt den Kopf. «Du machst es dir wirklich zu einfach, Kathrin.»

Kathrin sitzt da, mit offenem Mund, sie stiert in den Himmel und rührt. Dann springt sie plötzlich auf. «Wieso? Ihr versteht mich doch sowieso nicht. Ihr schlagt euch nicht mit dem Tod von zwei Vätern herum, die im Krieg gewesen sind. Ihr habt andere Probleme, denn eure Väter sind als Babys von den Bäumen gepurzelt, als der Faschismus aus war, und es gab in der Familie nie jemanden, der ihn, wie auch immer, erlebt hätte. Zumindest wurde nie darüber geredet. Zumindest niemals so wie bei uns, wo gebrüllt und geschrien wurde in der Nacht, während die Mutter auf einem Stuhl saß, weil sie keine Luft mehr bekam.»

Aha, denkt Angelika, jetzt ist es heraus. Das war also deine wunderbare Kindheit, Kathrin.

«Und dann?» fragt Margret.

«Im Alter ist der Vater dann ein strammer, aber alberner Nationalist geworden, der sich mit dem ‹Jugo›, bei dem er einkehrte, weil der Onkel dort einkehrte, der Vater hat sich also mit dem ‹Jugo›, dem Wirt, um die Fahrzeit gestritten, die man mit dem Auto von hier nach da braucht. Der Vater behauptete dies, der ‹Jugo› das, und dann haute der Vater auf den Tisch und brüllte: ‹Ich muß es wissen, ich bin ein Deutscher.›» Kathrin hebt den Topf vom Boden auf und prüft die Farbe. Rostrot. «Der Onkel hat ihn nicht gepackt und am Stammtisch hochgezogen, wie er es dreißig oder vierzig Jahre zuvor getan hätte, der Onkel ist selber schon alt und hinfällig gewesen, und er wäre auch vorher nicht mit dem Vater an einem Stammtisch gesessen. Erst im Alter haben sie einander gesucht, ich glaube, der Vater hat mehr den Onkel gesucht, vielleicht, um ihm beim Sterben zuzusehen, weil er ihn doch zeitlebens gehaßt hat. Vielleicht wollte er ihn einmal im Leben übertrumpfen, und sei es auch nur noch, als es ans Sterben ging. Aber dann war der Vater doch als erster tot, und man könnte es natürlich auch umdrehen und sagen, er hatte dem Onkel endlich für alle Ewigkeit etwas voraus.»

Josef und Margret tauschen einen Blick, der in Angelika auf einmal den Verdacht weckt, sie müßten sich schon sehr lange kennen.

«Der Vater sah stets in sich hinein, wenn er mir, was meistens der Fall war, nicht richtig zuhörte. Der Onkel hörte auch nicht zu, aber er blickte in eine lichte Ferne dabei, und vielleicht sahen sie beide das gleiche. Den Schützengraben. Oder den Kopf des Kommandanten, der rollte. Oder das Bein eines Kameraden, das vom Himmel fiel.»

Kathrin stockt. Es ist heiß, es ist so heiß, daß man nicht mehr denken kann. Und es gibt nichts mehr, nur noch diesen siedenden Augenblick, hier auf der Terrasse. Das wird bleiben, der Falter, der taumelt, das Rascheln, das Blau.

«Der Vater hatte hellblaue Augen mit rotbraunen Punkten darin, die strahlten wie Sommersprossen. Der Onkel hatte braune Augen mit leuchtend olivgrünen Rändern. Es ist komisch, daß solche ungewöhnlichen Augen im Krieg gewesen sind, und daß sie das alles mit angesehen haben, und man kann vielleicht nicht erwarten, daß sie einen dreißig Jahre später auch ansehen sollen, dieselben Augen, die all die Enthaupteten und Zerstückelten angesehen haben, die Fieberaugen und Hungeraugen und die Augen der Täter. Es bleiben doch stets dieselben Augen, und auch wenn sie nicht erloschen sind, so bleiben sie doch blind.»

Margret steht von ihrem Stuhl auf, streicht ihren Rock glatt und setzt sich wieder hin. Josef schlägt die Beine übereinander. Angelika sieht zu, wie ihr Brustkorb sich hebt und senkt.

Kathrin stellt den Topf ab und legt sich auf den Rücken. Der Onkel habe schon so oft die Frage wiederholt, «Was brennt am Holz?», daß die Antwort, die sie auf Kommando habe geben müssen, längst zum Gassenhauer geworden sei, als sie daraufhin auch zum hundertsten Mal noch ausgerufen habe: «Das Gas!»

Niemand fragt Kathrin, wie sie jetzt darauf kommt. Angelika spürt eine eigenartige Spannung.

«Obwohl es freilich das Gas ist, das brennt. Wer nicht begreift, daß es das Gas ist, das brennt am Holz, der wird nichts begreifen, gar nichts, der wird nie begreifen, wann eine revolutionäre Situation entsteht, ‹wann entsteht eine revolutionäre Situation?›» Kathrin spricht jetzt mit ihrer Kinderstimme. «Wenn die Beherrschten nicht mehr wollen und die Herrscher nicht mehr können, Onkel, wie es das Gas ist, das brennt, es ist immer das Gas und niemals das Holz und nur Trottel und Dorfdeppen sind so dackelhaft, um das Wesentlichste nicht zu begreifen, und deshalb entsteht auch keine revolutionäre Situation.» Kathrin setzt sich auf und grinst. «Ende der Anekdote. ‹Der Onkel entflammte ein Streichholz, er zog an der Zigarre und blies Schwaden in die Luft.› So, nicht wahr, lieber Josef, das ist ein schöner letzter Satz.»

Josef springt auf. Er wird rot, sein Mundwinkel zuckt.

O Angelika, ich will nicht sehen, was ich jetzt sehe, eine Blitzvision von abscheulicher Schärfe: Josef ruft an, und ihr geht am Abend essen.

«Ja, ich bin's.»

«Du bist's.»

«Ja. Ich wollt dir nur sagen, daß wir heut abend zusammen essen gehn.»

«Essen? Wieso? Wie kommst du darauf?»

«Ja.»

«Josef, bist du mir noch böse?»

«Wieso?»

«Weil ich deine Notizen gelesen habe. Willst du drüber reden?»

«Nein, laß. Ich bin dir nicht mehr böse.»

Es dunkelt. Angelika steht am Fenster und schaut hinunter auf die graue Silhouette der Altstadt. Plötzlich denkt sie an ihren Kunstlehrer. Vor Jahren war auch er Gast in der Casa Baldi gewesen, und im Regal liegt, unter dem Debütroman von Dollinger, noch sein Katalog. Er hatte mit massiven Oberflächen angefangen. Unter seinen Händen sind sie porös geworden. Sie wichen dem Licht, einem Licht, das dermaßen durchlässig schien, daß es zuletzt von der Seite des Todes herkam. Vor drei Jahren hat sich ihr ehemaliger Kunstlehrer inmitten seiner Arbeiten das Leben genommen, und Angelika erfuhr nachträglich, was sie als Schülerin nur andeutungsweise geahnt hatte: Er hatte jahrelang unter schwersten Schmerzen gelitten, und keiner wußte, warum.

Der abwesende Blick des Kunstlehrers, der nie zuhörte oder zumindest so aussah, als hörte er nicht zu, der abwesende Blick der Ausdruck dieses Schmerzes gewesen.

Wieder ist die Sicht klar, und nur von vereinzelten Flecken durchsetzt. Außen, Nacht. Ab und zu Flimmern. Ich sehe das trübe Gesicht von Josef, der neben Dir am Tisch sitzt. Margret schläft in einem Liegestuhl. Kathrin grölt mit einem dicken Mann Puccini. Der Wirt bringt noch mehr Weißwein in die Laube, aber Du kannst nichts mehr trinken. Du wirst alles doppelt sehen und dabei so erschöpft sein, daß Du merkst, es naht ein Ende, und an dieses Ende muß wieder ein Anfang knüpfen, Du wirst Dich also beherrschen, reiß Dich zusammen, Angelika, denn alles geht weiter irgendwie, und Du willst jetzt noch nicht tot umfallen, gerade jetzt willst Du es nicht. Du findest besoffene Weiber zum Kotzen, das kannst Du morgen mit Kathrin klären, es ist mitten in der Nacht, jetzt klärst Du erstmal die Sache mit Josef. Du bist noch in der Lage zu bedauern, daß Du den Wortlaut des Gesprächs nicht behalten wirst, weil die Tonspur in Deinem Kopf schon eiert, Du bist nicht betrunken, aber auch nicht mehr nüchtern, und gerade jetzt würdest Du gern nüchtern gewesen sein, weil Du jetzt, übermüdet, ausgelaugt, kurz vor dem Kollaps, in einem Schwall von Puccini einem der irresten Momente zustrudelst, wobei Du immer noch nicht kapierst, daß Du für eine Urlaubsbekanntschaft Dein Leben riskierst.
Ein letztes Mal: ich warne Dich vor Josef. Zunächst sah ich voraus, daß er Dich ins Unglück stürzt. Was prompt eingetroffen ist, denn Du kannst mir nicht weismachen, daß Dir seine vorschnell intime und dabei unnahbare Art guttut. Er ist verrückt, und wenn man ihn nicht in Ruhe läßt, dann greift er zum Messer.

Zwischenspiel

Manchmal kommt sie Wochen nicht mehr. Und wenn er dann denkt, sie sei weg, für immer verschwunden, überfällt sie ihn mit um so größerer Grausamkeit. Sie hat kein Gesicht, aber sie nimmt ihm auch seines. Sie hinterläßt eine Fratze an der Stelle, wo sein Gesicht gewesen ist.

Zur Zeit kommen die Schübe fast täglich. Der Migräne gehen intensive Visionen voraus, die durch eine spontane Impulsentladung in den Nervenzellen der Sehrinde entstehen. Einen Augenblick lang glaubt er dann, er sei hellsichtig.

Er hat seine Muttersprache verloren. Den finsteren Dialekt seiner Mutter. Den Bantle-Duktus von Sindelfingen. Er ist sprachlos. Er schwitzt. Seine Hände zittern. Sein Lid zuckt. Seine Gesichtsmuskeln sind angespannt. Er fühlt sich gelähmt. Gleichzeitig spürt er eine galoppierende Unruhe, seinen Körper durchspülen Hitze- und Kältewellen, er hat kalte, feuchte Hände, sein Mund ist trocken, er hat einen Kloß im Hals, sein Magen rebelliert, er muß kotzen, er kriegt keine Luft. Sein Herz rast, ihm ist schwindlig, er erstickt. Gleich wird er vom Stuhl fallen und sterben, aber nichts passiert.

Der Bildschirm flimmert. Darauf formieren sich Balken und Ecken. Man nennt das Festungsillusion, was da in seinem Gehirn passiert, aber es nützt ihm nichts, daß er das weiß, es hilft ihm nicht, daß er seinen Zustand orten kann.

Er muß einen längeren Text schreiben. Deutsch ist für ihn eine Fremdsprache. Sie ist ihm fremd. Von jeher hat ihn deshalb das Schreiben geängstigt. Er hatte Angst vorm leeren Blatt, und nun hat er Angst vorm leeren Bildschirm. Die ist unvergleichlich größer, weil er nicht mehr versteht, was da abläuft. Da er den eigenen Schreibprozeß nicht mehr begreifen kann, fühlt er sich ausgeliefert, abhängig von einer mörderischen Maschine. Ihm fehlt über sein eigenes Tun die Kontrolle.

Dabei schreiben doch alle seine Kollegen mit dem Computer. Er fängt erst jetzt damit an. Er dachte, was die anderen können, kann ich auch, und jetzt ist der Moment, mir das beizubringen. Er hat keine Schwierigkeiten mit der Technik. Aber er hat sich überschätzt, er hat gedacht, er könnte dieses Flimmern vor seinen Augen aushalten. Sein rechtes Handgelenk schmerzt. Er ist ausgeprägter Rechtshänder. Darum muß er lernen, auf der Tastatur mehr die linke Hand einzusetzen. Er weiß nicht, wie er das schaffen soll.

Er ist allein im Zimmer, niemand ahnt, wie es ihm geht. Seine Ausdrucksweise gilt als brillant. Sein Verlag hat einen großzügigen Vorschuß bezahlt. Jeden Abend druckt er mehrere Seiten aus. Der Stapel wächst. Was auf dem Papier steht, liest sich nicht schlecht. Aber um diesen Preis. Und er hat nur noch eine Woche Zeit.

Und dann diese Frau. Sie ruft ihn jeden Tag an. Sie hat immer noch nicht begriffen, daß sie ihm damit auf die Nerven geht. Dabei ist sie sehr anziehend. Sex lindert die Symptome. Im Bett ist er angstfrei. Es war gut mit ihr im Bett.

Immer wieder. Sie ließ ihn spüren, daß sie ihn liebte, und er will dieses Spiel nicht missen. Trotzdem weiß er nicht, ob es mit ihr weitergeht, und noch weniger weiß er, wie er sie loswerden soll.

Dabei will er sie gar nicht loswerden. Er will sie ab und zu sehen, ein Glas Wein mit ihr trinken, ins Bett. Ihr Körper ist zart und straff. Sie hat große, feste Brüste, und die Brustwarzen richten sich auf, wenn er daran saugt. Sie streichelt ihn mit den Wangen, seinen Rücken, seinen Bauch, seinen Schwanz. Sie vergräbt ihr Gesicht zwischen seinen Beinen. Sie weint, wenn er in sie eindringt. Sie fährt mit der Zunge an der Innenseite seiner Zähne entlang. Zwischen Männern und Frauen ist das Freundschaft. Aber sie hat da irgend etwas mißverstanden.

Er liebt, wenn überhaupt, eine andere Frau. Eine Frau, die er nicht bekommt. Er liebt sie, weil er sie nicht bekommt. Er will, daß sie ihn anruft, daß sie sich um ihn kümmert, daß er sich um sie sorgen kann. Er wartet darauf, daß das Telefon klingelt.

OLEVANO, 15. TAG Zum Abschied von Margret wird am Abend ein kleines Essen gegeben, Gäste aus Rom werden erwartet, und Angelika muß noch sehr viel vorbereiten. Aber sie hat immer schon gern und großzügig eingeladen, sie hat es als Kind so gelernt, in der Vorstadt, wo die Mutter von früh bis in die Nacht damit beschäftigt war, ihren Gästen unausgesetzt zu Willen zu sein. Alles, was sie tat, hat ausschließlich der Zufriedenheit ihrer Gäste gedient, weil sie keine fünf Minuten mit ihrer Tochter allein sein konnte, und für Angelika ist dieses Dienen und Bedienen und Achtgeben und Helfen zu einem Grundbestandteil ihrer Persönlichkeit geworden. Sie handelt gern und großzügig gegen ihre Interessen. Sie ist pausenlos um fremdes Wohl besorgt, auch um den Preis des völligen Verzichts, was nicht heißt, daß sie sich ausnutzen läßt. Angelika verfolgt vielmehr ein sehr eigenes Interesse: Sie bewirtet gern Gäste, um die Gäste dabei zu beobachten, wie sie sich von ihr bewirten lassen.

Von Thies allerdings hat ihr das schon herbe Kritik eingetragen. Er warf ihr vor, sie strebe insgeheim allzusehr zum Mittelpunkt, sie wolle mit allen ins Bett und halte sich für eine verkannte Diva, und sie leide unter der Schuld, die aus der Angst erwächst, sein eigentliches Leben zu verfehlen. Dabei leidet er sehr viel mehr darunter, daß er in seinem Hamsterrad gefangen ist, denkt Angelika. Er gibt es bloß nicht zu.

Kathrin holt in Rom die Gäste ab, die Angelika noch gar nicht kennt. Trotzdem ist es ihr Essen, ihr Abschiedsessen für Margret, die an der Spüle steht und Kartoffeln schält.

«Was kommen da für Leute?» Ihre Stimme klingt selbstbewußt, ihr Haar glänzt hell und frisch gewaschen. Margret hat sich wieder gefangen, ihre Wahrnehmung paßt wieder zur Realität der andern. Offenbar hat sich etwas in ihr gelöst.

Angelika lacht. «Lauter Künstler. Und lauter frische Singles. Irgendwie scheint es unausweichlich zu sein, daß man sich in Rom trennt.»

«Wieso?»

Angelika zuckt die Schultern. «Im Angesicht des Stipendiums erkennen offenbar fast alle Stipendiaten, daß sie den Mund, der ihnen den Nabel küßt, nicht ausstehen können.»

«Und du? Trennst du dich?»

Margret ist nicht Angelikas Freundin. Margret nimmt teil

an ihrem Projekt. Angelika hat es damals, vor fünf, sechs Jahren, abgelehnt, die Gruppe darüber zu informieren, daß ihre Ehe gescheitert war. Sie spricht mit ihren Klienten so gut wie nie über ihr Privatleben. Für Margret ist Angelika deshalb immer noch glücklich verheiratet. «Aber ich bin doch nur als Gast hier.»

«Trotzdem.»

Angelika überlegt. Irgendwann sollte sie vielleicht einen vorsichtigen Vorstoß machen. «Nein, ich werde mich von Thies nicht trennen. Zu dieser Befürchtung besteht nicht der geringste Anlaß, obwohl sich vielleicht durch die Entfernung etwas zwischen uns verändert, durch einen falsch gesagten oder nicht gesagten Satz eine Verunsicherung auftritt, eine Distanz einkehrt, die wir beide nicht wollen können, gegen die wir aber machtlos sein werden. Und wir werden zusehen müssen, wie das Fragliche, das am Anfang vielleicht nur ein Anflug von Zagen war, ein Moment des Tastens, allmählich ein Loch in unsere Vertrautheit frißt, hinter dem sich wachsendes Unbehagen auftut, bis wir darüber sprechen müssen und merken, wir sind am Ende.»

«Nie wieder eine Nacht mit dir.»

«Nie wieder?»

«Nie.»

«Ich wollte dich loswerden, Josef.»

«Ich weiß. Aber du wirst mich nicht los.»

«Es dauerte fast vier Stunden, bis Hilfe kam.»

«Das waren keine vier Stunden.»

«Ich saß da und wünschte, du wärst tot.»

«Du wirst mich nicht los.»

«Ich werd dich nicht los?»

«Nein.»

«Tja. Ich ließ dich da einfach liegen! Ich habe keine Erste Hilfe geleistet! Grober kann ich nicht sein.»

«Das war nicht grob. Das war treuherzig.»

«Treuherzig? Oh, du bist ein Schuft, du bist ein Schwein.»

«Mir kommt das ausgedacht vor.»

«Stimmt. Ich habe vier Stunden dagesessen und darüber nachgedacht, wie befreiend es ist, wenn du tot bist.»

«Und dann ist das alles, was du mir jetzt zu sagen hast?»

«Ich habe gesagt, daß mich deine Art der Freundschaft nicht interessiert, daß sie mich langweilt, und ich hätte genug solcher Freunde. Du lebst, aber lebe bitte weiterhin ohne mich. Das finde ich ganz schön hart.»

«Da bin ich andere Härten gewohnt.»

«Ich auch, Josef. Und du bist der erste, dem ich nichts mehr davon erzählen muß.»

Letzte Nacht schlief Angelika wieder in Josefs Bett, und er starb diesmal nicht. Er suchte verzweifelt ihre Nähe, aber nur bis zu einem gewissen Punkt. Und das erinnerte Angelika wieder an Gellberg, der sich nackt in ihr Bett gelegt hatte, während er sie weiterhin siezte. Aber das war mitten in einem Mordfall gewesen, der sie beide an den Rand des Verstands gebracht hatte.

Angelikas Lippen hatten Josefs gesucht. «Gute Nacht.»

«Na gut. Ein Kuß auf die Backe.»

«Bitte nicht.»

«Mehr hab ich nicht. Ich bin so. Ich kann nicht aus mir heraus.»

«Josef. Du jammerst mir zuviel.»

«Warte. Ich schlaf auf dem Boden.»

«Jetzt spinn nicht.»
«Und dann fühlst du dich wieder unerotisch.»
«Es gibt Schlimmeres.»

Liebe Angelika! Verlieben dürfen müßtest Du Dich! Entscheidend ist, daß der andere die eigenen Gefühle erlaubt, nicht, daß er sie erwidert. Ach, und ich sehe irgendwo auf der Straße den Neuen, Josef, der soeben den Blinker setzt. Er verschwindet schon wieder, er zieht sich zurück, und das ist gut für Deine Gesundheit. Die Geschichte wird immer kreuzgefährlicher, aber sie hat noch keinen Schluß, und obwohl ich derzeit vieles voraussehe, ungewöhnlich vieles, kann unsereiner nur begleiten, nicht eingreifen. Was allerdings das Verlieben angeht, so hast Du allein mit ULIs Hilfe in der Vergangenheit bereits viel Geschick bewiesen, um aus einem Stein eine Statue zu machen, aus einem Torso einen großen Denker.
Ich weiß nicht, wie tragisch das alles enden muß. Ich sehe jetzt nur so weit: Du glaubst, es ist endlich der Beginn einer wunderbaren Freundschaft. Da irrst Du Dich. Du und Josef, Ihr werdet bald inmitten einer größeren Gruppe von Künstlern sitzen und hinterher bei Kerzenschein über all die frisch Verlassenen lästern und über die sich paarweise tröstenden Stipendiumsinhaber. Josef wird sagen, da mache er nicht mit, und Du solltest diesen Satz ernst nehmen. Josef ist keiner, der sich für andere ins Feuer legt. Josef geht über Leichen.

Lieber Schutzengel! Du wirst mir langsam zu moralisch. Dabei kriegst Du das Entscheidende gar nicht mit. Beispielsweise, daß Josef am Wochenende einen sehr ernsten Kreislaufzusammenbruch hatte. Ich hielt ihn für tot, und Du behauptest, er bedrohe mich. Du stocherst im Nebel, Du ahnst nicht, was hier wirklich geschieht, und daher glaube ich auch nicht mehr an Deine Einflußmöglichkeiten. Auch wenn Du er-

staunlich viele Details erkennst, Dir fehlt der Überblick, Dir fehlt die ganz große Vision. Und der italienischen Post mangelt es bisweilen an Pünktlichkeit, sie bringt andauernd die Chronologie durcheinander. Deshalb halte ich es für vergebliche Mühe, Dir zu antworten, und breche hiermit den Kontakt ab. Angelika.

Während der Siesta im Liegestuhl war sie zu dem Schluß gekommen, daß es im Augenblick keinen Schuldigen gab. Die Kommunikationsweise des Schutzengels hing mit vorsprachlichen Mustern zusammen, in die sie alle irgendwie verwoben waren. Margret. Kathrin. Josef. Selbst Harry. Es wäre unmöglich gewesen, mit Harry so offen zu reden, wenn er Italienisch gesprochen hätte. Nicht nur deshalb, weil Angelika die Sprache nicht richtig beherrschte, sondern vor allem auch deshalb, weil jede Sprache einen kulturell erzeugten, eigenen vorsprachlichen Hof hat, der tiefer in die frühe Kindheit hineinreicht, als es die Sprache selber jemals kann.

Vielleicht, dachte Angelika, rühren Dichter wie Paul Celan an diesen Hof, Paul Celan, der seine Eltern im KZ verloren hat; dann ist das dichterische Schweigen doch kein perverser Schwachsinn, ich nehme alles zurück. Vermutlich verfügt der Schutzengel über bedeutende sprachliche und damit vorsprachliche Möglichkeiten, vermutlich leidet er zugleich unter einer schweren Sprachhemmung. Er wurde während des Spracherwerbs traumatisiert. Oder er hat seine Muttersprache verloren. Vielleicht sprach er als Kleinkind einen entlegenen Dialekt, und er siedelte über in eine fremde Sprachgemeinschaft, die seine Wurzeln unterdrückt. Vielleicht wurde er über dem Verlust seiner Muttersprache hellsichtig. Wer immer sich Schutzengel nennt und seiner frühkindlichen, vorsprachlichen Stimme aus Not diesen Ausdruck verleiht, er ist Teil eines seelischen Systems, zu dem auch ich zähle. Der Schutzengel ist nicht irgendeiner meiner durchgeknallten Patienten, der Schutzengel ist tatsächlich Teil meiner allernächsten Umgebung.

Wieder streift Angelika der Gedanke, daß Kathrin dahintersteckt. Aber welche Absicht könnte sie damit verfolgen, Angelikas Rechner nach Rom zu bringen und möglicherweise dort mit dem Graphikprogramm die Poststempel zu fälschen? Noch merkwürdiger wäre es, wenn Kathrin die Briefe von Rom aus nach Hamburg faxen und ein Unbekannter sie dort in Angelikas Rechner eingeben würde. Kathrin ist Architektin, sie hat gelernt, Schriften zu imitieren. Aber sie ist Linkshänderin, und so, wie sie den Füller hält, führt das niemals zum Ergebnis. Kathrin hat also weder die Umschläge beschriftet, noch die Briefe unterschrieben.

Rein theoretisch wäre es trotzdem möglich, überlegte Angelika, daß Kathrin tatsächlich andauernd zwischen Hamburg und Rom hin und her jettet, aber sie hat kein Geld und leidet zudem unter Flugangst.

Hellwach dämmerte Angelika in ihrem Liegestuhl, das Laub rauschte, schwere Schatten hatten sich zwischen die Blätter gelegt, der Sommer stand hoch im Zenit. Angelika dachte über Josefs seltsamen Kollaps nach. Sie ist keine Pathologin, aber der scheinbar scheintote Zustand, in den Josefs Körper übergegangen war, erinnerte an eine Morphinvergiftung.

Am Spätnachmittag kam ein dicklicher Junge von der Telecom Italia und wechselte endlich den Apparat aus. Das Knacken und Rauschen war weg. Angelika rief Harry an.

«Haben sie Josef im Krankenhaus Blut entnommen? Liegen die Befunde vor?»

«Das weiß ich doch nicht.»

«Dann fahren Sie nach Palestrina und finden Sie's heraus.»

«Wie geht es Josef?»

«Bestens.»

«Ich bin – wie nennt man das – Streifenpolizist, Signora.»

«Eben.»

Eine halbe Stunde später rief Harry zurück. «Sie fanden Reste eines langwirkenden Barbiturats, das in Italien nicht im Handel ist. Der Blutspiegel lag bei zwei Milligramm pro Liter, also sehr niedrig. Höher war der Blutalkoholgehalt mit einem Restalkohol von 0,6 Promille.»

«Mein Gott», entgegnete Angelika grimmig. «Der Mann lebt ja noch viel gesünder, als ich gedacht habe.» Ihr fiel auf, sie klang wie Gellberg. «Sonst nichts?»

«Nein, was?»

«Psychopharmaka. Drogen. Benzodiazepine. Heroin.»

«Nein, nichts. Gar nichts. Aber Ihr Patient hat einen leicht erhöhten Cholesterinspiegel. Richten Sie ihm aus, er soll mehr Salat essen.»

Aus Rom kommen Valerie, Nathalie und Wolf Anderle, der Sohn des attraktiven und gescheiten Kunsthistorikers um die Sechzig, vor dem sich Kathrin fürchtet. Alle drei sind Stipendiaten und bildende Künstler. Valerie und Nathalie tuscheln und kichern unentwegt. Kathrin umschwebt sie in ihrem weiten, gebatikten, grellgelben Kleid. Sie hat in Italien fürchterlich zugenommen, denkt Angelika. Sie frißt zuviel. Außerdem sollte sie sich wieder eine Glatze rasieren. Ihr stehen keine blondierten Locken.

Kathrin ist braungebrannt und aufgekratzt, sie sieht aus wie fünfundzwanzig. Angelika wirkt dagegen blutarm und bläßlich, und sie fragt sich, ob sie deshalb so schlechte Laune hat. Unentwegt trägt sie Flaschen und Gläser aus dem Haus, es folgen Teller, Schüsseln, Kerzen, Brot und Besteck. Erst als auf der Terrasse gedeckt ist, merkt sie, sie hat das Tischtuch vergessen. Margret steht am Herd und rührt Lachs und Dill in die Kartoffelsuppe. Ihr Duschzwang hat sich offenbar erledigt. Vielleicht liegt es am eiskalten Wasser, aber das Bad ist meistens trocken.

Josef stürmt grußlos in die Küche und überreicht Margret einen Strauß fleischiger Tomaten. Margret wird rot. Schnell pflückt sie eine Tomate und beißt hinein.

«Zunächst verstand ich das nicht, ich verstand die 25 000 Lire nicht, die Angelika hier für eine banale Übernachtung an die Villa Massimo zahlen muß», hören sie Kathrin draußen sagen. «Sie zahlt, weil ich nicht lesbisch bin. Wenn ich mit ihr schlafen würde, müßte sie nichts zahlen, gar nichts. Sexualpartner sind frei, Lebensgefährten nicht. Denn wir leben ja zusammen. Erst allmählich habe ich begriffen, die Villa Massimo kann von den Nutznießern des Intimverkehrs einfach kein Geld verlangen. Sonst wäre die Deutsche Akademie nämlich ein Freudenhaus. Und welcher Kulturminister will sich schon sagen lassen, daß er auf Staatskosten ein als Akademie getarntes Bordell im Ausland betreibt.»

Alle lachen. Auch Angelika.

OLEVANO, 16. TAG *Ich weiß wirklich nicht, was ULI sich dabei gedacht haben wird, bei dieser nächtlichen Szenerie vor dem romantischen Panorama, aber ULIs Weisheit ist un-*

ergründlich. Im Moment bist allerdings auch Du noch weit davon entfernt, dem dubiosen Sinn von ULIs Schöpferkraft zu begegnen. Du bist zerstochen, verzittert, und Du fröstelst. Als hätte man Dir die Haut abgezogen, dabei hast Du nur einen Kater. Vielleicht ist es der Zigarrenrauch, weshalb Kathrin von den Insekten in Ruhe gelassen wird, gegen Stechmücken ist unsereins machtlos, und jetzt bist Du voller Stiche, die zu 500-Lire-Größe anschwellen. Gleichzeitig macht Dir wieder alles mögliche angst, und jede Angst, die Dir einfällt, besetzt Dich und Deinen Körper völlig, weshalb die neue die alte Angst verdrängt, bevor sie selber verdrängt wird, und wie im Reigen geben sich die Ängste die Hand und tanzen Ringelreihen mit Dir. Obwohl es draußen sehr warm ist, hast Du Hühnerhaut und eiskalte Hände und Füße, Dir ist schwindlig, Dein Kopf ist leer, Du hast kalten Schweiß auf der Stirn und fühlst Dich vollends vergiftet. Du merkst außerdem, daß Du gleich Deine Tage bekommst, was Dich stets in eine sehr interessante Depression stürzt.

Trotzdem schätzt Angelika die Verlangsamung, der man unterworfen ist, wenn man einen Kater und außerdem gleich seine Tage hat, sie schätzt die Durchlässigkeit der Haut und das ungeschützte Zurückgeworfensein auf sich selber. Nie sei man ehrlicher, meinte sie am Abend, während sie ein Salatblatt aufspießte, als wenn sich bei einem Kater die Perspektive um ein paar Grade verschiebe, und man wundere sich wieder über die Worte, die man wochenlang achtlos verloren habe, und man sehe, wo sie verfehlt seien, man sehe alles Verfehlte, weshalb es einen dann friere. Aber Nathalie hat daraufhin der nächtlichen Runde erklärt, das sei ein totaler Scheißdreck.

Das sind nicht die himmlischen Entgleisungen, um die es

der Kunst geht, wenn Nathalie über die Konsistenz der Linsen meckert, während sie diese Linsen ißt, dachte Angelika. Mit einem Mund voller Linsen! Da sie neben ihr saß, überlegte sie sich, ihren Teller zu nehmen und ihn Nathalie sanft, aber nachhaltig ins Gesicht zu drücken. Sie tat es nicht. Sie versäumte auch, sie zu fragen, ob die Linsen sie an irgend etwas Schmutziges aus der Kindheit erinnerten. Nathalie bedankte sich, indem sie mit dem Stuhlbein auf Angelikas nacktem Fuß herumrutschte, aus Versehen natürlich.

«Entschuldigung», sagte Angelika mechanisch. «Du stehst mit dem Stuhl auf meinem Fuß.»

Kathrin und Valerie fingen an, hysterisch zu lachen.

«Bestimmten Härten», meinte daraufhin Josef, «muß man mit noch viel größerer Härte begegnen.»

Margret stürmte nach drinnen, weil sie Durchfall hatte.

Bei diesem ausladenden Essen, das aus mehreren Gängen und drei verschiedenen Nachtischen bestand, tranken sie mindestens zwölf Sorten Weißwein. Bis gegen Morgen saßen sie auf der stockschwarzen Terrasse, Stromausfall, Angelika hatte bei Kerzenschein Kaffee gekocht, die Küche lag im Kerzenschimmer, und sie überlegte sich, wenigstens noch ihre Briefe zu retten, bevor mit den Kerzen die Casa Baldi abbrannte. Sie brannte aber nicht ab, obwohl es das einzige gewesen wäre, was dem Ganzen noch hätte eine amüsante Wendung geben können.

Wolf Anderle und Josef duellierten sich mit Vorträgen über Abstraktion, aber sie kamen mit ihrer Weisheit nicht durch, weil die drei Künstlerinnen beschlossen hatten, sich aufzuführen wie der entfesselte Geist der von ihnen als verabscheuungswürdig gebrandmarkten Provinz. Während die Männerwelt dozierte, stellten Nathalie und Valerie einen profanen Weltrekord nach dem anderen auf, Kathrin laberte dazwischen, Margret lief zum Klo, und Angelika sagte nicht, wie sie vielleicht hätte sagen sollen, daß es gerade diese verspannte Situation sei, die den besten Kater zaubere, und daß sie sich schon freue darauf, damit jeder weiteren Zumutung auszuweichen.

Dann kriegten Valerie und Nathalie nächtens im Mondschein plötzlich ihren Rappel. Während Angelika noch mehr Wein brachte, sorgten sie sich lauthals um ihr galoppierendes Alter, Kathrin sang Puccini, mitten im Geschrei wollte Angelika mit Josef die schiere Zukunft klären, aber es hat ihn alles nicht interessiert.

Wolf Anderle erzählte aus der Villa Massimo, er erzählte von seinem Stipendiatenkoller. Nach einem Dreivierteljahr hinter den Bewegungsmeldern der Deutschen Akademie habe er mit den typischen Stammheim-Symptomen reagiert, er habe getobt und sich auf dem Boden gewälzt. «Ein Wahnsinn», sagte Wolf, während er die Tagliatelle auf die Gabel drehte, «eine Mischung aus Delirium und Isolationsfolter.» Er lud alle ein, ihn gleich am nächsten Tag zu besuchen.

Das Telefon klingelte. Nathalie sagte, «dein Telefon klingelt», aber Kathrin machte keine Anstalten, aufzustehen. Es klingelte und klingelte. Kathrin erklärte, das kenne sie schon, und sie würde es sowieso nicht schaffen. In dem Augenblick, wo sie abhebe, abgehetzt und keuchend, verstumme das Läuten immer, und manchmal höre sie noch jenes fast zärtliche Knacken, wenn ein Hörer auf eine Gabel treffe. Während es weiterklingelte, führte Kathrin aus, daß ihr restliches Leben anders verlaufen würde, wenn sie endlich aufstünde und ranginge. Da sie das aber nicht wolle, weil sie mit ihrer konkreten Zukunft momentan einverstanden sei, gehe sie eben nicht ran, sagte Kathrin.

Woraufhin Valerie sich weigerte, sich von Margret sagen zu lassen, wann die Sonne aufgeht. Valerie wußte es nicht, sie schätzte nur grob, sie schätzte grob falsch, aber sie ließ sich von Margret nicht sagen, wann die Sonne aufgeht.

Nun ist Margret abgereist, sie ist mit Valerie, Nathalie und Wolf Anderle am Morgen zum Bus gegangen und hat an der Rampe noch ein wenig gewinkt. Josef schläft in Kathrins Bett. Kathrin wirft im Atelier Farbe an die Wand und beschallt das Tal mit mexikanischer Folklore. Angelika hat einen Kater, ihr Kreislauf spinnt, und sie beschließt, daß es nun reicht.

Mit dem Bus wirst Du nach Rom zu Wolf Anderle fahren, und in den Kurven bergabwärts wird Dir schwindlig werden. Du wirst einen stummen und nachtwachen Wolf vorfinden, den es erschöpft, keinerlei Alltag zu haben, der auf der Fluchtdistanz taumelt und beschließt, für fünf Tage durch Deutschland zu reisen, wobei er fast die ganze Zeit in Zügen verbringt. Wie bergend, wenn ein Kater uns zurück in die Schranken treibt, die wir kurzfristig meinten überschreiten zu müssen, die Schranken der Gastfreundschaft oder die Schranken der Dummheit, und manchmal ist es einfach nur die überkandidelte Neugier, die Psychologin möchte sich Erfahrungen aussetzen, die sie in Wirklichkeit nirgendwo machen kann.

Dann gab es in der Nacht auch noch Krach wegen der Katze. Kathrin warf Angelika vor, daß sie ihr einerseits zu fressen gebe, sie aber andererseits hinauswerfe.

Mit einer Engelsgeduld versuchte Angelika zu erklären, daß es für sie kein Widerspruch sei, die Katze zu füttern, sie aber trotzdem nicht in die Wohnung zu lassen. Deshalb versuche sie, draußen im Hof einen festen Platz einzurichten, wo die Katze abends ihr Futter bekomme. «Sie ist krank. Ich ertrage es nicht, wenn sie von meinem Teller frißt.»

Morgens hing die Katze wie gekreuzigt in der Balkontür. Sie stierte fordernd durch die Scheibe und schrie. Ihr ging das Fell aus, sie war wund, sie kratzte. Angelika fand Franca in der Waschküche und erklärte, sie gehe mit der Katze jetzt zum Arzt. Aber Franca meinte, sichtlich überrascht, das sei ihre Aufgabe. Zwei Stunden später ist die Sache geregelt. Die Katze bekommt ein Pulver.

Am Mittag erfaßt Angelika eine Panikattacke, ihr Herz rast, und sie kriegt keine Luft. Wahrscheinlich der Kreislauf oder vegetative Dystonie oder vielleicht auch nur der Blutdruck. Sie legt sich ins Bett, reißt aber weiterhin die Augen auf, weil sie fürchtet, einzuschlafen und nie wieder aufzuwachen. Ihr Herzschlag flattert, und es ist, als treibe sie in zittrigen Wogen dahin, während sie viel mehr Luft ein- als wieder ausatmen muß, um nicht blau anzulaufen, und sie springt auf, sieht in den Spiegel, nein, die Lippen sind nicht blau. Trotzdem überlegt sie, vielleicht einen Rettungswagen zu rufen. Sie hat bei sich selbst wenig Erfahrung mit dem Kreislauf oder vegetativer Dystonie oder vielleicht auch nur dem Blutdruck, deshalb weiß sie nicht, wann es Zeit ist, einen Rettungswagen zu rufen, zumal sie es ja ist, die ihn rufen muß, und das auf italienisch, bevor sie zusammenbricht.

«Josef? Josef?» Sie lauscht an der Schlafzimmertür, aber drinnen bleibt alles still. Sie wirft einen Blick hinein. Das Laken ist zerknüllt, das Zimmer verlassen.

Mit unsicheren Schritten tappt Angelika die Treppen hinunter und hinüber zum Atelier. Sie öffnet die Tür. Dröhnender Lärm schlägt ihr entgegen. Aber das Atelier ist, bis auf die Leinwände und Farbtöpfe, leer.

Angelika weiß nicht, ob sie die Wendung, welche die Ankunft eines Rettungwagens auf ihr Gastdasein nehmen würde, wirklich will. Sie käme in ein Krankenhaus, wahrscheinlich zunächst in Palestrina, EKGs würden gemacht, Urinproben entnommen, irgendwas ließe sich finden. Angelika käme an den Tropf und von dort unters Messer, bevor ein Hubschrauber sie zur Notoperation nach Rom flöge. Sie überlegt sich, ob sie vorher noch verfügen soll, daß sie gegenüber auf dem Olevaneser Friedhof begraben werden möchte. Er besteht aus den typischen weißen Steinschachteln, und sie wollte ihn sich sowieso mal ansehn. Aber die Vorstellung, tatenlos im Kühlschrank zu liegen, bis endlich eine der Schubladen für sie frei wird (und das kann dauern), behagt ihr nicht.

Das Telefon klingelt. Mit einem Satz ist Angelika dran. Wolf Anderle aus der Villa Massimo. «Wir sind gerade angekommen. Ich möchte mich nur für das tolle Essen bedanken.»

«Ich würde», erwidert Angelika, «gern morgen nachmittag nach Rom kommen.»

«25 000 Lire die Nacht.» Wolf lacht.

«Verstehe», sagt Angelika.

Vorsichtig versucht sie, ein Weißbrot zu essen, mit Mortadella, Speck und Tomate, danach schläft sie ein bißchen, wobei sie jeder Schlag der Kirchenuhr weckt. Viertel, halb, dreiviertel. Das Flirren in der Herzgegend stört sie nicht mehr, und mit dem Atmen geht es wieder. Jetzt kommt der Kopfschmerz, und sie schluckt nach einigem Zögern zwei Aspirin. Dann geht der Kopfschmerz wieder, oder es bleibt nur soviel zurück, wie nötig ist, um auf der Hut zu sein.

Rom, 17. Tag Inzwischen hat Angelikas Mückenstichkonzentration ein beängstigendes Ausmaß erreicht, die Anordnungen auf ihren Gliedmaßen wirken wie kosmische Sternbilder, und ihr erster Gang in Rom ist der zur Apotheke. Ein biologisch wirksames Spray und eine neue Cortisonsalbe. Angelika fürchtet schon, daß Herzflattern und Atemnot vielleicht allergische Reaktionen sind. Der Duft von Geranien, Zitrone und Basilikum zieht durch ihre stikkige Kammer. Angelika sitzt an einem sperrigen Telefontischchen, bei dem sie nicht weiß, wo sie die Beine lassen soll, und starrt auf die dahinterliegende Wand, die ein Verzweifelter mit dem Bleistift zerkratzt hat. Dann kniet sie eine Weile auf dem Bett und sieht aus dem Bullauge hinaus in den Garten. Sie hat von sich aus das kleinere freie Gästezimmer genommen, wer weiß, wofür das gut ist. Manchmal ist es von Vorteil, nicht alle Vorteile in Anspruch zu nehmen. Jedenfalls hat Angelika mit dieser Taktik gute Erfahrungen gemacht: Manchmal bringt sie einem Glück. Außerdem hat die Unzufriedenheit etwas so Abstoßendes, daß Angelika am Mittag mit Freude in den kochend heißen Bus gestiegen ist, der zufällig gerade kam, und mit Freude sah sie hinaus in die zunächst paradiesische Landschaft, die bereits hinter Genazzano reizlos verflachte.

Nun wohnt Angelika in der Villa Massimo selbst und nicht in einem der dazugehörigen Atelierhäuser. Die winzige Kammer hat nur Stuhl, Bett und eben das sperrige Telefontischchen. Darauf steht tatsächlich ein Telefon.

Während ihrer Ehe hat Angelika unter Klaustrophobie gelitten. Ihr fehlte in der Beziehung mit Thies die Freiheit. Sie fühlte sich unsicher und beengt, der Boden schwankte unter ihren Füßen. Jetzt kann sie enge Räume sehr gut aushalten.

Angelika ruft in der Klinik an, aber Brigitte hat keinen Dienst. Sie erwischt sie zu Hause, im Garten, wo Brigitte gerade auf einer Leiter steht und Kirschen erntet.

«Ich ruf dich nachher wieder an.»

«Nein, laß mal.» Brigitte lacht. «Ich steige eben wieder herunter und lasse mich ins Gras fallen. «So. Was gibt's Neues?»

«Margret war bei mir. Sie ist gestern morgen in Rom in den Zug gestiegen und ist jetzt zu Hause in der Lippmannstraße.»

«Na toll. Das ist ja eine echte Sensation», erwidert Brigitte trocken.

«Ich schlage vor, du schnappst dir die anderen drei, holst sie aus der Geschlossenen und fängst im Projekt umgehend wieder mit dem Alltag an.»

«Das wird Neumann nie zulassen.»

Angelika holt tief Luft. «Noch bin ich nicht gekündigt. Noch entscheide ich. Alles, was hier in meinem Urlaub abgelaufen ist, klingt nach einer maßlosen Intrige.»

«Vergiß cs», sagt Brigitte.

«Noch bist du mir untergeordnet. Ich wollte diese Karte nie ziehen, aber es kann nicht angehen, daß ihr in meiner Abwesenheit die Außenwohngruppe zu einem Spielball macht, um mich auszuschalten.»

«Vergiß es», wiederholt Brigitte leise. «Ich habe gekündigt. Ich fange ab Oktober wieder im Elisabethenstift an, ich leite das Schreibprojekt bei den Autisten.»

«Glückwunsch.»

«Es ist die Chance für mich. Ich hätte damals nicht wechseln dürfen. Die Schreibtherapie war meine Idee, und ich hätte die Sache damals durchziehen sollen.»

Angelika holt tief Luft. «Erinnerst du dich nicht? Sie haben dich gemobbt. Keiner hat dir damals geglaubt, daß einige der Autisten auf dem Laptop schreiben können, wenn du allein mit ihnen bist und sie am Arm berührst. Sie behaupteten, du hättest diese irren Texte selbst in den Computer eingegeben.»

«Jetzt hat's die Leiterin selber auch geschafft, Lisa und Berti schreiben, und deshalb sind plötzlich Gelder locker.» Brigitte lacht bitter. «Sie kommt ohne mich nicht mehr weiter. Sie zahlt mir ein Irrsinnsgehalt, damit ich ihr Prestige saniere.»

«Dann weiterhin alles Gute.» Zynismus war nie Angelikas Stärke.

«Mir geht es um Lisa. Du weißt doch, das Mädchen, das sich mit dem Unterarm die Wangen zerschlägt. Ich hatte sie soweit, daß ich ihr die Manschetten abnehmen konnte. Jetzt ist es wieder ganz schlimm geworden. Sie braucht mich, sie hat geschrieben, daß ich die einzige bin, die sie verstehen kann.»

Angelika schweigt.

«Ich gehe nicht mehr in Neumanns Abteilung zurück. Ich nehme noch meinen Resturlaub, und im Augenblick plane ich eine Reise quer durch die USA. Aber ich kann Margret gern bei mir aufnehmen, bis du zurück bist.»

«Das würdest du tun? Denk an Neumann.»

«Der», erwidert Brigitte.

«Paß auf.» Angelika macht eine Pause. «Mal was anderes. Ich will dich ganz direkt fragen: Schickst du mir anonyme Briefe hierher?»

«Was für anonyme Briefe?»

«Briefe, in denen ein selbsternannter Schutzengel mir meine konkrete Zukunft prognostiziert. Und gar nicht mal schlecht. Das meiste trifft irgendwie ein.»

«Spinnst du?»

«Du hast doch zu meiner Wohnung einen Schlüssel. Daß ich da nicht früher draufgekommen bin!» Angelika schlägt sich an die Stirn.

Brigitte lacht, nervös diesmal. «Du glaubst doch nicht... Du hältst mich doch nicht für fähig...»

Plötzlich sieht Angelika rot. Brigitte! «Du bist das Zweite Gesicht, nicht wahr?» Sie redet zu laut. Sie stockt. «Du verbreitest doch überall diese Theorien, daß das Gehirn, wenn man es aus dem kulturellen Kontext herausnimmt, zu ganz unbekannten und bislang unerforschten Kontakten fähig ist. Du redest doch dauernd davon, die eine Hirnhälfte sei mit dem Göttlichen verbunden und damit potentiell hellsichtig, oder?»

«Ja, das stimmt», entgegnet Brigitte ruhig. «Die derzeit vorherrschende Neurostruktur des Bewußtseins ist keine für alle Ewigkeit festgeschriebene Größe. Das kannst du bei jedem ernstzunehmenden Psychohistoriker nachlesen. Es besteht kein unabänderlich festgelegter Zusammenhang zwischen Hirngewebe und Funktion. Und daher rufen kulturell bedingte Verschiebungen der Wahrnehmung, die dem einzelnen neue Lernprogramme vorschreiben, grundsätzliche Veränderungen in der Hirnorganisation hervor.»

«Du befindest dich in einem Selbstversuch!» schreit Angelika. «Du bist der Schutzengel. Du bist das Zweite Gesicht.»

«Ich habe über sowas promoviert.» Brigitte seufzt. «In Philosophie dummerweise. Keine Anerkennung, kein Job. Erst bin ich bei diesen elenden Nachtwachen in der Klapse hängengeblieben. Dann hatte ich das Intermezzo im Stift, wie das endete, weißt du. Das war nicht lustig, aber man hat trotzdem über mich gelacht. Und dann wurde ich dein Büttel im Projekt. Brigitte dies, Brigitte das. Nirgends wurde ich geachtet, nirgends für meine Arbeit ernstgenommen. Ich hätte wirklich Grund, alles anzuzünden.»

«Und aus Rache hast du nun die Briefe geschrieben. Zum Beweis dafür, daß deine tolle Hirn-Theorie funktioniert.»

«Jetzt hör mal zu. Erstens. Ich würde nie meinen eigenen Ansatz dazu mißbrauchen, mich an meinen ehemaligen Vorgesetzten zu rächen. Dafür ist er mir nämlich zu schade. Und zweitens. Im Augenblick wird mein System zum erstenmal von der Praxis angefordert. Verstehst du, ich werde geholt! Warte mal ab, was ich in fünf Jahren ... Nee, Angelika, das hier ist kein Zeitpunkt, wo man durchknallt.»

«Na, wenn du meinst ...» Angelika starrt auf das Gekrakel an der Wand. «Entschuldige.»

Brigitte lacht. «Es hätte halt so gut gepaßt, nicht wahr?»

«Es tut mir leid. Ich bin sonst nicht der Mensch, der überreagiert. Aber hier ist soviel Merkwürdiges passiert. Meine Nerven sind am Ende. Und wahrscheinlich bin ich auf deine innere Eigenständigkeit immer etwas eifersüchtig gewesen.»

«Du brauchst dich nicht zu rechtfertigen», antwortet Brigitte. «Ich habe mich bei dir oft gefragt, wie macht sie das bloß, woher nimmt sie bloß immer diese Sicherheit?»

«Und?»

«Nimm es mir nicht übel, Angelika, aber dir mußte wohl wirklich mal was zustoßen, das dich total verunsichert. Sonst wüßtest du in zwanzig Jahren noch nicht, warum du Psychologin geworden bist.»

Die Initiation. Das Initiationserlebnis. Wie in der Kunst. Es bleibt einem einfach nichts erspart. «Kennst du eigentlich Kathrin? Meine Mitbewohnerin Kathrin?»

Brigitte überlegt. «Kennen ist zuviel gesagt. Sie kam mal in die Wohnung, als ich bei dir die Blumen gegossen hab.»

«Wann? Jetzt? Die Pflanzen sind doch bei Thies.»

«Nein, nicht jetzt. Früher mal. Vor einem halben Jahr ungefähr. Ich hab mich ziemlich erschreckt, weil ich dachte, sie ist länger nicht da. Ich hab dir das damals nicht sagen wollen, und es geht mich auch nichts an, aber sie hatte diesen Axel Gellberg dabei.»

«Gellberg?»

Hinter einer Empfangshalle mit Brunnen liegen viele unübersichtlich ineinandergreifende Räume. In einigen davon drängelt sich Original an Original. Übereinander, nebeneinander, untereinander wird in der baufälligen Villa Massimo auf zwei Stockwerken dokumentiert, woran Stipendiatinnen und Stipendiaten in den letzten Monaten gearbeitet haben.

Angelika schlendert hinüber zu Anderles Terrasse. Der Tisch, der in der sinkenden Sonne steht, ist reichlich gedeckt. Gegenüber von Wolf, Nathalie und Valerie sitzen eine korpulente, lebhafte Cellistin und ein rotgesichtiger Schriftsteller. Kathrins Platz ist noch leer. Man trinkt Weißwein, Angelika Wasser. Bis ihr der Schriftsteller einfach Wein ins Glas schüttet, obwohl sie mehrmals betont hat, daß sie bei Wasser bleibt. Angelika nimmt das Glas und kippt es in die phallischen Kakteen hinter dem Mauervorsprung.

Die Cellistin kichert. «Sargschläfer wird es nie lernen.»

Wolf hat gekocht. Zur Vorspeise gibt es Melone, Feige und Schinken, worauf selbstgemachte Nudeln mit Pilzen folgen, dann ein mit Schinken und Basilikum beschichteter Rostbraten, Tomaten mit Mozzarella und Basilikum, gebackene Zucchini- und Auberginenstreifen und Bohnensalat. Danach kommt eine Eistorte, dann werden Espresso und Grappa gereicht, sowie die Plätzchen vom Konditor, die Angelika für Wolf mitgebracht hat.

Auf den Grappa folgt um neun die Vernissage. Hinter dem Hauptportal der Villa Massimo reicht ein livrierter Kellner Wein und Wasser. Die Tür zur Bibliothek steht offen, und Angelika wirft einen Blick hinein. Unter den dort dauerhaft installierten Arbeiten ist auch ein Relief von ihrem Kunstlehrer. Ein älterer Akademie-Angestellter nimmt sie bei der Schulter und erklärt, dieser Künstler, der sein Freund gewesen sei, habe die Kräuter, die er an den Hängen Olevanos gefunden hatte, zerstampft und mit Ei angerührt, die Mischung der Farben sei sein Geheimnis geblieben. Angelika betrachtet das Relief und stellt fest, daß die Mauer schon bröckelt. In Olevano hat es also tatsächlich angefangen, hier hat der Kunstlehrer die Durchlässigkeit der Mauer entdeckt und das Licht, das vom Tod her strahlte.

«Leider hat sich mein Freund später mit der Pistole in den Kopf geschossen», sagt der Angestellte.

«Ach, tatsächlich», erwidert Angelika. «Wie pittoresk.» (Dabei hat er sich gar nicht erschossen, aber sie fühlt sich nicht verpflichtet, den Irrtum aufzuklären.)

Überall laufen Frauen in Etuikleidern und Männer mit Zigarren herum. Alle haben ein Glas in der Hand, und während sie einander auf beide Backen küssen, reden sie deutsch.

«Wo ith Kathrin?» fragt eine ältliche Frau mit einem Ziegengesicht, die stark lispelt. Angelika winkelt die Arme an, spreizt Finger und legt den Kopf schräg. Es sieht Kathrin ähnlich, daß sie absichtlich zu spät zur Eröffnung ihrer eigenen Ausstellung kommt. Angelika begleitet die Ziege nach oben. Kathrins großformatige Bilder sind ganz hinten in einem engen Kabuff untergebracht. In der Mitte dreht sich Angelika langsam um die eigene Achse. Durch die Raumnot entsteht eine ursprünglich wohl eher unbeabsichtigte suggestive Kraft. Im schlechten Licht wirken die Farben noch beseelter, die verzerrten Perspektiven noch beunruhigender. Die Installation bewegt sich in Gegenrichtung. Angelika bleibt stehen. Ihr wird schwindlig.

«Alth ob Geister über die Wände hußten», sagt die Ziege.

«Folkloristisch, aber eine Jessesmenge Arbeit», erwidert Nathalie, die hinter Angelika in der Tür steht, auf Sichthöhe ein Päckchen mit italienischen Zigaretten. «Möchtest du die haben? Ich mag die Marke nicht.»

Zwei Wochen später wirst Du von Wolf hören, Nathalie und Valerie hätten viel Pech gehabt. Sie seien beide schwer krank geworden. Deshalb hätten sie sich nicht mehr in Olevano gemeldet, aber bis dahin denkst Du, es läge an Dir.

Mit Valerie und Wolf Anderle ist Angelika am Nachmittag durch Rom geschlendert. Plötzlich standen sie vor der Fontana di Trevi, Valerie aß ein Eis, und Angelika warf eine Münze ins Wasser.

«Jetzt verstehe ich auch den festen Gang der Römerinnen», meinte sie. «Er hat mit dem Pflaster zu tun, mit den Autos, den Vespas, den Hauswänden und den eleganten, rutschigen Sandalen. Ich trage auch solche Sandalen, ich müßte sie endlich neu besohlen lassen, und wie die Römerinnen versuche ich, trotz des Verkehrs in den engen Gassen nicht stehenzubleiben, mich nicht an eine Hauswand zu drücken und vor allem nicht umzuknicken. Wer umknickt, ist hin. Und weil ich nicht hin sein will, gewöhne ich mich an diese kurzen, zu hastigen Schritte.»

Niemand sagte etwas.

Dann hat sie vor dem Essen mit Thies telefoniert, und dem hat sie erzählt, wie schön es in Rom sei, und daß bei Kathrin die Initiation nun tatsächlich unmittelbar bevorstehe.

Wo ist Kathrin? Sie verpaßt ihre Vernissage. Warum, das kannst Du jetzt noch nicht wissen, obwohl Du hinterher sagen wirst, das hat ja alles so kommen müssen; Du weißt es nur noch nicht, weil Interessen, Vorurteile und Beschränktheiten Dir den Blick verstellen. Du kannst das, was Du siehst, nicht erkennen, weil das bloße Sehen niemals zugleich schon das Erkennen ist, sonst wüßtest Du, daß die Dinge sich nie von selber aufschließen, und stets tritt von allen Varianten die schlimmste ein, wobei das Schlimmste oft nur das Naheliegende ist, und das Naheliegende ist stets das Gnadenloseste, gegen das Du Dich nicht zu schützen weißt und dem Du anheimfällst, weil du dem Irrglauben anhängst, daß das Dir Vertraute auch das Dich Bergende sei.

«Wo ith Kathrin?» fragt die Ziege wieder, und Angelika fällt auf, daß sie Kathrin ähnelt, aber sie ist zu jung, um ihre Mutter zu sein, vielleicht ist sie ihre Cousine.

«Keine Ahnung», entgegnet Angelika und lächelt. «Aber Kathrin ist momentan sexuell sehr aktiv. Sie ist ein sogenannter Borderline-Charakter, haben Sie davon zufällig schon mal gehört? Also, sie spürt eine tiefe Leere in sich, die sie mit überhaupt gar nichts stopfen kann. Mit nichts! Ist das nicht grausam?»

Die Ziege flieht. Doch schon kommt Wolf und hat die gleiche Frage.

«Kathrin.» Angelika verzieht das Gesicht. «Langsam mache ich mir ernsthaft Sorgen.»

«Keine Panik. Alles in Ordnung. Sie schläft», sagt eine bekannte, tiefe Stimme.

Angelika faßt sich an den Kopf. «Ich faß es nicht. Gellberg!»

Rom, 18. Tag Es dämmert. Auf dem Bett ißt Angelika ein Stück kalte Pizza. Neben dem Kühlschrank steht eine angebrochene Flasche Weißwein. Angelika hat das Bullauge, das einzige Fenster, geschlossen, in der Kammer staut sich die Hitze. Es riecht nach Zigarettenrauch, nach Basilikum, Zitrone und Geranien. Angelika wird Kopfweh bekommen. Sie hat schon Kopfweh.

«Wie wär's mal mit Lüften», schlägt Gellberg vor. Er sitzt auf dem Telefontischchen und sieht ihr beim Rauchen zu.

Angelika öffnet das Bullauge und läßt die Mücken herein. Draußen zwitschern die Vögel. Sie zieht ihr Baumwollkleid aus und schlüpft in ein weißes T-Shirt.

«Also», sagt Gellberg. «Von vorn.» Er greift nach seinem Kommunionkreuz, das er unter dem Hemd an einem langen Goldkettchen trägt. «Ich habe überlegt, wie ich Ihnen helfen könnte. Da fiel mir ein Freund ein beim Verfassungsschutz. Der hat mir dann erzählt, daß bestimmte staatliche Stellen gern die Telefone ihrer Auslandsinstitutionen abhören. Das ist so eine Art Sport.»

«Ach», sagt Angelika. Sie läßt sich aufs Bett fallen.

«Weil es keinen Terrorismus mehr gibt, wurde umbesetzt. In dieser Nische sind viele SEK-Leute gelandet, die für internationale Antiterrorprogramme geschult sind. Jetzt unterstehen sie dem Kulturminister. Das langweilt, verstehen Sie? Das Abhören ist für diese armen Schweine sowas wie ‹Lindenstraße›.»

«Tja. Und nach was suchen sie in der Villa Massimo? Nach Revolutionären etwa?»

«Quatsch. Sie wollen sich bloß gut unterhalten.»

«Verstehe.» Angelika schließt die Augen.

«Mein Freund hat rote Ohren gekriegt», erklärt Gellberg. «Und alles mitgeschnitten, was oben in Olevano über die Leitung lief. War 'ne Menge. Ich habe mir die DAT-Cassetten besorgt. Daher bin ich ziemlich gut auf dem laufenden.»

Angelika setzt sich auf. «Sie waren also gar nicht in Norwegen.»

Gellberg grinst. «Doch, bis vorgestern. Und ich habe noch Urlaub. Aber ein Blick auf meinen Küchentisch hat mir gezeigt, daß...»

«Daß was? Was lag dort?»

«Eine Ansichtskarte von Kathrin.»

«Stimmt es, daß Sie mit ihr ein Verhältnis haben?»

Gellberg zuckt die Achseln. Er greift nach dem Beutel mit seiner Pfeife. «Ich kam an, kletterte über den Zaun und fand sie in der Waschküche. Sie lag zusammengesunken da, wie leblos. Zusammen mit diesem Josef brachte ich sie ins nächste Krankenhaus, und dort wurde sie so schnell wieder munter, daß man ihr gleich ein Beruhigungsmittel verpaßt hat.»

«Kathrin ist Diabetikerin. Sie hat sich vermutlich versehentlich eine zu hohe Dosis gespritzt, und die läßt sich im Blut schon nach kurzer Zeit nicht mehr nachweisen. Ich gehe inzwischen auch davon aus, daß sie Josef einen Insulinschock verpaßt hat, in der Nacht von Samstag auf Sonntag. Während ich neben ihm lag, hat sie ihm die Spritze gesetzt.»

«Das hätte er nicht überlebt», sagt Gellberg. «Und zwischen Kathrin und mir ist im übrigen nichts. Aber warum fragen Sie mich nicht nach den DAT-Cassetten?»

«Weil Sie lügen», entgegnet Angelika. «Sie lügen wie gedruckt. Es gibt keine DAT-Cassetten. Wahrscheinlich gibt es nicht einmal einen Freund beim Verfassungsschutz. Sie haben Ihre Informationen anderswo her. Gute Nacht.»

Es klingelt. Angelika springt auf, drückt den Summer. Gellberg kommt die Treppen hoch. Er nimmt zwei Stufen auf einmal. Während sie an ihm vorbei ins Bad huscht, stellt er im Flur eine Tüte Espresso und frische Cornetti auf den Kühlschrank.

«Wie spät ist es?» fragt Angelika mit der Zahnbürste im Mund.

«Fast elf. Mich hat das Geschrei eines barbarischen Vogels geweckt, daß diese Vogelart hier keiner ausrottet!»

Angelika geht unter die Dusche. Beim ersten Wasserstrahl hört das Jucken auf. Statt dessen fangen die nässenden Quaddeln höllisch an zu brennen.

Angelika möchte gern nach Trastevere, Gellberg will von dort aus weiter zum Vatikan und zu einigen berühmten Barockkirchen. Als sie im Aufbruch sind, bringt Kathrin aus Olevano die heutige Post. Der übliche längliche Umschlag. Kathrins Blick schweift zu Gellberg. «Übrigens, Axel, danke noch wegen gestern. Wenn ihr nicht grade gekommen wärt, du und Josef … Aber manchmal hat man doch einen Schutzengel.»

«Was war denn los? Wieso hast du deine Vernissage verpaßt?» Aha, denkt Angelika, Gellberg ist mit Josef zusammen über den Zaun geklettert. Sieh an.

«Nicht der Rede wert. Ich war nur plötzlich unterzukkert. Passiert mir sonst nie, aber der Streß», Kathrin grinst. «Ich hätt einfach nur schnell eine Cola gebraucht, und so ist mir der ganze schöne Rummel entgangen.»

Du wirst Dir schon bald nicht mehr vorstellen können, Rom zu verlassen. Erst mit Wolf Anderle, dann mit Josef wirst Du zur Santa Maria in Trastevere pilgern, Deinem Lieblingsplatz

aus den Zeiten mit Dollinger, und Du wirst die Fassade der Kirche hochblicken, die verblichenen und kaum noch zu entziffernden Engel, die verfleckten Mauern ringsum. Du wirst in die Kirche hineingehen und Zeugin einer Hochzeit der französischen Gemeinde werden, und Du wirst mit ihr das «Halleluja» anstimmen, und zum erstenmal im Leben bleiben Dir die Töne nicht in der Kehle stecken, Du singst.
Mit dem Bus fährst Du weiter zum Petersplatz, wo Du an der falschen Seite aussteigst. Ein Zeitungsverkäufer erklärt Dir den Weg zu den Vatikanischen Museen und wünscht Dir «gute Reise». Eine Stunde stehst Du an. Was dann kommt, kennen alle, denn jeder ist schon mal in der Sixtinischen Kapelle gewesen, manche waren, wie ich, auch schon öfter dort, oder sie kennen die Erzählung von Marie Luise Kaschnitz, von der Besucherin, die am Schluß der neunzig Minuten oder fünf Stunden (je nachdem, welchen Weg man wählt) weint. «Warum? Weil man ihr die Michelangelo-Fresken vorenthalten hätte. Als man ihr klarmachte, daß sie sehr wohl in der Sixtina gewesen war, weinte sie erst recht.»
Ich habe diese Anekdote aus Deinem Reiseführer, den Du in Hamburg vergessen hast. Der Autor war damals auf Dollingers fünfzigstem Geburtstag, erinnerst Du Dich? Von ihm erfahre ich auch, daß der japanische Fernsehkonzern Nippon TV aufgrund eines drei Millionen Dollar Sponsorings bis zum Jahr 2000 auf den Weltrechten sitzt. Nur deshalb darf in der Sixtina weder photographiert noch gefilmt werden, nicht aufgrund der gebotenen Pietät, und damit keiner der aus aller Welt angereisten Kulttouristen darauf flucht, darf man vor Ort auch nicht sprechen. In sämtlichen Weltsprachen wird in der Sixtinischen Kapelle unentwegt über Lautsprecher darauf hingewiesen, daß nicht gesprochen werden dürfe. Natürlich

reden alle trotzdem durcheinander, und die Japaner fluchen auf Nippon TV, was außer Nippon TV und den Japanern keiner versteht.

Angelika will vor allem die «Erschaffung Adams» sehen, Michelangelos einander fast berührende Fingerkuppen, die zum Wohle von Nippon TV auf sämtliche Rom-T-Shirts und Rom-Postkarten gedruckt sind. «Nippon TV muß sich an Michelangelo zu Tode verdienen», flüstert Angelika und sucht in der Sixtina die Decke ab.

Die Sixtina ist ziemlich punkig, seitdem man sie vor ein paar Jahren saubergemacht hat, und Adam zeigt inmitten der Kapelle seinen properen Schwanz her, in ziemlicher Höhe direkt über ihrem Kopf, was Angelika zum Kichern bringt. «Man müßte es ausmessen, aber vielleicht bildet das Zentrum der Kapelle tatsächlich Adams Schwanz.»

Im Gewühl der Massen, Arm an Arm, sehen sich Gellberg und Angelika Adams Schwanz an. Mit offenen Mündern stehen sie da, den Kopf in den Nacken gelegt, und warten darauf, daß Adam und Gott einander gleich mit den Kuppen ihrer Zeigefinger berühren.

Nach zwei Stunden sind sie durch. Das waren also die Vatikanischen Museen, denkt Angelika, und sie denkt an den Schriftsteller Dollinger, mit dem sie und Thies damals nicht in die Sixtinische Kapelle gehen konnten, weil die während ihres Besuchs gerade renoviert wurde. Das wäre aber ein Fest gewesen, fällt ihr jetzt ein, mit dem Dollinger unter Adams Schwanz, und sie bedauert, daß es nie mehr dazu kommen kann, und sicher müßte Angelika sich wieder mit Thies streiten, denn die beiden haben sich in Rom und um Rom immer gestritten, und nicht nur in und um Rom.

Dann wirst Du mit Josef durch einige Renaissance- und Barockkirchen streifen, in denen es ein paar Details gibt, die Dir gefallen. «Du kannst überhaupt gar nichts mehr Scheiße finden», sagt Josef hinsichtlich der Allgegenwart des Monumentalen, «überall Kunst, alles großartig, alles phantastisch, alles schon reduziert aufs unmittelbar Elementare, du kannst nichts mehr wegnehmen, nichts mehr abziehen von deinem Blick, du kannst nichts mehr zufällig entdecken, was nicht schon längst entdeckt und gemeint ist, alles zählt, alles dauert, und wo du auch hinschaust, du siehst immer das Ganze, selbst in der verpißtesten Ecke tut sich das Gewaltige auf.»
Und um daran nicht irre zu werden, flüchtest Du Dich in kleine, private Beobachtungen, Du stellst abstruse Verknüpfungen her und entziehst Dich dem Dich umgebenden Wahnsinn durch nur für Dich selbst wahrnehmbare, wahrscheinlich harmlose Wahnsinnsanfälle.

«Nun bin ich also nicht mit Josef unterwegs, sondern mit Ihnen.» Angelika lächelt. «Na ja, alles kann der Schutzengel nicht wissen.»

Mitten auf der Piazza della Minerva bleibt Gellberg stehen. Er wischt sich das krause, lichte, schwarze Haar aus der Stirn. «Ist Ihnen eigentlich aufgefallen, daß sich alle hier in irgendwelchen Initiationsprozessen befinden?»

Angelika fällt ein, was Brigitte am Telefon gesagt hat: «Dir mußte wohl wirklich mal was zustoßen, das dich total verunsichert ...»

«Kathrin wollte eigentlich Architektin werden, und jetzt steht sie auf der Schwelle zum Zirkel der Kunst. Sie bettelt um Aufnahme. Weshalb wäre sie sonst Stipendiatin der Deutschen Akademie?»

Angelika setzt sich auf die Stufen vor der Kirche. Sie betrachtet eine kranke Taube mit Klumpfuß. «Stimmt. Und jetzt ist sie vor dem zentralen Ritus umgekippt. Die Arme. Aber was hat das mit mir zu tun?»

Gellberg hockt sich neben sie und kramt nach seiner Pfeife. «Auch Sie machen einen solchen Prozeß durch. Sie haben Psychologie studiert, Sie haben über ein forensisches Thema promoviert, ohne jemals eine transpersonale Erfahrung gemacht zu haben. Sie haben noch nie ein Verbrechen begangen, Sie sind noch nie vom Weg abgewichen, Sie leiden unter keiner Psychose, Sie versetzen sich aber rund um die Uhr in Leute hinein, in die Sie sich gar nicht hineinversetzen können, weil Sie nämlich keine Ahnung haben, was in ihnen vorgeht.»

Initiationsprozesse. Er redet wie der Schutzengel. Wo bleibt sein Sarkasmus? Sie sieht ihn von der Seite an.

«Gewalt. Sie wissen nicht, was Gewalt ist, was es heißt, jemandem Gewalt anzutun. Sie haben das nämlich nicht erlebt. Sie haben noch nie über sich selbst die Kontrolle verloren. Sie haben noch nie im Leben etwas getan, was dem sogenannten gesunden Menschenverstand zuwiderläuft.»

«Und jetzt meinen Sie, ich hole hier etwas nach, ich arbeite etwas auf und beschaffe mir die längst überfällige Legitimation dafür, daß ich Gerichtsgutachterin, Polizeipsychologin und Therapeutin sein darf.»

«Jemand zwingt Sie dazu. Jemand, der weiß, daß Sie Ihre Initiation verpaßt haben. Er will Sie zum Äußersten treiben. Und deshalb bin ich hier. Um das Schlimmste zu verhindern.»

Sein markantes Profil. Seine unrasierten Wangen. Angelika wendet den Blick ab. «Haben Sie jemals bewußt eine innere Grenze überschritten?»

Er nimmt ein Streichholz aus der Schachtel. «Ja, ich

wollte Priester werden, aber die Initiation mißlang. Kommen Sie.»

Während er an seiner Pfeife zieht, hilft er Angelika beim Aufstehen. Sie gehen hinein. Im Zwielicht der S. Maria sopra Minerva zündet sie der heiligen Katharina eine Kerze an.

Gellberg sieht sich um und raucht Pfeife. «Wie lernten Sie eigentlich Josef kennen?»

Angelika fröstelt. Der Moder riecht süßlich. Sie will Gellberg bitten, die Pfeife auszumachen. Sie seufzt. «Es passierte so nebenbei. Ich habe es sofort wieder vergessen.»

«Erzählen Sie es mir trotzdem.»

Er ist anders als im Dienst, denkt Angelika. Er ist weicher. «Josef hatte kein Wasser. Und weil er kein Wasser hatte, duschte er bei uns. Ich konnte gar nicht anders, als ihm das sofort anzubieten, und Josef kam und ließ alles fallen. Dort blieb es dann liegen, während er, frische Kleider am Leib, wieder ging, weil Josef alles, was er fallen läßt, vergißt. Eine halboffene Tasche, ein Handtuch, Duschgel, Jeans, Unterhose, T-Shirt, Schuhe: Es hatte alles, wie es sich auf dem und um den Stuhl anordnete, eine zugleich zufällige und zwingende Form, auch eine zugleich zufällige und zwingende Verschmutzung, was zusammen das einzige ist, das heute noch Kunst ausmacht, und diesen Gedanken habe ich dann später bei Josef wiedergefunden, denn er hat ihn sofort aufgeschrieben.» Angelika schließt einige Sekunden lang die Augen. «Als ich den Zettel las, war das ein vertrauter Moment, der mich mit allem verband. Josef, dachte ich, wird sein bisher bestes Buch schreiben, sein erstes, in dem die Menschen wirklich aufeinander zugehen und sich aushelfen können, ist das nicht wunderbar, dachte ich, und er schreibt es gleichsam für mich.»

In der Kirchenmitte bleibt Angelika stehen. Gellberg schlendert weiter durch den Gang, hinüber zur Marmorstatue von Michelangelo, «Christus mit dem Kreuz», schaut hoch zum Heiland, kommt zurück und setzt sich an den Rand einer Bankreihe. Um seine Schultern schwebt ein süßlicher, modriger Schleier. «Wieso wissen Sie eigentlich so viel über zeitgenössische Kunst?»

Thies, denkt Angelika. Thies und damals der Kunstlehrer.

«Wie kommen Sie darauf, sich zu überlegen, was heute noch Kunst ausmacht?»

«Ich betrachtete Josefs Installation und dachte auch an meine Mutter, und daß ich die Ordnung ihrer Kleider nie durcheinanderbringen durfte, als ich Kind war und sie das Zuhause verließ, sonst wäre sie womöglich nie wiedergekommen. Und auch damals ist es eine künstlerische Anordnung gewesen, Mutters Schlampigkeit, die mir in Josefs Schlampigkeit wieder begegnete.»

Gellberg blickt um sich. Sein Blick schweift zum Deckenfeld der Kuppel. «Großartig, die Allgegenwart des Monumentalen. Alles ist zufällig und zwingend, alles zählt, und du kannst überhaupt nichts mehr Scheiße finden.»

Angelika sieht ihn an. «Sie wissen, wer mir diese Briefe schreibt. Sie kennen den Schutzengel.»

Gellberg pafft und schweigt.

Mit der Metro fahren sie zurück. Von der Piazza Bologna über die Via Villa Ricotti führt der Fußweg zum Eingang der Villa Massimo. Gellberg und Angelika gehen an der hohen Mauer entlang, die, mit doppeltem Stacheldraht gekrönt, die Deutsche Akademie vor Eindringlingen schützt. Zwischen den Bewegungsmeldern und den parkenden Autos liegen Hundehaufen.

«Das Gelände der Villa Massimo sieht aus wie der Golfplatz vor der Botschaft eines totalitären Regimes», meint Gellberg, als sie um die Ecke biegen. «Man kann sich, wenn man vor diesem monströsen Tor steht, kaum vorstellen, daß es da drin noch etwas anderes geben soll als verwirrte Militaristen.»

Rechts vom Tor ist die Pforte. Angelika schließt auf. Sie gehen den Kiesweg entlang und biegen dann ab auf die Terrassen. Die Ateliersiedlung sonnt sich im Abendlicht, während hinten in den Gartenabschnitten vereinzelte Stipendiaten hocken. Vereinsamte Bobby-Cars, schlappe Schwimmbassins für die dem Ambiente entlaufenen Kleinkinder.

«Eine Stimmung wie in den meistgefürchteten Reihenhausvierteln Hamburgs», sagt Kathrin, die auf Anderles Terrasse im Liegestuhl liegt, «in denen sich selbst ein Kripobeamter eine marodierende Depression holt.»

Gellberg grinst schlapp, humpelt und deutet auf seine Sandalen.

Kathrin setzt sich auf und blinzelt. «Blasen? Ich kann nichts erkennen. Außer daß diese robusten Klettverschlüsse optisch eine Katastrophe sind.»

«Wir sollten irgendwo was essen», schlägt Angelika vor, die ihre Sandalen in der Hand trägt und barfuß geht.

«Wolf ist nach Deutschland gefahren.» Kathrin räkelt sich. «Einer von euch kann heute gern hier übernachten.»

«Danke», sagt Gellberg.

«Wo ist Josef?» fragt Angelika.

«Wo soll er schon sein. In Olevano.» Kathrin gähnt. «Er fehlt mir. Aus Verzweiflung hab ich mich vorhin auf einen flippig gekleideten Oldie gestürzt, der in einem Gartenstuhl hing und dämmerte. Es ist einer der Techniker der Tanztheatertruppe, die vorn auf der Bühne Generalprobe hat.»

«Ich hab Hunger», sagt Angelika.

«Er lädt mich später zum Essen ein.»

«Und ich», meint Gellberg, «würde mich gern etwas zurückziehen.»

«Verstehe.» Angelika schaut ihm nach, wie er in Anderles Wohnung verschwindet.

ROM, 19. TAG In der stickigen Kammer hängen zwei Bilder von Olevano, Neoexpressionismus, Datum unbekannt. Das reicht Angelika, um Olevano zu vergessen, Olevano ist ein Ort auf zwei Bildern, sie ist jetzt in Rom, und in den Rücken hat sie eine Mücke gestochen. Josef, denkt sie, hat ein Näheproblem, das es auch in der Kunst gibt: Wer dem Bild anheimfällt, ist verloren, und Josef will nicht, daß sich die Grenze auflöst, zwischen ihm und dem Bild und der Kunst und überhaupt, da kann man sich ja gleich umbringen, wenn man hienieden nicht einmal mehr weiß, wo man anfängt, wo man endet, und deshalb gibt Josef Obacht, daß sein Zehnagel da sitzenbleibt, wo er seit der Hälfte des Lebens schon sitzt, also keine Verschiebung, auch nicht in der Perspektive, und die erste Frage ist immer die, wo ist der Horizont, und der ist da, wo ich nicht bin.

Der Strom in Angelikas Hirn versiegt. Sie erwacht. Die Sonne steigt auf. Die Vögel schreien. Während Angelika auf dem Rücken liegt und blinzelt, fällt ihr schlagartig alles wieder ein. Der gestrige Abend. Kurz nach sieben klingelte es.

«Was ist denn mit dir passiert?» Mit ausgestrecktem Zeigefinger fuhr Josef an ihren Armen entlang und deutete auf ihre Quaddeln. «Das sieht ja richtig schlimm aus.»

«Mückenstiche.» Angelika ärgerte sich, daß sie keine langen Ärmel anhatte. «Was machst du in der Villa Massimo?»

Josef schlug einen Spaziergang vor. Zum Campo Verano, dem größten Friedhof von Rom. Angelika zog sich um. Sie trug jetzt ihr rotes Kleid und hatte sich das Haar hochgesteckt. Sie gingen den Viale Provincie hinunter, dann weiter an der Mauer entlang. In der Nähe der Piazza Val Massimo fanden sie einen Eingang, hinter dem sich antike Familiengruften entlangzogen. Uralte Lücken wiesen durch die Mauer nach draußen in die lebende Welt. Die Sonne war mild, lange Schatten warf sie auf die Totenstadt, auf pompöse Kapellen und Skulpturen, gewaltige Manifeste aus Gußeisen und Stein, die wie Zufallsmeteoriten aus dem Gestrüpp brachen. Sie durchstreiften einige chaotische Abschnitte und verliefen sich ins Elendsquartier. Bei den eingesackten Armengräbern, zwischen schiefen, verfaulten Holzkreuzen, wo Witwen die fetten Katzen fütterten, las Angelika am Wegrand Knochen auf.

Sie stach sich an einem Dorn, während Josef sich auf eine Treppe setzte.

«Was ist los?» fragte Angelika.

«Mir ist schwindlig», erwiderte Josef. «Mir kommt es vor, als wär mir das alles schon mal passiert.»

Angelika wischte sich das verschwitzte Haar aus der Stirn. Ihre Hand zitterte. «Hinter dem Telefon, nicht wahr? Zwischen Wand und Regal. Du hast die Briefe gelesen.»

«Welche Briefe denn?»

«Stell dich nicht blöder, als du bist.»

Josefs Augen funkelten. Er stand auf. «Nein, Angelika. Das habe ich nicht.»

Um die Ecke waren die Mauern kürzer, und plötzlich kamen sie zum Kinderfriedhof. Die Kindersärge wurden wie Urnen in sechsstöckige, langgezogene Regalbauten eingelassen, die einzelnen Fächer mit Platten versehen, auf denen neben den Photos Namen, Lebensdaten und Segenssprüche standen. Davor Plastikblumen und elektrische Kerzen. Die hinteren Mauergräber waren schon siebzig, achtzig Jahre alt, bisweilen klaffte mittendrin ein Loch, und drinnen lag Unrat und eine Schaufel. Doch dann wurden die Gräber immer frischer, und Angelika lief vor Josef her zu den Regalreihen der Gegenwart, die genauso aussahen wie die Regale in italienischen Kinderzimmern. Die hinteren waren noch voller Schutt, während in den vorderen schon tote Kinder lagen. Lustige Holzbuchstaben ergaben Namen wie Giulia und Roberto. Darunter ein lebendiges oder totes Kindergesicht, ein munteres oder starres, ein friedliches oder qualverzerrtes. Vor der Grabplatte drängelten sich Blumen, Plüschtiere und Plastikfiguren, neben aufgeklebten Dalmatinern schwankten bunte Gasballons.

Josef blieb stehen und bückte sich nach dem Bild eines toten Kinds, nach der Inschrift: «Wir haben geahnt, daß Du ein Engel bist, jetzt wissen wir es.» Eine Spieluhr dudelte «Happy Birthday to You», und geisterhaft glitzerte die tiefstehende Sonne, während Josef in die Hocke ging und am Mauerrand zwei kleine Tomaten pflückte, eine rot, eine grün, und beim Weitergehen in den Fäusten behielt.

Wie belemmert kamen sie zurück zur Villa Massimo. Sie redeten wenig. Manchmal streifte Angelika Josefs Arm. Zwischen ihnen stand eine unerklärliche Spannung. Kein Wort wird gesagt, auf das nicht die Tat folgt, überlegte Angelika und strich ihr Kleid glatt. Kein Wort wird verschwiegen, das nicht eine Kette von Verstrickungen nach sich zieht, Unbeteiligte, die davon nichts ahnen, werden zu Opfern der Handlungen oder unterlassenen Handlungen anderer, die davon ebenfalls nichts geahnt haben, und schuld ist oft nur ein Wort oder ein nicht gesprochenes Wort. Alles zählt, und nichts, das gedacht wird, und nichts, das nicht gedacht wird, ist jemals unwichtig, jeder Gedanke entscheidet, wie es weitergeht und wie es nicht weitergeht, wer stirbt und wer noch nicht stirbt, wer liebt, wer haßt und wer gleichgültig bleibt. Man weiß davon aber nichts, und man wird niemals mehr davon erfahren, das einzige, worin man sich auskennt, ist der Augenblick, und selbst da strauchelt man und begreift nichts.

Sie saßen bei Pepe Verde, in der Pizzeria am Viale Gorizia, auf der entgegenliegenden Seite der Via Nomentana, in der sich die Stipendiaten am späteren Abend trafen. Die Pizza kam aus dem Holzofen, sie roch nach Meer und Sonne, und der Teig war so dünn wie ein Daumennagel. Der Kellner brachte zwei riesige Teller. Kathrin drückte ihre Zigarre aus, Angelika schenkte Wasser nach. Gellberg und Josef wünschten einander guten Appetit.

«Wollt ihr ein Stück probieren?» Gellberg schob die Meeresfrüchte mit dem Messer beiseite, ehe er die Pizza durchschnitt.

Kathrin schüttelte mit gespieltem Entsetzen den Kopf. «Der Techniker hat mich eingeladen, also mußte ich alles aufessen, was er bestellt hat.»

«Du auch nicht?» Gellberg sah Angelika forschend in die Augen.

«Nein, danke.»

Josef schnitt schweigend seine Margherita in Stücke. Eine Tomate lief aus. Der rote Saft spritzte aufs grüne Tischtuch.

«Wart ihr eigentlich schon im Petersdom?» fragte Kathrin. «Den will ich nämlich noch sehen. Vor allem will ich rauf auf die Kuppel. Der Blick über Rom...»

Angelika runzelte die Brauen. «Warst du eigentlich mal katholisch?»

«Ja klar, wieso?»

«Wir können ja morgen zusammen dorthin», schlug Gellberg vor.

Es geht gegen Mittag. Im Schweiß badend jagen Angelika, Gellberg und Josef schwindelnd schiefe Wendeltreppen hoch, hinauf auf die Kuppel, Kathrin keucht hinterher. Sie müssen sich durch hüftenge Gänge winden, was Gellberg bald bis an die Grenzen treibt. Er leidet unter Höhenangst, und, endlich oben angekommen, preßt er sich zitternd an die Mauer, Josef und Angelika lehnen nebeneinander an der Brüstung und schauen hinunter auf die Plätze, die Menschen, die Dächer, die Autos.

«Roma», haucht Kathrin, die ein Stück weiter links steht. Sie dreht sich zu Gellberg um und winkt. «Komm her, Axel, das ist wirklich der blanke Wahnsinn.»

Aber Gellberg ist schon im Dunkel des Ausgangs verschwunden und macht sich allein an den Abstieg. Um sich abzulenken, zählt er die Stufen. 320 Stufen unterhalb der Aussichtsplattform liegt der Eingang ins Innere der Kuppel, die sich nun gigantisch und perspektivlos wölbt über ihm, was Gellberg noch stärker schauern läßt. Er hält sich in der Mitte des Rundgangs und blinzelt. Einen Augenblick lang schaut er hinunter auf die winzig kleinen Touristen, die in Gruppen den Petersdom abschreiten, da und dort stehenbleiben.

«Du stellst dir vor, daß du, genau hinter dem Wort ECCLESIAE, übers Gitter steigst und dich wie ein Bungee-

Jumper kopfüber hinabstürzen läßt», sagt Angelika, die ihm gefolgt ist.

Gellberg geht langsam weiter. Angelika ihm nach.

«‹Du wirst es nicht gern hören, weil er Dein Chef ist, aber Gellberg und ich, wir hatten hinter Deinem Rücken ein Verhältnis›», zitiert sie den Schutzengel.

Gellberg bleibt stehen.

Angelika tritt so nah an ihn heran, daß sie sein Rasierwasser riechen kann, seinen Schweiß, sein Deo. Sie berührt seinen Rücken mit ihren Brüsten, und sie trägt wieder das rote Kleid. «Der Brief kam vor etwa zwei Wochen. Gellberg, mit wem hattest du hinter meinem Rücken ein Verhältnis? Mit wem warst du in Rom? Mit wem standest du hier, genau hier an dieser Stelle?»

Gellberg dreht sich um. «Hören Sie…»

Angelika spricht in seinen Atem hinein, der nach Knoblauch riecht und nach Pfeife. «Laß das blöde Sie weg. Ich hab dich was gefragt. Mit wem warst du hier? Kathrin, ist es Kathrin?» Sie brüllt ihm ins Ohr.

An ihnen vorbei drängeln sich japanische Touristen.

«Du, Josef und Kathrin. Ihr habt euch gegen mich verschworen und spielt nun zusammen den Schutzengel. Das gibt Sinn, das geht, das ist logisch. Zu dritt ist das alles machbar. Bloß warum? Warum? Weshalb wollt ihr mich fertigmachen? Was hab ich euch denn getan?»

Gellberg faßt sie an den Schultern. Sein linker Mundwinkel zuckt. «Nichts. Nichts hast du getan. Keinem von uns. Weder mir, noch Josef, noch Kathrin.»

«Dann sag mir, wer der Schutzengel ist!» brüllt Angelika, die versucht, sich von seinem Griff zu befreien.

Gellberg schüttelt den Kopf.

«Ich halte diese andauernden Déjà-vus nicht mehr aus.

Ich habe allmählich bei allem das Gefühl, ich hätte es schon einmal erlebt. Und Josef geht es angeblich genauso. Aber ich glaube ihm kein Wort.»

«Beruhige dich.» Gellberg lockert seinen Griff.

«Das ist Psychoterror!» Angelika trommelt mit den Fäusten auf Gellbergs verschwitzte Brust.

Das verlassene Gelände der Villa Massimo liegt unter einer die Sinne betäubenden Smog- und Hitzeglocke, und Angelika kann sich nicht vorstellen, daß hier Kunst entsteht. Keine Ahnung, was die alle hier tun, denkt sie, keine Ahnung, wo sie sich verstecken. Vielleicht jetten sie zum Wochenende mal schnell nach Berlin, Frankfurt und Hamburg, um sich dort abzukühlen.

Es ist zu heiß, um noch Probleme zu haben. Der Kies knirscht unter Angelikas abgelaufenen Absätzen. An den Ateliers vorbei geht sie hinüber zur Villa. Sie braucht eine Dusche. Und dann zwei Stunden Siesta.

Jemand läuft hinter ihr her. Jemand schnauft in ihr Ohr. Jemand packt sie bei der Schulter. Angelika fährt herum. Es ist der Pförtner.

«Signora. Dieser Brief ist für Sie angekommen.» Er streckt ihr einen länglichen Umschlag entgegen, der in ihrer Handschrift an sie adressiert ist. Dr. Angelika Haupt, Villa Massimo, I-00 161 Rom.

Wenn Du in Deiner Kammer aus dem vergitterten Bullauge siehst, blickst Du auf einen in eine Toga gewandeten Rücken, der in einem U-förmigen Pulloverausschnitt endet. Das macht Dich ganz irre, denn wo ist der Kopf?
So gibt es etliches, woran Du Dich abarbeiten könntest, wie beispielsweise an der Macht von Ikea. Diese entsetzlichen gel-

ben Lampen in der Kammer! Daß sämtliche Deutschen Akademien in der ganzen Welt mit Ikea kooperieren, läßt den Schluß zu, daß auch die Statuen dereinst vom ästhetischen Ikea-Vorgänger in Serie gebracht wurden, und wahrscheinlich stehen sie nicht nur in Rom herum, sondern auch in Tokio, Kapstadt und Helsinki, in sämtlichen Vorgärten der Goethe-Institute, DAAD-Häuser und kulturellen Caritas-Vereine, wo es auch zweifellos überall dieselben Lampen gibt.

Vielleicht haben aber auch rebellische Stipendiaten versucht, diesem Ikea-Monopol den Kopf abzuschlagen, und sie haben die Häupter als Trophäen mit nach Hause gewuchtet, wo sie jetzt in zugigen Berliner Hinterhöfen herumlungern, in Münchner Biergärten und Hamburger Reihenhaussiedlungen, bis man sich überhaupt nirgendwo mehr auskennt und jeder Winkel zum Ableger einer irgendwo im Kosmos zurückgelassenen Institution wird.

Wie die Köpfe der Statuen, so fehlen auch die Stipendiaten selber. Vielleicht sind sie mit ihrer Beute schon längst über die Autobahn gen Norden gebrettert, und nur noch ganz wenige sind da und streichen, mit Steinäxten bewehrt, durch den Dämmer. Wahrscheinlich warten sie nur noch darauf, daß der Kopf, den sie sich ausgesucht haben, endlich rollt, und der Kulturminister hat bei Ikea schon wieder ein neues Sortiment an Statuen bestellt, mit dem die nächste Stipendiatengeneration wieder ihren vorausprogrammierten Kahlschlag veranstaltet.

Über all das könntest Du nachdenken, es wären gute und nützliche Gedanken, statt dessen denkst Du immer nur an Deinen Schutzengel. Du denkst unablässig an mich, und das hat einen Grund: Du spürst, daß etwas passieren muß, und wenn jetzt etwas geschieht, in dieser tödlichen Langeweile, dann ist es ganz bestimmt ein Mord.

Am Abend schlüpft Angelika in ihr schwarzes Etuikleid. Es ist klassisch geschnitten und endet knapp überm Knie. Sie hat es im Frühjahr für die Beerdigung eines Patienten gekauft. Dafür war es eigentlich zu elegant, und sie hat es seitdem nie wieder getragen. Sie bräuchte andere Schuhe dafür. Aber sie hat nur die ausgetretenen Sandalen.

Am späten Abend, die Sicht ist klar, wird Sargschläfer wie die meisten Stipendiaten bei Tisch der Meinung sein, daß es ihresgleichen ehrt, wenn einer sie abhört. Er, wird Sargschläfer erklären, während er als Hauptgericht Hirn verspeist, wäre stolz darauf, aber leider werde sein Telefon nicht abgehört.
Du wirst vorher einer Lesung des Stipendiaten Sargschläfer beigewohnt haben, der hinterm Stacheldrahtzaun der Massimo scheußliche Visionen von urbaner Apokalypse anpreist. Sargschläfer wird in einem dreiteiligen Straßenanzug in den Ring der Bibliothek steigen, Schweißperlen auf der Glatze, Siegelring am Finger, Handtuch um den Hals, wie ein Zuhälter und Boxer und Halbweltgigolo, und er wird auf furiose Weise Phrasen dreschen, und hinterher erzählt er Dir beim Wein, nach einem himmlischen Essen im Villeneingang, «soziales Verhalten ist faschistoid».
Da wirst Du zum erstenmal laut, aber Du schreist leider nicht, wie Kathrin hinterher bemängeln wird, «na, du faschistoide Sau, weshalb hast du uns dann zum Essen eingeladen?» Soweit gehst Du noch nicht, aber Du hast zum erstenmal keinen Kater am Morgen, keinen Kater, keine Migräne und keinen Kreislaufkollaps.

Kröten, überall Kröten. Als Angelika gegen Mitternacht schlafen geht, sitzen überall auf dem Kiesweg Kröten. Sie seien giftig, hat Sargschläfer gesagt, und Angelika bemüht sich, mit ihren Sandalen auf keine Kröte zu treten.

ROM, 20. TAG Schon morgens an der Piazza Bologna sprach die halbe Bar davon: Daß heute der heißeste Tag sei seit mindestens vierzig Jahren, oder in diesem Jahrhundert, oder vielleicht in diesem Jahrtausend gar, siebenundvierzig Grad bereits, und plötzlich sprang Sargschläfer herein, in eleganten, perforierten, terrakottafarbenen Slippers, Bermuda-Shorts und einer folkloristischen Weste, aus deren V-förmigem Ausschnitt sein blondes Brusthaar quoll. Sein schweißiges Gesicht hatte die Farbe einer auslaufenden Tomate.

Sargschläfer stellte sich neben sie und bestellte einen doppelten Espresso. Trotz der Hitze trug er seinen Siegelring, unter dem er stark schwitzte. Jedenfalls war die Hand, die er ihr gab, klatschnaß. «Mojn, mojn. Staack-Schäfer mein Name. Sind Sie drüben die neue Bürokraft?»

«Haupt. Angelika Haupt.» Sie kramte in ihrer Tasche nach der Visitenkarte. «Bitte. Wir hatten gestern abend bereits das Vergnügen. Ich war auf Ihrer Lesung und anschließend beim Essen. Ich saß neben Kathrin.»

«Ach ja, Sie warn das», murmelte Sargschläfer, während er die Karte überflog. «Psychologin. Promoviert. Und da arbeiten Sie hier im Büro?» Er gab ihr die Karte zurück. «Aber warten Sie mal. Haupt. Sind Sie die Frau von Gunnar Haupt? Dann haben Sie die Stelle wohl auf Empfehlung ...»

Angelika stieß sich vom Tresen ab. «Mein Mann heißt Thies Taler. Schönen Tag noch.»

«Thies Taler!» Sargschläfer packte sie am Ärmel. «Der Publizist Thies Taler! Ich faß es nicht. Die Welt ist so klein ... Wir haben uns vor ein paar Wochen mal kennengelernt, im Goethe-Institut, hier in Rom ... Aber ich dachte, er sei schwul. Er hatte so einen Typen dabei, ich glaube, es war ein Italiener ...»

Josef wird am Abend, als ein Wind geht und die Wespen taumeln, übertrieben munter in Erwägung ziehen, daß er sich demnächst vom Felsen stürzt. Ihr seid Euch schon wieder so nah, daß es Dir wehtut, aber Josef muß Dich offenbar noch weiter verstricken, er muß sagen, «du bist mein Freund». Das klingt entsetzlich, doch Du versuchst, an Josef die richtigen Worte zu richten, also nicht die, an die er sich nach Jahren noch mit Grauen erinnert, und Du merkst plötzlich, es ist egal, was Du sagst, es ist alles richtig, Du kannst überhaupt keinen Fehler mehr machen. Der Moment, in dem Du nichts mehr falsch machen kannst, ist der Augenblick eines großen Hallelujas. Die Freude darüber trifft Dich mehr als die Zurückweisung, sie ist ein größerer Schmerz, denn Dir wird plötzlich bewußt, wie weit Du Dich schon von der Kindheit entfernt hast. Seit Jahren hast Du nichts als Fehler gemacht, und auch die anderen haben nichts als Fehler gemacht, und pausenlos habt Ihr Euch im Namen der Freundschaft Eure Fehler vorgeworfen, Euch gegenseitig berichtigt, übertroffen und erzogen, jeder hat seinen Entwurf über den Entwurf des anderen gehängt und versucht, den andern zu schmälern, ihn zu formen nach seinem Bild, und jeder hat sein Bild vor das Bild des andern gestellt, jeder hat den andern übertüncht und ausgelöscht und zum Schluß neu erfunden, jeder hat triumphiert, denn jeder hatte Angst davor, vom andern zum Schluß neu erfunden, zuvor aber ausgelöscht und übertüncht zu werden, jeder fürchtete sich davor, daß sein Bild hinter dem Bild des anderen anstand, jeder schützte sich davor, von fremden Vorstellungen verformt, geschmälert, mißachtet und erzogen zu werden, jeder verabscheute die Korrektur und die eigenen Fehler, die im Namen der Freundschaft nach Verbesserung schrien, nach Vergebung, nach Unterlassung, die eigenen Fehler, die nicht hinnehmbar waren, für Dich selbst nicht.

Und nun spürst Du plötzlich, Du kannst keinen Fehler mehr machen, Du kannst Josef sagen, was Du willst, Du kannst Dich Josef gegenüber verhalten, wie Du willst, Josef wird Josef sein, und Du bist Angelika …

Sargschläfer sitzt schweißüberströmt auf einem Steinmäuerchen vor der Reihenhausidylle und wünscht Angelika, die mit einem knappen Kopfnicken an ihm vorbeigeht, «noch viel Spaß». Er fahre «für zwei Tage nach Deutschland». Er intoniert das Wort «Deutschland» so wegwerfend, als müsse er den Ansturm von mehreren Mikrophonen abwehren, und er blinzelt, als blendeten ihn die Scheinwerfer, oder vielleicht blickt er auch direkt in die Kamera.

Anderles Terrassentür steht offen, drinnen liegt ein Zettel. Gellberg, Josef und Kathrin sind nach Trastevere gefahren und schlagen Angelika vor, daß man sich gegen acht an der Piazza S. Maria in Trastevere trifft. An Dollingers Lieblingsplatz! Wie gern kehrt sie dorthin zurück. Denn dort hatte Angelika mit Thies und Dollinger gehockt, während Dollinger von den sie umgebenden Apricottönen schwärmte, von den filigransten, verflecktesten Fassaden Roms.

Lieber Günther!
Bevor mein Urlaub zu Ende geht, möchte ich die Gelegenheit nutzen und Dir einige Dinge erklären, die ich Dir in der Klinik wahrscheinlich nicht erklären könnte. Ich kündige. Ich verlasse die Klinik so bald wie möglich, das heißt, ich kehre nicht mehr in meinen Aufgabenbereich zurück. Die Außenwohngruppe wird ohne mich zurechtkommen, oder ein neues Modell wird sich finden. Ich habe mich zu lange für unentbehrlich gehalten, eine Berufskrankheit, und erst hier habe ich begriffen: Ich bin es nicht.

Der Hauptgrund für meine Kündigung liegt nicht bei Dir, obwohl es mich maßlos geärgert und gekränkt hat, daß Du Dich überall einmischst, knallhart Kompetenzen überschreitest und den Chef herauskehrst, obwohl Du es doch eigentlich besser wissen müßtest. Ich habe Dich fünfzehn Jahre lang für meinen väterlichen Freund gehalten, ich verdanke Dir viel, doch jetzt kommt der Punkt, an dem unsere Wege sich trennen.
Ich gehe nicht wegen Dir, aber ich kann, aus Rücksicht auf Dich, auch nicht länger bleiben. Daß ich die Arbeit in der Klinik und insbesondere natürlich das Reintegrationsprojekt aufgebe, liegt zunächst vor allem an der mangelhaften und in meinen Augen völlig verfehlten Supervision. Deine Abteilung ist nicht in der Lage, Arbeitsbedingungen bereitzuhalten, in denen sich eine Therapeutin bewähren kann. Sowohl unsere Supervisionsgruppe als auch meine Einzelstunden bei Dir verfolgen doch eigentlich nur den einen Zweck: Das System am Laufen zu halten. Es wird nicht wirklich hingeschaut, sind die Mitarbeiter ihren Aufgaben gewachsen, wo liegen die Defizite, wo lauern die Gefahren, sondern die Konflikte werden endlos vor sich hergeschoben. Je tiefer die Krise geht, desto mehr wird man zum Durchhalten ermuntert. Hauptsache, die nächste Woche läuft glatt, und es kommt nicht zu Pannen. Manchmal glaube ich, wir verachten unsere Patienten. Ja, Patienten. Wir haben, aus Gründen der persönlichen Würde, stets lieber von ‹Klienten› gesprochen, wo kein akuter, bedrohlicher Krankheitsfall vorlag, der die allgemeine Diagnose überstieg. Auch da, wo über die Kasse abgerechnet wird, was dem Fachjargon nicht entspricht, und ich fürchte, wir haben unseren guten Willen überschätzt. Denn wir versorgen psychisch kranke Menschen mit unfähigem Pflegepersonal und unqualifizierten Therapeuten, die mit ihrem verirrten Mitleid so überfordert sind, daß sie selber Symptome entwickeln.

Auch der Schutzengel hat von ‹Klienten› gesprochen. Auch er. Warum auch er?

Ich denke hierbei auch an mich und gehe somit vor allem wegen mir selbst. Wir hätten längst gemeinsam herausfinden müssen, daß ich für die Stelle nicht geeignet bin. Wobei ich weiterhin nicht glaube, daß mein Ansatz der falsche ist. Er ist nach wie vor richtig, denn es bringt nichts, Menschen, die weitgehend in der Lage und willens sind, ihren Alltag selbst zu gestalten, monate- oder gar jahrelang in der Klinik festzuhalten. Aber ich bin nicht gefestigt genug, diese Patienten weiterzubetreuen, weil ich herausgefunden habe, daß ich bestimmte Anteile meiner Persönlichkeit weder integrieren, noch von anderen abgrenzen kann. Ich mußte hier in Italien erst eine ganz andere, eine kulturelle Institution kennenlernen, die sogenannte Deutsche Akademie, die unsere offene Psychiatriearbeit allerdings erstaunlich klar widerspiegelt, um meine Defizite zu erkennen.
Es hat hier mindestens drei Vorfälle gegeben, bei denen ich dem Tod ins Gesicht sah, aber es war nie der Tod, es war immer ein Irrtum, wir leben alle noch. Ich habe mich diesen Situationen nicht wirklich gestellt, ich habe Ausflüchte gesucht, Symptome gebildet, meine Diagnosen waren allesamt falsch. Solange ich ständig befürchten muß, Fehler zu machen, leide ich unter der Angst vor diesen Fehlern. Davor fürchte ich mich aber, vor der Angst, vor den Fehlern und vor den Folgen der Fehler, und in erster Linie auch vor der Angst vor der Angst, und ich verabscheue diesen Kreislauf.
Ich kann die latente Gefährdung um mich her nach wie vor nicht wirklich einschätzen, und ich weiß immer noch nicht, wer mir als Schutzengel anonyme Briefe schreibt. Es scheint ein hochintelligenter Mensch zu sein, der sich selber in einem

Trennungstrauma befindet. Und der es tatsächlich gut mit mir meint, aber sicher bin ich mir nicht.
Ich bin selbst mit meinen Trennungstraumata nicht im reinen, und damit leide ich unter einer Verschiebung der Todesangst. Deshalb verabschiede ich mich vorläufig auch von der forensischen Psychologie, von der Gerichtspsychiatrie und von der Polizeiarbeit. Ich glaube, ich sollte dorthin erst wieder zurückkehren, wenn ich ein anderes Verhältnis zum Tod gefunden habe. Ich möchte den Tod als Teil des Lebens begreifen. Weil ich diesen notwendigen Aspekt bisher verdrängen mußte, habe ich mich auf Täter und Opfer von Gewalttaten spezialisiert. Hier wirkt der Tod nie natürlich, nie als zum Leben gehörig, er ist immer ein Skandal, und daher lenkt jeder Mord prinzipiell von den Grundtatsachen des Lebens ab, solange man sie nicht akzeptiert und verinnerlicht hat: Daß das Leben ein Kreislauf ist, daß wir leben und sterben müssen.
Ich werde mir deshalb für die nächsten Jahre einen Platz in der Geriatrie suchen. Mir hat es vor alten und kranken Menschen, die in einer Anstalt gefangen sind und nur noch ihrem Tod entgegensehen, von jeher am meisten gegraust. Ich finde Greise viel bedrohlicher als jede noch so entsetzliche Form von Gewalt, weil sie auf eine Leere zusteuern, die wir alle nicht fassen können. So scheint es im übrigen nicht nur mir zu gehen, sondern es ist eine gesellschaftliche Krankheit, daß wir den Tod verleugnen, und daher halten wir uns so verzweifelt an unserm brüchigen Ich fest. Bröckelt es einmal, sind die Folgen nicht mehr abzusehen.
Ich hoffe, Du hast für meinen Schritt Verständnis.
Herzliche Grüße, Angelika
P. S.: Ein formales Kündigungsschreiben geht Dir zu, sobald ich wieder in Hamburg bin.

Die Mauern sind noch transparenter geworden, noch luzider, und an einigen bröckelnden Abschnitten scheint im Dämmer schon das Licht durch, das Licht, das vom Tod herkommt. Die Häuser an der Piazza S. Maria in Trastevere beginnen sich aufzulösen, sie tragen sich ab und zerbröseln am Ort von Dollinger, aber Angelika kennt seinen Tod nicht. Sie weiß nicht, woran er starb. Seine Todesursache ist ihr so unbekannt wie die des Kunstlehrers und die von Margrets Mutter. Sie weiß nur, er war herzkrank, aber vielleicht hat er sich, beim Herannahen des Herztods, sein Ende selbst zugefügt.

Und noch einmal essen sie zu viert Pizza, Gellberg, Josef, Angelika und Kathrin, in einer von den Einheimischen überlaufenden Trattorìa, vor der man enge Tischreihen entlang des Viale Trastevere aufgebaut hat. Während sie essen, wird die Schlange der wartenden Gäste immer länger. Flirrende Hitze. Drinnen schlägt der Pizzabäcker seinen Teig auf das Holzbrett, man darf ihm zusehn, wie er walkt, wie er knetet, ein zweiter streut den Belag darauf, ein dritter schiebt die Pizzen im Akkord in den Ofen. Und während Angelika sich Rughetta und Rinderschinken in den Mund stopft, sagt Josef: «Die Stipendiaten sind treu, es ist die Heimat, die wankt.»

«Es ist mein letzter Abend», erwidert Gellberg.

«Ja», meint Josef, «lange geht es hier nicht mehr.»

Schweigend fahren sie zurück in die Villa Massimo. In Sargschläfers Garten wird gegrillt. Sechs Stipendiaten spielen mit einer Tube Tomatenmark Flaschendrehen. Kathrin, Josef und Gellberg besorgen noch Stühle. Angelika holt einen angebrochenen Weißwein aus dem Kühlschrank. Als sie zurückkommt, erklärt Kathrin gerade, daß das zwanzigste Jahrhundert endlich aufgehört habe, im Künstler nach Talent zu suchen, wer ein Talent habe, sei meistens schlecht. Dabei zieht sie heftig an der Zigarre.

Halbherzig pflichtet Josef ihr bei, daß es in der Kunst hauptsächlich auf die Wahrnehmung ankomme.

Im Grunde bin ich der altbackenen Meinung, daß jeder, der mit institutionellem Segen Kunst macht, auch was können muß, denkt Angelika. Er muß Höhlen bemalen, Hieroglyphen meißeln und die Sixtinische Kapelle gestalten können, und wer das nicht kann, soll mit seinem Vandalismus sofort aufhören. Sie nippt an ihrem Glas und lächelt.

«Aber», sagt Josef, der mit dem Wachs einer roten Kerze spielt, «alle wollen sie nach New York. Poststrukturalismus fickt freie Marktwirtschaft, derweil man Wände beschmiert oder beschmieren läßt, aus denen die eine oder andere pornographische Sprechblase hervortritt.»

Stille. Angelika lächelt breiter. Sargschläfer gähnt.

«Es dreht sich alles nur noch um die Repräsentationskunst. Was der Künstler macht, ist egal, je dreister, desto besser, er muß sich selbst nur gut vermarkten. Die eigentliche Kunst besteht also darin, einen Käufer für bestimmte künstlerisch verbrämte Anteile der eigenen Leere zu finden, unter Zuhilfenahme einer Marketing-Idee. Diese Idee preist sich selbst an, das Produkt, so es eins gibt, ist vernachlässigbar.»

Kathrin springt auf. Sie ist leichenblaß. Mit zitternden Händen wühlt sie im Rucksack. Sie holt etwas heraus und verschwindet damit im Dunkel.

«Jetzt reg dich doch nicht so auf», ruft Angelika. «Er meint doch nicht dich damit.»

Aber Josef ist nicht mehr zu bremsen. «Der Künstler bietet sich feil als Ware, ein reiner Tauschvorgang, der nichts gegen alles aufwiegt, es herrscht nicht die geringste Differenz zur Macht des Bestehenden, und damit befindet sich die Kunst vollends auf der Höhe der Zeit. Keine Utopie. Die Kunst wird zum Konsumartikel, der Künstler zu einem Teil der Geldzirkulation, und je berechenbarer sein Wert, desto größer wird sein Erfolg sein ...»

... weil er durch die Vermarktung der Leere den Tod verdrängt. Angelika nickt.

Es dauert einen Moment, dann fangen alle an zu lachen, denn Josef wirft die Kerze um, das rote Wachs läuft über den Tisch, er verbrennt sich den nackten Schenkel und tanzt wie Rumpelstilzchen durch den spärlich erleuchteten Garten. An ihm vorbei huscht der Schatten von Kathrin. Plötzlich hält er inne, faßt sich an die Kehle, verdreht die Augen und fällt um.

ROM, 21. TAG Am Vormittag geht Angelika endlich zum Schuster und läßt die Sandalen reparieren. Neue Absätze, neue Sohlen aus Gummi. Als sie zurückkommt, ist der Rasen sauber. Gellberg sitzt auf einer schattigen Bank im leeren Gelände, eine kopflose Statue schielt ihm über den Rükken und atmet Pfeifenrauch.

Bin ich zu forsch gewesen, Angelika, habe ich mir zuviel erlaubt? Denn vertun kann man sich immer, vor allem dann, wenn man sich sicher ist, daß dies der Ton sei, auf den es ankommt. Wie beruhigend ist es doch für unsresgleichen, daß es überall Letzte Instanzen gibt, festangestellte Redakteure, Lektoren, welche die Grundsicherheit ihrer Existenz dazu ausnutzen, unsereinen zu entlasten. Sie sind zwar meist schwierig,

weil sie neurotisch, cholerisch oder alkoholisch veranlagt sind, sie stecken selber bis zum Rand voller Zweifel, sie haben Hierarchieprobleme oder sind einfach nur sanft, sehr sanft, oder sie sind plötzlich wutschputsch weg vom Fenster und tauchen hinter einer ganz anderen Gardine unversehens wieder auf. Wie gern hätte ich jetzt einen von diesen Göttern an meiner Seite, der mir das Entscheidende abnimmt.
Ich bin allein. Nichtsdestotrotz. Ich werde Dir dennoch als nächstes so gut wie eben möglich erklären, was es mit Josefs Sätzen vom Selbstmord auf sich hat. Denn es handelte sich dabei weder um Warnungen, noch um Drohungen, noch um die von Dir gemutmaßten Verstrickungswünsche. Josefs Aussage, nämlich daß er sich demnächst irgendwo runterstürzen werde, ist vielmehr als Ankündigung zu verstehen, nicht einmal als Aufforderung, sondern lediglich als Ankündigung, und er meinte damit nicht das, was er sagte, sondern er meinte schlicht: «Bleib da, wo du bist.»
Josef hat diesmal nicht davon gesprochen, sich umzubringen, sondern davon, sich irgendwo runterzustürzen. Beschämt wirst Du jetzt erkennen, Du hast den Unterschied nicht bemerkt, weil es für Dich stets eins gewesen ist, das sich Umbringen und das sich irgendwo Runterstürzen, seitdem Thies Dich vor dreizehn Jahren gefragt hat, «was würdest du tun, wenn du dich umbringen willst?», und Ihr habt festgestellt, daß Ihr die gleiche Todesart wähltet, falls das jemals nötig werden würde, und darüber seid Ihr Euch nähergekommen.
Hätte Josef gesagt, daß er sich vor den Zug lege oder Tabletten nehme, dann hättest Du gelacht oder ihn für meschugge erklärt, denn es ist lächerlich oder meschugge, wenn ein Mann, der auf dem Sprung ist, der also kurz davorsteht, sein bestes Buch fertigzuschreiben, wenn der Mann sich an diesem Punkt vor den Zug legt oder Tabletten nimmt. Josef bringt sich nicht um, zu-

mindest jetzt nicht, weil er weiß, daß er auf dem Sprung ist, und wer auf dem Sprung ist, der springt nirgendwo runter; aber das Bild vom Felsen hat, was Josef nicht ahnen konnte, Deine eigene Selbstmordphantasie beflügelt, und eben das hat Dich verstrickt. Du würdest Dich somit wieder einmal in Dir selbst verheddern, würde ich Dich nicht rechtzeitig darauf hingewiesen haben, daß Josef lediglich ankündigt, was sein soll.

«Bleib da, wo du bist.» Du hast die Fluchtdistanz erreicht und sollst auf der Fluchtdistanz verharren. Du wirst Dich fragen, warum Josef einen so großartigen Sachverhalt so kompliziert ausdrücken muß, indem er ankündigt, sich irgendwo runterzustürzen. Ich werde antworten, daß Männer zwar unlogisch denken, aber logisch handeln, während Frauen zwar logisch denken, aber unlogisch handeln.

«Hat Josef jemals davon geredet, sich umzubringen?»

«Dauernd.»

«Wie genau hast du ihn dir angesehen, als er kürzlich wie tot im Bett lag?»

«Gar nicht.»

«Angelika. Du hast gesagt, du hättest ihn untersucht.»

«Habe ich das?»

«Du hast also nicht einmal Erste Hilfe geleistet?»

«Nein. Ich habe die Polizei gerufen und bin davongerannt. Dann habe ich mich in der Klause versteckt. Ich war panisch.»

«Und daraufhin kam dieser Harry.»

«Genau. Daraufhin kam Harry.»

«Irgendwas stimmt da nicht.»

«Warum?»

«Hatte Josef eine Einstichstelle? In der Hüfte, am Bauch, am Hintern?»

«Weiß ich doch nicht. Ich sag dir doch, ich bin geflüchtet.»

«Wie kommst du dann darauf, daß Kathrin ihm Insulin gesetzt hat?»

«Ein Befreiungsschlag. Josef hatte drei tote Skorpione im Gesicht. Und Kathrin leidet unter einer Spinnenphobie.»

«Ich sag dir doch. Er hätte, um den Insulinstoß zu überleben, selbst Diabetiker sein müssen.»

«Vielleicht war er das ja auch. Ohne es zu wissen.»

«Hat Josef gestern von Selbstmord geredet?»

«Nein, aber der Schutzengel.»

Wie Thies hat Josef dunkles Haar und sehr helle Haut, wie Thies hat Josef Olivenaugen, es sind Josefs Augen, die Dich am meisten an Thies erinnern, es sind wirklich fast die gleichen Augen, und manchmal verschiebt sich etwas Dein Blick, und Du siehst nicht mehr Josef, du siehst Thies, die Mimik, den Mund, die Augen von Thies, Josefs wunderbar kerniges Lachen, und Du merkst nicht, daß Du Josef mit Thies betrügst, Du merkst es erst, als Du plötzlich von Thies träumst, nachdem Josef sich von Dir mit kühlen Sätzen entfernt hat, Du träumst von Thies und davon, wie Thies eines Tages mit kühlen Sätzen aus Deinem Leben verschwand, und weil Du nun fürchten mußt, daß Josef tatsächlich wie Thies sei, erkennst Du endlich, was Du die ganze Zeit über und von Anfang an gesehen hast: an Josef haben Dich unter anderem Thies' Augen fasziniert, und indem Du Dich in Josefs Augen verliebst, verliebst Du Dich in einen Ausschnitt Deiner eigenen Geschichte.

«Weiß der Schutzengel, daß Josef tot ist?»

«Ich glaube nicht.»

«An was denkst du?»

Angelika sagt, sie vermisse alle, die sie jemals geliebt habe, und sie vermisse auch jene, die sie nicht geliebt habe und niemals mehr lieben werde, weil die Zeit, in der das stattfand oder hätte stattfinden können, eine andere war, weil die Zeit, die kommen wird, eine andere sein wird, und weil es keine gemeinsame Zeit mehr gibt oder geben wird, auch für jene nicht, die sie niemals gekannt und vielleicht nicht einmal getroffen habe, und auch jene vermisse sie.

Aber was gälte dann noch, würde Josef sich an Dich verlieren und Du Dich an Josef. Was gälte dann noch, stürztet Ihr ineinander, eine Hitze, eine Haut, ein Atem, ein Stoß. Ein Schrei, und wie ginge sie dann weiter, die Geschichte, oder bliebe sie stehen wie eine fallen gelassene Uhr? Sowas hast Du wohl schon öfter befürchtet, aber nach jedem Beischlaf tickte sie weiter, und auch nach jedem unterlassenen Beischlaf, sie tickte und tickte, und das Ticken wird Dich so oder so wieder an Deinen Platz bringen, es wird Josef an seinen Platz bringen, Dein Platz ist nicht der Platz von Josef, und würdest Du, stürztet Ihr ineinander, eine Hitze, ein Schrei, noch ertragen, daß Dein Platz nicht der Platz von Josef ist, sein Bett nicht Dein Bett, seine Haut nicht Deine Haut, sein Atem nicht Dein Atem?

«Was liest du denn da?»

«Was wohl.»

«Angelika, Du solltest diese Briefe nicht mehr aufmachen.»

Und stürztet Ihr auch ineinander, eine Hitze, eine Haut, ein Atem, ein Stoß. Ein Schrei, aber nach jedem Beischlaf tickt sie weiter, die Uhr, und auch nach jedem unterlassenen Beischlaf, sie tickt und tickt, und das Ticken wird Euch so oder so wieder an Euren Platz bringen. Dein Platz ist nicht Josefs Platz, und doch: Jeder Beischlaf zählt, auch jeder unterlassene Beischlaf, es ist nicht gleich, mit wem Du schläfst, und es ist nicht gleich, mit wem Du nicht schläfst, auch hinterher ist es nicht gleich, es wird niemals mehr gleich gewesen sein, und selbst, hättest Du Josef niemals schlafen gesehn, es wäre hinterher nie mehr gleich gewesen.

Angelika stochert mit der Sandalenspitze im Schotter. «Hast du mal von dem Zirkel gehört, der sich regelmäßig traf, um durch mentale Energien jemanden Bestimmtes umzubringen? Sie setzten sich im Kreis, schlossen die Augen und wünschten sich ganz fest, er möge sterben. Und stell dir vor, es hat funktioniert. Wenig später war er tot.»

«Nicht möglich», sagt Gellberg. «Wolltest du, daß Josef stirbt?»

Angelika macht eine Pause. «Vielleicht wollten in dem Moment alle, daß er stirbt, alle, die um den runden Tisch herumsaßen.»

«Klingt ganz schön abgedreht.»

«Was wissen wir von diesen Dingen.»

Gellberg malt Rauchkringel in die Luft. «Kathrin stand auf und lief in den Garten. Sie war in seiner Nähe, kurz bevor er starb. Sie hatte ihr Insulin dabei. Und plötzlich war sie weg. Seltsam, nicht wahr?»

«Wir müssen sie finden, wir müssen mit ihr reden», erwidert Angelika. «Ich traue ihr ja auch zu, daß sie...»

«Insulin läßt sich im Blut schon nach kurzer Zeit nicht mehr nachweisen. Wir werden somit nie erfahren, woran Josef gestorben ist. Denn das hier ist quasi exterritoriales Gelände. Der italienische Geheimdienst hat kein Interesse daran, unnötig auf sich aufmerksam zu machen. Er will, daß hier unter den Deutschen Ruhe herrscht. Deshalb wird die Leiche sowieso nicht ernsthaft obduziert werden. Die

Todesursache steht fest. Offiziell ist Josef erstickt. Plötzlicher Bolustod, perakut als Folge eines Larynxschocks.»

Angelika springt von der Bank auf. Sie sieht auf Gellberg hinunter. «Der italienische Geheimdienst? Unsinn.»

Er grinst. «Du weißt, ich habe einen Freund ...»

«... beim Verfassungsschutz.» Angelika faßt sich an den Kopf.

Gellberg grinst breiter. «Bolustod. Hervorragend. Man hat einen Gegenstand im Kehlkopfeingang gefunden. Einen Fleischbrocken.»

«Josef hat die Steaks nicht angefaßt.» Angelika stöhnt und setzt sich wieder.

Gellberg blinzelt in die Sonne. «Du glaubst, ich leide unter einem Verfolgungswahn. Aber du bist einfach nur naiv. Daß der italienische Geheimdienst die Deutsche Akademie beobachtet, ist ein ganz normaler Vorgang. Daß er dabei nicht gestört werden will, ist eine völlig logische Reaktion.»

«Also muß jemand mit am Tisch gesessen sein, der für die Italiener als Spitzel arbeitet.» Sargschläfer, denkt Angelika.

Kein Geräusch reißt die Luft. Reglos steht die Hitze.

«Erzähl mir von Thies.»

«Warum?»

«Sag einfach, was dir einfällt.»

Angelika denkt nach. «Das erste Mal liebten wir uns auf einer Wiese. Es ist Sommer gewesen, und es war nicht so prickelnd, wie ich es mir vorgestellt hatte. Ich hatte geglaubt, es würde ein einschneidendes Erlebnis werden, es würde alles verändern, und hinterher stand ich betäubt aus dem Gras auf und lief zu Christian. Mir blieb nichts übrig, als Thies wenig später zu gestehen, daß ich auch mit Christian geschlafen hatte. Und Thies lachte, er warf den Kopf in den Nacken und lachte.»

«Wer war Christian?»

Angelika sagt nicht: Er war mein Kunstlehrer. Sie sagt nicht: Er hieß Dollinger. «Ich fühlte mich schon damals unzugehörig, und ich litt darunter. Ich war immer nur Gast, nur Zuschauer. Ich wollte endlich aus der Rolle heraus. Ich wollte handeln.» Sie stockt. «Ich wollte mit der Geschichte nur deutlich machen, daß ich Kathrin sehr gut verstehe. Sie handelt kontraphobisch. Wie der Schutzengel muß sie eine sehr große Angst abwehren. Sie hat mit dem Tod zu tun, mit der Todesangst. Mit der Angst vor dem Leben und zugleich der Angst vor der Verfehlung des Lebens.»

«Oha.» Auf dem Holz der Bank klopft Gellberg die Pfeife aus. «Ich wollte eigentlich nur... Thies...»

Abrupt dreht Angelika sich zu ihm um. Plötzlich sieht sie die Zusammenhänge. Plötzlich weiß sie alles. Plötzlich gibt alles einen Sinn. «Kathrin hat eine Affäre mit Thies. Sie ruft ihn jeden Tag an. Oder er ruft sie an. Von ihr erfährt er all die Details. Er ist der Schutzengel.»

Sie legt die Hand an den Hals. «Mein Gott, dann hat er also doch noch den Schlüssel zu meiner Wohnung! Dann ist er also fast täglich dort, setzt sich an meinen Tisch und tippt diese Briefe ... Thies ist verrückt! Er schreibt mir anonyme Briefe und imitiert meine Handschrift. Er glaubt, ich gehe zu ihm zurück, wenn er mir beweist, wie gut er sich in mich einfühlt. Er glaubt, dann fange ich wieder eine Beziehung mit ihm an! Er hat die Hoffnung immer noch nicht aufgegeben!»

«Thies...» Gellberg holt tief Luft.

«Er tut so, als sei er hellsichtig. Dabei hat er das meiste ganz einfach von Kathrin. Er fragt sie aus, damit er mich mit dem, was sie ihm erzählt, unter Druck setzen kann. Das Zweite Gesicht, daß ich nicht lache. Paranoide Erpressung!

Sensitiver Beziehungswahn! Er liebt Kathrin nicht, er benutzt sie, aber du liebst Kathrin. Deshalb bist du hier, und deshalb duldest du den ganzen Schwachsinn. Du hast nur nach einem Vorwand gesucht, um euer Verhältnis wieder aufzunehmen. Kathrin hatte aber inzwischen eine heiße Affäre mit Josef, sie will nichts mehr von dir ...»

Gellberg sucht Angelikas Augen. «Ich bin gekommen, um dich zu beschützen.»

«Das ist doch Quatsch, Gellberg. Du hast ein Problem. Du bist Mitte Vierzig und hattest noch nie eine dauerhafte Beziehung.»

«Ich bin schwul», sagt Gellberg. «Kathrin wirkte mal eine Weile sehr männlich. Das fand ich sehr reizvoll, aber es ging trotzdem nicht.»

«Schwul?»

«In meinem Job ist es nicht immer ratsam, das an die große Glocke zu hängen. Aber ich dachte, es ist klar.»

Angelika sieht, daß sie atmet. Ihr Brustkorb hebt und senkt sich. «Dann hattest du ein Verhältnis mit Thies? Dann bist du mit ihm nach Rom gefahren?»

«Ja. Vor acht Wochen ungefähr. Am zweiten Juniwochenende.» Gellberg untersucht die Öffnungen seiner Pfeife. «Er hielt im Goethe-Institut einen Vortrag über Goethe in Italien. Darin kam auch Olevano vor. Wir besuchten Kathrin in der Casa Baldi. Mit ihr zusammen fuhren wir zur Villa Serpentara, wo Goethe an der Hauswand einen Spruch hinterlassen hatte. Thies wollte die Tafel photographieren. Wir klingelten unangemeldet. Josef war gerade angekommen. Er lud uns ein zu einer Tasse Tee. Dabei stellte sich leider heraus, daß er Thies kannte. Thies hatte Josef im Fernsehen verrissen, also nicht nur ein einzelnes Buch, sondern die ganze Haltung, das Umfeld und überhaupt. Eine Stunde lang der globale Verriß, und das im Hauptabendprogramm, das hatte Josef nicht gerade gut verkraftet.»

«Aber Thies ist doch nicht schwul», unterbricht Angelika.

«Nein. Er ist bi. Aber darum geht es doch gar nicht.»

«Mein Gott, vögeln denn hier alle im Reigen? Josef mit Kathrin, Kathrin mit dir, du mit Thies, Thies mit Kathrin...»

Gellberg unterbricht. «Darum geht es doch gar nicht. Es geht um Eitelkeit. Um Hahnenkämpfe. Darum, daß ein mäßig erfolgreicher Schriftsteller plötzlich auf einen ziemlich bekannten Kulturkritiker trifft, den er nicht ausstehen kann, weil der ihm überlegen ist. Thies ist klüger als Josef. Er kritisiert ihn, er hat Macht, er verreißt ihn im Fernsehen. Das erträgt Josef nicht.»

Aha, denkt Angelika. Josef hat also von Anfang an gewußt, wer ich bin. Er hat mich schon erwartet. «Josef hat Kathrin überredet, mich einzuladen, nicht wahr?»

Gellberg nickt. Schwach, aber er nickt.

«Erst wollte er mich einfach nur rumkriegen und fallen lassen. Er wollte, daß die Frau des Rivalen an seinem Haken zappelt. Er wollte mich emotional von sich abhängig machen. Und dann hat er sich überlegt, mir ein paar Streiche zu spielen. Die Leiche mit den drei toten Skorpionen im Gesicht. Er wollte mich damit schocken. Aber warum mich? Er weiß doch, daß ich so gut wie geschieden bin. Und wo bleibt da der Schutzengel? Ist Thies etwa doch nicht...» Angelika denkt nach. «Okay. Nochmal. Also: Du warst mit Thies in Rom. Er hat mir nichts davon erzählt, weil er nicht wollte, daß ich erfahre, er hat eine Affäre mit dir. Du hast aus den gleichen Gründen ebenfalls nichts davon erzählt.»

«Wir fanden beide, es sei unnötig ...»

«Gut. Dann habt ihr Josef getroffen. Josef schwor sich, Thies fertigzumachen. Er sann auf Rache. Zusammen mit Kathrin suchte er nach einer sicheren Strategie, wie er Thies' Karriere ruinieren konnte. Denn Kathrin fühlte sich ebenfalls schwer von Thies gedemütigt. Sie hatte sich fanatisch in ihn verliebt und wollte sich dafür rächen, daß er ihre Gefühle nicht erwiderte.» Angelika faßt sich wieder an den Hals. «Kathrin ist auf mich krankhaft eifersüchtig, weil sie weiß, daß Thies nach wie vor viel zu sehr an mir hängt. Sie glaubt, ich bin schuld, daß er sich nicht auf sie einläßt. Sie hat mich aus Wut und Zorn eingeladen. Kathrin und Josef wollten mir von vornherein irgendwelche Dinge antun, die Thies belasten sollten. Das war der Plan. Sie wußten zwar zunächst nicht genau, wie das zu packen war, aber dann kam gleich nach meiner Ankunft in Olevano Margrets Brief und damit der zündende Gedanke. Denn Kathrin hat Margrets Brief geöffnet, weil sie auf dem Umschlag meine Handschrift erkannte. Es war nicht Thies. Es waren Kathrin und Josef ...»

Gellberg faltet die Hände im Schoß. Dazwischen ragt der Kopf der Pfeife auf wie ein Phallus.

Die Briefe waren Kathrins Idee, und Josef machte mit. «Bleibt nur noch die Frage, wie sie so schnell an Margret anknüpfen konnten. Die einzige Lösung ist, daß Kathrin tatsächlich auf der Stelle nach Hamburg geflogen ist. Sie trug den frankierten Brief zum Postamt, ließ ihn am Schalter abstempeln, verlangte ihn unter irgendeinem Vorwand zurück und brachte ihn im Flieger nach Rom. Das hat sie noch zwei- oder dreimal so gemacht, die restlichen Poststempel sind gefälscht. Oder sie hat die Briefe am Flughafen irgendwelchen Leuten mitgegeben. Sie zog eine Diskette mit meinem Briefkopf und druckte die Briefe im Büro der

Villa Massimo aus. Josef ist Rechtshänder. Er könnte also meine Schrift perfekt nachgeahmt haben, und natürlich hat er mit Kathrin munter getextet. Nur, um die eigene Prophezeiung prompt in die Realität umzusetzen, sobald Kathrin nicht da war.» Angelika seufzt. Irgendwas stimmt da noch nicht.

«Mein Flieger geht um halb fünf.» Gellberg faßt sich an die Stirn. «Ich muß sofort den Flug umbuchen.»

Angelika hält ihn am Arm fest. «Moment. Thies schreibt nach dem Doppelpunkt klein. Der Schutzengel schreibt auch klein. Irgendwann sollte ich herausfinden, daß Thies in Rom gewesen war, und ich sollte beweisen, daß er der Schutzengel ist ... So hatten Josef und Kathrin das geplant. Die Frage war nur, wann die Bombe platzen soll, und da machte Kathrin einen Alleingang: Sie suchte nach dem Aufhänger, der die Sache überall in die Medien bringt. Deshalb kam sie auf die Idee, daß die Identität des Schutzengels sich exakt an dem Punkt lüften soll, wo Josef tot ist. Also heute, genau heute, jetzt, in diesem Augenblick ...»

Gellberg blinzelt in die Sonne. «Also Rufmord als Motiv für einen Mord in der Villa Massimo? Der definitive Dildo fürs Sommerloch. Aber es war kein Mord. Es war der Bolustod eines Betrunkenen, dessen Reflexe nicht mehr funktionierten. So will Italien das.»

«Warum eigentlich?»

«Tja. Vielleicht recherchieren sie grad an einer andern, weitaus größeren Schweinerei, und sie möchten sich nicht dabei stören lassen ...» Der Pfeifenkopf-Phallus glitzert in seinem Schoß.

«Es sollte so aussehen, als hätte Thies mich mit den Briefen dazu aufgestachelt, Josef umzubringen, mit dem Insulin meiner Freundin.»

«Davon war niemals die Rede. Nirgendwo», entgegnet Gellberg harsch. «Oder hast Du irgendeine Briefstelle ...»

«Natürlich nicht. Kathrin verriet keinem, was sie wirklich vorhatte. Aber sie hat sich reichlich ungeschickt angestellt, in den Briefen bereits, und dann, als sie Josef die Dosis spritzte.»

«Die anderen haben das nicht mitbekommen, daß sie plötzlich in seiner Nähe war. Und es würde sie kaum belasten. Dein Motiv läge näher, wenn Thies tatsächlich der Schutzengel wäre.»

«Und du hast das alles geahnt. Du hast abgehört, was Kathrin mit Thies redete. Und mit Josef. Du bist nicht gekommen, um mich zu schützen, sondern Josef. Und die Briefe wurden nicht um meinetwillen geschrieben, sondern wegen Thies. Josef und Kathrin wollten mit meiner Hilfe seinen Ruf ruinieren. Sie wollten, daß ihm ausgerechnet in der Villa Massimo nachgewiesen wird, daß er ein gefährlicher Psychopath ist. Anstiftung und Beihilfe zum Mord?» Angelika steigen Tränen in die Augen. «Ich weiß nicht, auf welches Urteil es hinauslaufen würde. Vermutlich bei beiden verminderte Schuldfähigkeit. Psychiatrie-Einweisung. Von Thies würde nie wieder irgend jemand eine einzige Zeile lesen. Ich wäre sowieso erledigt. Aber daß Kathrin Josef umbringt, nur um mir das in die Schuhe zu schieben...»

«Kathrin. Wir müssen sie finden», sagt Gellberg.

«Hier bin ich», ruft Kathrin. «Im Bad. Kommt ruhig rein.»

Angelika macht die Tür auf. Gellberg folgt. Kathrin liegt in Anderles Wanne, bis zu den Schultern im Seifenschaum. Sie hat den Fön in der rechten Hand. Kathrin hält den Fön rechts, obwohl sie Linkshänderin ist und sich sogar mit der linken Hand das Insulin spritzt! Angelika ringt nach Luft.

Eine andere Persönlichkeit hat von Kathrins Körper Besitz ergriffen.

«Wie heißt du?» fragt Angelika nach einer Pause.

«Lola.»

«Aha, Lola. Mit welcher Hand schreibst du?»

«Mit der rechten Hand.»

«Bist du dir sicher?»

«Klar. Ich schreibe immer rechts.»

«Kannst du auch fremde Schriften nachmachen? Meine zum Beispiel?»

«Kein Problem, kann ich. Ich weiß, wie du schreibst.»

«Lola, hör mal zu: Hast du mir in meiner Handschrift Briefe geschrieben?»

«Klar, hab ich.»

«Warum?»

«Warum?» Kathrin zuckt die Schultern. Der Seifenschaum knistert. «Darum.»

«Lola, ich möchte jetzt mit Kathrin sprechen. Schick Kathrin heraus.»

«Kathrin will nicht. Ihr geht's hier nicht gut. Sie hat sich in den falschen Mann verliebt.»

Angelika lächelt. «Vielleicht sollten wir zurück zum Zielbahnhof, in das verrotzte Sacktuch namens Hamburg.»

Kathrin dreht den Griff des Föns und legt den Daumen auf den Kippschalter.

«Im profanen Leben stirbt man meistens nicht an der Liebe, da wird eher am Leben gestorben», meint Gellberg. «Come on. Wir sind nicht im Kino.» Er gibt Angelika ein Zeichen und verschwindet.

Angelika merkt, daß sie jetzt reden muß. «Und es spielen hier noch viel mehr Statisten eine Rolle als im Film, und zeitenweise spielen sie sogar die Hauptrolle. Deshalb bilden

Filme auch nicht das irdische Leben ab. Ein Statist kann im Film niemals für zwei Minuten zur Hauptfigur werden, er brächte den Satz, den allesentscheidenden Satz, ja nicht einmal heraus, und er dürfte ihn auch nicht sagen, weil der Held diesen Satz sagen muß, aber in Wirklichkeit sagt der Held diesen Satz gar nicht, ich darf gar behaupten: Er sagt ihn nie.»

Kathrin drückt den Kippschalter. Ein/Aus. Ein/Aus.

«Im Leben hingegen werden die entscheidenden Sätze immer nur von Statisten gesprochen, also von Amateuren, die im Kino gar keine Dialoge bekommen, dort dürfen sie auch nur deshalb auftreten, damit es um die Helden her nicht gar so einsam ist.»

Ein/Aus. Ein/Aus.

«Im Film werden gemeinhin nur wichtige Sätze ausgesprochen, sie werden von den entscheidenden Figuren formuliert, während im Leben alles Wesentliche ungesagt bleibt, ungesagt bleiben muß, denn niemand erkennt, was er weiß, niemand weiß, was er sieht, niemand sieht, was er meint und niemand meint, was er sagt, und manchmal nur sagt ein ziemlich weit Außenstehender, der im Film gar keinen Raum bekäme, plötzlich das Allesentscheidende.»

Kathrin läßt den Fön von der rechten in die linke Hand gleiten. Sie betrachtet ihn nachdenklich. Gellberg kommt wieder herein. Er lehnt sich mit dem Rücken an die Tür.

Angelika sucht Kathrins Augen. «Man muß stets den richtigen Satz sagen, zur richtigen Zeit am richtigen Ort, weil man das Unterlassene niemals nachholen kann, jede Liebe hat ihre Zeit, jeder Tod hat seine Zeit, und wir müssen hinterher den Rest unserer Tage damit klarkommen, was wir getan und was wir unterlassen haben, was wir gesagt und was wir verschwiegen haben, auch wenn es dafür vielleicht längst keinen Zeugen mehr gibt und niemand, der uns belobigen oder dafür tadeln würde, unsere Entscheidungen sind oft schon sehr bald verjährt.»

Und jeder neue Beischlaf ist der schönste Beischlaf, und jede neue Haut ist die schönste Haut, und jeder neue Atem ist der schönste Atem, und wer das nicht weiß, und wer das nicht kennt, dem ist nicht mehr zu helfen hienieden. Dir wird allerdings auch nicht zu helfen sein, obgleich Du das schon lang begriffen hast, und ULI schickt Dir Gellberg, wobei es aus jedem Labyrinth nur einen einzigen Ausgang gibt; wir glauben alle, wir hätten die Wahl, dabei haben wir gar keine Wahl, wir gehen nur den Weg, auf den ULI uns gesandt hat, weiter und weiter bis ganz an das Ende.

«Ich habe Josef umgebracht.»

«Und? Schon öfter probiert?» (Gellberg ist wieder der alte. Gellberg ist wieder der Kommissar. Boshaft, lakonisch und ohne Feinsinn für die Empfindlichkeit der Umwelt.)

«Nö. Wieso öfter?»

«Hat also gleich geklappt?» (Gellberg.)

«Klar. Als er sich mit dem Wachs verbrannt hat, hab ich ihm ganz schnell das Insulin gesetzt. In den Rücken. Hat keiner gemerkt. Hat er selbst nicht gemerkt.»

«Komm raus», flüstert Angelika und streckt ihre Hand aus. «Komm, Kathrin. Komm aus dem Wasser.»

«Come on.» Gellberg stößt sich von der Tür ab und tritt neben sie an den Wannenrand. «Nur weil sich keiner dafür interessiert, daß es Mord war, mußt du dich doch nicht umbringen. Stromschlag ist ein häßlicher Tod. Vor dem Herzstillstand kommt das Kammerflimmern. Sehr unangenehm.»

«Gib mir den Fön.» Angelika streckt ihre Hand noch weiter aus.

«An die Wand!» Mit der freien Hand zeigt Kathrin zum Heizkörper. «Dort drüben. Beide.»

Angelika gehorcht.

Auch Gellberg geht langsam rückwärts. «Insulin läßt sich im Blut nicht nachweisen. Wußtest du das?»

Kathrin starrt ihn an. Ihre Augen sind dunkelviolett.

«Du wolltest das Leben von drei Menschen zerstören. Du hast eins zerstört. Das ist doch ein guter Schnitt! Dafür, daß Angelika keine Mörderin ist, mußt du dich doch jetzt nicht opfern! Aber warum hast du Josef eigentlich getötet?»

Kathrin preßt die Lippen zusammen.

«Come on», sagt Gellberg.

«Er schrieb, ich hätte eine Lederjacke an.» Kathrins Stimme klingt kühl, neutral, vollkommen sachlich. «Ich trug aber einen Mantel. Ich habe einen langen, weiten Mantel getragen!»

Kathrin macht den Fön an und läßt ihn ins Wasser fallen. Es platscht, es gurgelt, er geht unter. Kein Strom. Gellberg hat die Sicherung umgelegt. Kathrins Lippen werden blaß. Sie springt auf.

OLEVANO, 22. TAG Angelika juckt es am ganzen Körper, denn die Insekten stechen drinnen und draußen, sie stechen am Tag und in der Nacht, sie stechen Angelika durch die Kleider hindurch, obwohl sie sich einsprüht und einschmiert. Angelika weiß nicht, wie sie sich diesem Wahnsinn noch weitere zwei Tage aussetzen soll, aber so lange wird es noch dauern, bis die Untersuchungen abgeschlossen sind. Gellberg hat umgebucht und ist in Rom geblieben.

Liebe Angelika, hoffentlich erreicht Dich dieser Brief noch. Denn schon bald fährst Du ja zurück nach Hamburg, und dort wirst Du – nach der Geschichte mit Josef – wieder mit Deinem Mann schlafen, den Du vor fünf Jahren heimlich für immer verlassen hast. Aber, wirst Du bald bemerken, es ist ein langer Weg zwischen dem Wissen und der Gewißheit, und alles, was wir für einen anderen tun können, ist, unter der Haut für ihn die Gewißheit zu haben, die der andere selber noch nicht hat.

Der Brief ist wieder mit der Hand geschrieben, wie der erste Brief des Schutzengels. Aber es ist diesmal nicht Angelikas Handschrift. Es ist eine großzügige, energische Schrift, die sie nicht kennt.

Eben hat Thies angerufen, Angelika rechnete mit Gellberg, sie lag im Liegestuhl und trocknete die jüngste Salve ihrer Mückenstichquaddeln. Thies rief an, und natürlich wurde es ein mißglücktes Gespräch, weil alles, was man sich nachmittags um drei über schätzungsweise eintausenddreihundert Kilometer Luftlinie hinweg sagen kann, von vornherein mißglückt ist. Doch das macht vielleicht nichts, denkt Angelika, weil sich die Hauptakteure ja nie den entscheidenden Satz sagen.

Auch gibt es keine gemeinsame Erinnerung, und das ist ein Satz, ein allesentscheidender Satz, der, gleichsam aus dem Dunkel gesprochen, Dir wieder ein Stück Deines Wegs erhellt, Deines Wegs auch mit Josef. Du wirst für Josef unter der Haut die Gewißheit haben, die Gewißheit seines eigenen Atems, aber Du weißt noch nicht, daß es darum geht, Du weißt noch gar nichts, Du bist völlig wirr und durcheinander, total meschugge, wenn Du an Ferragosto, oder auch Mariä Himmelfahrt, bei offenem Fenster, bei offener Tür, Zikaden brüllen,

Hunde heulen, mit Josef plötzlich ein Laken teilst. Josef muß sich auf Dich legen, sonst hebst Du ab, sonst fährst Du zur Decke, und Du verstehst es selbst nicht, und er mißversteht Dich, während er Dir den Slip herunterzieht und sich zwischen Deine Beine drängelt, wie sollte er begreifen, daß Du jetzt nur sein Gewicht spüren mußt, das ganze Gewicht seines nackten Körpers, Du seufzt, Du beißt, weshalb bist Du eigentlich so aufgeregt. Was jetzt käme, wäre der neueste Beischlaf, und damit der schönste, aber Du willst ihn nicht, den Stoß, den Schrei, noch nicht, es ist noch nicht Zeit, dann aber doch diese Haut, diese Hitze, Dein Schenkel spannt sich, die Uhr tickt.

Du wirst einen Tag lang wie Josef riechen, es ist noch Zeit, und allmählich wirst Du ruhiger. Du fühlst Dich durchwärmt und geschmeidig, und beinahe durchlässig, so erschöpft, und während Du tastend ein, zwei Briefseiten schreibst, tastend und zart den Dingen gegenüber, willst Du Dich auf einmal restlos hingeben. Da ist aber schon keine Zeit mehr, und das ist der Umschlag, der Moment, wo es kippt, an den sich Josef aber niemals erinnern wird.

Dann wirst Du auf den Knopf drücken, der das große Tor öffnet. Die vier Meter hohen, dunkelgrauen Gitter am Eingang der Casa Baldi. Josef startet. Der Schotter knirscht. Du gehst ein paar Schritte, drehst Dich um. Josef hebt die Hand. Du winkst. Er gibt Gas. Plötzlich kommt der Moment, wo Du ganz allein nachts in einem Garten sitzt.

«Es sind ein paar komische und zum Teil ziemlich grausame Dinge passiert», sagt Angelika. «Ich kann das jetzt am Telefon nicht alles erklären, aber ich habe zum erstenmal das Gefühl, daß ich vielleicht irgendwann doch noch eine wirklich gute Therapeutin werde.»

«Du hast einfach den Urlaub gebraucht», entgegnet Thies.

Sie seufzt. «Ich bin mir zum erstenmal sicher, daß ich meinen Beruf nicht verfehlt habe. Ich will Psychologin sein. Ich bin Psychologin. Verstehst du das?»

«Hm. Was macht Kathrin? Geht es ihr gut?»

Angelika seufzt. «Ja, ich glaube, es geht ihr ganz gut.»

Angelikas vernarbte Schulterblätter sind braungescheckt, ebenso Kniescheiben und Arme, sie sieht gesund und erholt aus nach drei Wochen, sie hat sich lange genug in die Sonne gelegt. Es geht schon gegen Abend, und nachdem sie Franca Blumen mitgebracht hat, fängt sie an, Kathrins Sachen zu packen.

Bravo, Angelika, Du willst jetzt also doch noch Therapeutin werden. Das ist eine löbliche Entscheidung, wenn man, wie Du, seit fünfzehn Jahren nichts anderes tut, als in fremden Seelen herumzuwühlen, und auch nichts anderes kann, nichts gelernt hat, dann ist das in der Tat eine löbliche Entscheidung. Und welche Rolle spielen da jetzt eigentlich wir? Sorry, auch ein Schutzengel hat hin und wieder ein Blackout. Jedenfalls wirst Du, das sehe ich zwischen geistigen Nebelfetzen, in weniger als zwei Tagen in Rom zum Flughafen laufen, das Halleluja auf den Lippen und eine zu große Klarheit im Kopf, eine allzu große Klarheit, die Du nur wenige Augenblicke erträgst, bis Dir nämlich deutlich wird, daß das, was in Olevano und Rom passiert ist, Deine frühe Kindheit spiegelt. Du mußt damit allein klarkommen, ich bin nicht mehr für Dich zuständig, denn irgendwie ist durchgesickert, Du hast gekündigt. Ich werde also abberufen. ULI meint, Du wirst fortan allein zurechtkommen, du seist auf dem Weg, auf den ULI Dich ge-

sandt hat, und ein anderer Therapeut habe um einen Schutzengel angerufen. Ich hoffe, ich werde zu Deinem Nachfolger auch einen so guten Draht entwickeln. Ich wollte nur sagen: ich kann Deinen Schritt verstehen, auch wenn es uns allen im Projekt wehtut, daß Du gehst.
Ich muß jetzt schließen, Angelika. Ich weiß, daß es Zeit ist. Also leb wohl und stirb schön, der Abschied ist der magische Moment. Es ist Zeit, und ich lasse Dich in diesem Haus auf dem Hügel zurück, vor den Bergen, hinter die am Abend die Sonne sackt. Du wirst zurechtkommen, sagt ULI. Und nur eines noch: denn was Deine Küchenuhr angeht, so bin ich mächtiger als die Bundesrepublik Deutschland mit ihren aufgeklebten Inventarnummern, denn ich kann die Uhr anhalten, der Staat kann es nicht. Ich werde für Dich eine Zeitlang die Zeit anhalten. Die Zeit auf dem Zenit, am höchsten Punkt, dort werde ich für Dich die Zeit anhalten, Angelika, zu Ferragosto, denn sonst gehört Ihr Euch ja nicht, wenn Ihr immer nur der Zeit und damit dem Staat gehört, und Ihr müßt Euch gehören, Ihr gehört nur Euch, Ihr gehört nur Euch selbst, Ihr gehört Euch, Angelika, Ihr alle, denkt daran, denkt immer daran, und Dir gehört die Gewißheit, die Du fortan unter der Haut hast. Dein Schutzengel Margret.

Nachspiel

Im Dämmer, während die Mücken weiter Jagd auf ihren wehrlosen Körper machen, liegt Angelika im Studio auf dem Sofa, bis ihr das Geschrei der Katze, die sich spreizbeinig und wie gekreuzigt in die Balkontür stemmt, endgültig zuviel wird. Angelika steht auf und holt in der Küche das Futter, über die Fliesen fußelt ein Skorpion.

Nie haben unsereinem die Chemiekonzerne fatalere Hoffnungen gemacht als mit ihren Pseudomittelchen gegen Insektenstiche, überlegt Angelika, während sie Kathrins Stimme in sich wachruft. Wenn die Pharmaindustrie in der Empfängnisverhütung ebenso weit ist wie in der Insektenabwehr, hört sie Kathrin sagen, dann ist die neuerliche Hysterie um die galoppierende Unfruchtbarkeit des Mannes vielleicht doch berechtigt. Und dann kommt die gute Cortisonsalbe drauf, damit die Dinger nicht auf 500 Lire anschwellen, das Cortison kommt aus den USA, mein Gott, es kommt von den Amerikanern, also von den Leuten, die McDonald's nach Italien gebracht haben, und die verdienen sich nun an den deutschen Allergikern dumm und dämlich.

Das Haustelefon klingelt. «Wir sind Deutsche, und wir kommen zu dem großen Romantikerfest und wollen schon mal die Aussicht genießen, das heroische Panorama von der berühmten Terrasse der Casa Baldi.»

«Thies!»

Angelika fliegt die Stufen hinunter. Vor der Gittertür am Seiteneingang stehen Thies und Mio. Sie sind braungebrannt und tragen Michelangelo-T-Shirts von Nippon TV. Mio lacht und winkt und tritt von einem Bein aufs andere, als müsse er dringend pinkeln. Wie klein er noch ist, denkt Angelika gerührt. Und soviel süße Sommersprossen.

«Unter uns, das ist schon ein ganz schön geschmäcklerischer Kulturimperialismus, den die Deutschen hier betreiben. Wenn man sich unten an der Casa Baldi diese Rampe ansieht, die aus Beton ist und in den Himmel führt...» Thies umarmt Angelika fest. Mio gibt ihr einen Kuß auf den Mund.

Sie lacht. «Und das alles wegen uns. Wir thronen allein in diesem wunderbaren Haus auf dem Hügel, das zu drei Vierteln leersteht, und vertreten die deutsche Kunst.»

Thies grinst zurück. Seine grüngesprenkelten Augen glitzern hinter der verstaubten Brille. Er wischt sich die schwarzen Locken aus der Stirn. «Sei auf der Hut. Tritt nicht an, wenn zur Jagd geblasen wird.»

Mio hüpft vor ihnen die Stufen hinauf. An seiner schmalen Schulter baumelt ein Armeerucksack. Bei jedem zweiten Schritt dreht er sich um und strahlt.

«Ich bin so froh», sagt Angelika. «Welch eine Überraschung.»

«Ich freu mich auch», antwortet Thies. «Staack-Schäfer hat mich plötzlich zu sich eingeladen.»

«Sargschläfer, dessen Glatze über Kilometer hinweg leuchtet? Der benimmt sich hier wie der deutsche Kaiser, der in Rom nur mal nebenbei seine Memoiren schreibt, unter dem Weltmarkttitel: ‹Ich und Rom›.»

«Keine Ahnung, wie der dazu kommt, wir kennen uns

kaum, aber irgendwie hat er wohl einen Narren an mir gefressen. Und da dachte ich, paßt gut, dann machen wir zusammen noch ein paar Tage Urlaub.» In der Tür bleibt Thies stehen und dreht sich um. «Als ich heute nachmittag anrief, da war ich schon in der Massimo. Ich hab dort Axel getroffen. Ich weiß also in etwa Bescheid.»

P.S.: Ich sehe Dich, Angelika, ich sehe dich ein letztes Mal, wie Du weinend auf Deinem Sofa liegst, und hinter Dir im Sessel sitzt Josef, der Dir den Rücken stärkt und nicht weggeht und wartet, bis Du den Kopf hebst, und Du weißt, Du mußt irgendwann den Kopf heben, denn Josef geht nicht weg.
Die Hitze hat sich aufgezehrt. Es wird zuletzt kalt werden in Olevano. Angelika, Du wirst allein auf dem Hügel sitzen, während draußen ein Wind geht und Regen fällt, und ab und an siehst Du noch durch den Nebel hinüber zur Serpentara, wo Fenster und Türen geschlossen sind; und Du wirst nachts von Deinen Eltern träumen, während drüben auf dem Hügel kein Licht mehr brennt, kein einziges Licht. Du mußt jetzt gehen, Angelika, und Du weißt, zu Hause wird alles wieder genauso werden, wie es vorher war, nur noch eine Spur härter.

Angelika hat geduscht und die Haare nach oben gesteckt. Sie trägt das rote Kleid. «Margret ist rührend», sagt sie, als sie abends auf der Terrasse sitzen und hinunter auf die flirrenden Lichter blicken. «Sie ist auf eine so liebenswerte Art verrückt. Es fällt mir schwer, sie loszulassen. Aber ich muß. Sie zeigt nämlich Spuren echter Hellsichtigkeit, und das bedeutet, sie wird mehr und mehr von mir abhängig.»

«Du bist an der Sache nicht unschuldig», erwidert Thies.

Es windet. Angelika hat sich eine Jacke über die Schultern gelegt. Sie nimmt sich die letzte Zigarette und zerknüllt die Schachtel. Mio sitzt im Wohnzimmer und sieht fern.

Thies schaut sie von der Seite an. «Du hast dich über Margrets Grenzen hinweggesetzt. Und vor allem über die Grenzen der andern beiden.»

«So? Hab ich das? Mag sein. Wir haben alle fremde Grenzen verletzt.» Angelika wischt sich die Tränen vom Gesicht. «Josef und Kathrin... Kathrin hat eine dissoziative Persönlichkeitsstörung, was ich all die Jahre nicht bemerkt habe, obwohl ich mit ihr zusammenlebe, und Josef...»

«Ihr habt euch alle drei im Innersten mißachtet, weil jeder die Art der Nähe des andern nicht aushielt, sie nicht ertrug und noch weniger verstand, und dabei seid ihr euch nähergekommen, als das anders je möglich gewesen wäre...» Und dann steht Thies auf, stellt sich hinter Angelika und streicht ihr über die Haare. «Es tut mir so leid wegen Josef und Kathrin, aber ich möchte trotz allem, was passiert ist, nicht, daß es ein trauriger Abend für uns wird.»

«Wann ist eigentlich Mariä Himmelfahrt?» fragt Angelika. «Oder Ferragosto.» Ihr fällt die entsprechende Stelle in Margrets Brief ein.

Thies runzelt die Brauen. «Wie kommst du darauf? Heute.»

Angelika lächelt. Margret hat zwar das Wesentliche erkannt, aber sie hat Josef mit Thies verwechselt. Und Gellberg wiederum hat Thies das Wesentliche verschwiegen. Thies weiß nicht, daß Josef und Kathrin ein Opfer suchten, um sich an ihm zu rächen. Er weiß nicht, daß dieses Opfer Angelika war. Er weiß vor allem nicht, daß auch er in diesem Stück eine Hauptrolle spielt. Thies weiß nur, daß Kathrin Josef umgebracht hat. Motiv: Eifersucht. Mehr gibt es für Thies auch gar nicht zu wissen.

«Du lebst in einer Scheinautonomie. Du hältst dich künstlich auf Distanz, dabei erträgst du nur schwache Männer, die du kontrollieren kannst. Aber Josef war dir überlegen.»

Angelika hebt den Kopf und dreht sich um. Sie sieht an Thies hoch und lächelt. «Meinst du wirklich? Dann war es ja wie damals mit uns!»

Thies geht ein paar Schritte und lehnt sich an die Brüstung. «Du kannst alles, was dich ängstigt, nur niederlieben, wie du immer alles niederlieben mußtest, die Verlassenheit, den Ekel und den Tod, und freilich die Zurückweisung, du mußtest immer alles niederlieben, und es kotzt dich an, die einzige Rolle zu spielen, die dir in diesem Stück bleibt, du fühlst dich unzugehörig, abgelehnt, nicht begehrt, aber du hast keine Wahl, und obwohl du Josef fortschicken wolltest, konntest du ihn nicht fortschicken. Statt dessen hast du mit Kathrin rivalisiert.»

Angelika raucht eine Weile schweigend. «Symbiotische Wünsche. Mein alter Fehler. Ich habe hier sehr viele Muster aus meiner Kindheit wiederholt. Wir waren quasi eine wilde Psychodrama-Gruppe. In Josefs Ambivalenz ist mir wieder die Ambivalenz meines Vaters begegnet. In Kathrins manischen Inszenierungen das affektierte Theater der früh resignierten, heimlich vom Leben enttäuschten Mutter. Ich habe alles nochmals durchgearbeitet. Wir haben das alle getan, jeder für sich.»

«Trotzdem hätte niemand dabei draufgehen dürfen.»

Angelika hält die Glut der Zigarette senkrecht nach oben und sieht sie an, ehe sie den letzten Zug nimmt. «An dem Punkt, an dem ich das Schlimmste befürchten mußte, ohne allerdings zu ahnen, was es ist», sie tritt die Zigarette aus, «hab ich meine Stelle bei Neumann gekündigt.»

«Du spinnst!»

«Es gibt genug überforderte Therapeuten auf der Welt.

Ich muß erstmal bei mir selbst anfangen. Bei meinem Verhältnis zu Trennung und Tod.» Sie riecht an ihrem rechten Zeigefinger. «Ich muß noch ganz viel mit meinem Vater klären. Ich fürchte nämlich, ich habe ihn lange Zeit sehr stark idealisiert. Er konnte diesem Bild nie entsprechen. Dadurch habe ich solche Selbstzweifel.»

Zikaden zirpen, Hunde heulen. Der abnehmende Mond kriecht hinter eine Wolke. Thies stößt sich von der Brüstung ab und nimmt Angelika von hinten in den Arm. «Ich glaub an dich.»

«Glaub lieber an Gott.»

«Nein, an Gott glaub ich nicht.» Thies hält inne. «Die Frage kommt vielleicht zu früh, aber was wird jetzt aus Kathrin?»

An ihrem Hinterkopf spürt Angelika Thies' Herzschlag. Sie riecht seinen Schweiß. Drinnen klingelt das Telefon. «Mama», ruft Mio, «für dich.»

«Entschuldige.» Angelika springt auf und stürzt die Außentreppe hoch. Atemlos haucht sie ins Telefon. «Ja? Haupt.»

Am anderen Ende der Leitung: Schniefen und schweres Schnaufen.

«Wer ist denn dran?»

«Hier auch Haupt. Ich bin's, Angelika, deine Mutter.» Die Stimme klingt dünn und gebrochen.

«Ist was passiert?»

«Angelika, es ist entsetzlich: Dein Vater ist gestorben.»

Als Angelika nach draußen tritt, ist Thies' Stuhl leer. Sie geht die Treppe hinab, spürt Blicke im Rücken. Sie fährt herum. Oben am Balkongitter lehnt Josef und hebt die Hand. Angelika winkt. Plötzlich kommt der Moment, wo sie ganz allein nachts in einem Garten sitzt.

WUNDERLICH TASCHENBUCH

Das nächste, bitte!

Lady Crime. Jeden Monat neu als Wunderlich Taschenbuch.

Wir wünschen gute Unterhaltung!

5039/1

WUNDERLICH TASCHENBUCH

Lady Crime. Jeden Monat neu als Wunderlich Taschenbuch.

Wir wünschen gute Unterhaltung!